Dausien

KELTISCHE MÄRCHEN

KELTISCHE MÄRCHEN

Erzählt
von
Elena Chmelová
Illustrationen
von
Zdenka Krejčová

Dausien

KELTISCHE MÄRCHEN
ERZÄHLT VON ELENA CHMELOVÁ
INS DEUTSCHE ÜBERTRAGEN VON INGRID KONDRKOVÁ
ILLUSTRATIONEN VON ZDENKA KREJČOVÁ
GRAPHISCHE GESTALTUNG VON IVAN URBÁNEK

VERLAG WERNER DAUSIEN • HANAU/M.
ISBN 3-7684-5241-7
1/01/41/52-01

INHALT

Die Pferde des Königs Conal

Vor langen, langen Zeiten herrschte in Irland ein König, dessen Frau wurde ihrer Güte und Mildherzigkeit wegen vom ganzen Volk geliebt und verehrt. Sie machte keinen Unterschied zwischen arm und reich, war zu allen gleichermaßen freundlich, und wenn ein armer Schlucker mit einem Anliegen ins Schloß kam, so fand er stets bei der Königin Schutz und Gehör.

Die Königin schenkte ihrem Gemahl drei gesunde Knaben, die zur Freude ihrer Eltern heranwuchsen, und im ganzen Königreich gab es wohl kaum eine glücklichere und zufriedenere Familie.

Doch eines Tages erkrankte die Königin an einem schlimmen Leiden, gegen das niemand ein Mittel wußte. Als sie ihre letzte Stunde nahen fühlte, da bat sie den König an ihr Sterbebett, um ihm ihren letzten Herzenswunsch zu offenbaren.

„Was du auch immer von mir verlangst, wisse, wenn es in meiner Macht steht, so werde ich es erfüllen“, versprach der König.

„Wenn ich sterbe und du nach einiger Zeit wieder heiratest, so lasse unsere Söhne an einem entlegenen Ende unseres Reiches großziehen, auf daß nicht eine fremde Frau ihnen befiehlt“, bat die Königin mit schwacher Stimme. „Als Männer mögen sie dann ins Königsschloß zurückkehren.“

Der König gelobte der Sterbenden, ihren letzten Willen getreu zu erfüllen, und die Königin konnte für immer beruhigt die Augen schließen.

Ganze drei Jahre trauerte der König um die geliebte Frau und wollte nichts hören, wenn seine Ratgeber ihn baten, sich wieder zu verheiraten, da das Reich ohne Königin verwaise. Schließlich aber schenkte er ihnen doch Gehör, ließ weit, weit weg von seiner Residenz ein neues Schloß bauen und schickte seine drei Söhne mit den besten Lehrern und treuesten Dienern dorthin. Dann heiratete er wieder und lebte glücklich mit der neuen Königin. Nach einem Jahr gebar ihm seine junge Gemahlin einen Sohn, und in den alten Mauern des Königsschlosses schallte wieder Kinderlachen.

Einmal war der König zur Jagd geritten, und die Königin wollte spazierengehen. Sie schritt hinab in die schmalen Gassen am Burghang, und dabei geschah es, daß sie über eine Stufe stolperte und sich sehr weh tat.

„Den Hals hättest du dir brechen sollen!“ fluchte da ein altes Weib aus dem nächsten Haus.

„Was hab ich dir denn getan, daß du mich so verwünschst?“ fragte die Königin verwirrt.

„Nichts, aber du hast auch noch niemandem etwas Gutes getan“, schalt die Alte. „Wie anders war da doch die erste Frau des Königs. Wenn die jemand frieren sah, nahm sie ihr eigenes Tuch und legte es einem armen alten Weib wie mir um. Und sie setzte sich nie eher zu Tisch, als bis sie sich überzeugt hatte, daß alle an ihrem Hof zu essen hatten. Du aber, du denkst nur an dich und deinen Sohn. Aber warte nur, wenn erst die drei Königssöhne erwachsen sind, da werden im Schloß wieder ganz andere Sitten herrschen!"

Die Worte der Alten jagten der jungen Königin einen gewaltigen Schrecken ein. Sie hätte gern mehr erfahren über die tote Königin und deren Söhne, aber die Alte war auf einmal stumm wie ein Grab. Erst als die Königin ihr hundert Schafe versprach, konnte sie ihre Zunge nicht mehr im Zaum halten und verriet den Aufenthaltsort der Prinzen und auch, warum sie so fern vom Schloß aufwuchsen. Die junge Königin wurde bei dem Bericht von großer Angst ergriffen, was dereinst aus ihrem eigenen Sohn werden sollte.

„Hundert Kühe und noch hundert Ziegen dazu würde ich demjenigen geben, der mir sagt, was ich tun soll, um meinen Sohn vor dem schrecklichen Schicksal zu bewahren, daß er eines Tages nicht weiß, wo er sein Haupt betten soll."

„Wenn du mir wirklich zu den hundert versprochenen Schafen noch hundert Kühe und hundert Ziegen gibst, so könnte ich dir wohl einen guten Rat geben."

Die Königin hätte in diesem Augenblick noch viel mehr versprochen, und so flüsterte die bösartige Alte ihr ins Ohr: „Hör gut zu, was ich dir sage: Überrede den König, seine Söhne für ein paar Tage ins Schloß einzuladen. Wenn sie dann hier sind, so mußt du sie auffordern, mit dir Schach zu spielen. Ich gebe dir ein Zauberschachbrett, mit dem du immer gewinnen wirst. Und wenn du alle drei geschlagen hast, so verlange als Preis für deinen Gewinn, daß sie dir drei Pferde aus dem Stall des Königs Conal herbeischaffen, auf daß du dreimal auf ihnen um das ganze Königreich reiten kannst. Die Prinzen werden in die Welt hinausziehen und nie mehr zurückkommen, denn schon viele tapfere Ritter sind ausgezogen zum Schloß des Königs Conal, und noch keiner ist heimgekehrt von dort. So wirst du nicht mehr um die Zukunft deines Sohnes bangen müssen."

Der Königin sagte dieser Rat zu, und als der König von der Jagd heimkam, tat sie besonders lieb und zärtlich und fragte ihn dann geschickt aus nach seinen Söhnen und warum er sie so lange vor ihr verheimlicht hatte.

„Du solltest sie wenigstens für ein paar Tage zu uns einladen, damit ich sie kennenlerne", bat sie dann. „Du wirst sehen, daß ich ihnen genausoviel Liebe entgegenbringen werde wie meinem eigenen Sohn."

 Der König glaubte ihr gern und schickte sogleich einen Boten zu den drei ältesten Söhnen, sie sollten ihn besuchen, der Königin die Ehre erweisen und das jüngste Brüderchen kennenlernen.

Bald darauf sprangen drei stattliche Reiter, die jungen Prinzen, auf dem Hof des Vaters vom Pferd, und der König gab ihnen zu Ehren ein Festgelage. Alle freuten sich von Herzen über die Heimkehr der Königssöhne, auch die junge Königin empfing sie nach außen hin herzlich und innig.

Nach dem Fest veranstaltete der König eine große Jagd und danach noch verschiedene Turniere. Oft hallte in jenen Tagen der Schloßhof wider von frohem Gesang, und die jungen Prinzen bewiesen nicht nur einmal mehr Mut, Geist und Geschicklichkeit als alle anderen. Der König schloß sie von Tag zu Tag mehr in sein Herz und war froh, wieder seine ganze Familie um sich zu haben.

Einmal forderte die Königin die Prinzen auf, mit ihr Schach zu spielen. Sie hatte in ihrer Kemenate das Schachbrett der Alten aufgestellt und spielte nacheinander mit allen drei Jünglingen. Mit jedem spielte sie dreimal, wobei sie immer zweimal gewann und einmal zum Schein verlor.

Am Abend, als auch das Spiel mit dem Jüngsten beendet war, fragte der älteste Prinz: „Was verlangst du von uns dafür, daß du uns zweimal geschlagen hast?"

„Ich gebe jedem von euch nur eine einzige Aufgabe: Gelobt, daß ihr nicht zweimal unter demselben Dach schlafen und nicht zweimal vom selben Tisch essen werdet, ehe ihr mir nicht drei Pferde des Königs Conal herbeigeschafft habt. Ich will auf ihnen dreimal um das Königreich reiten."

„Es sei, Königin", sprach der älteste Prinz mit einer Verbeugung. „Doch sage, wo finden wir die Pferde des Königs Conal?"

„Vier Himmelsrichtungen hat die Welt. Wenn ihr nach allen reitet, so werdet ihr sie gewiß finden", lautete die Antwort.

„Gut, wir werden die Pferde in allen Himmelsrichtungen suchen. Doch nun höre, was ich von dir verlange für das Spiel, das du mit mir verloren hast", erklärte der älteste Königssohn. „Steige auf den höchsten Burgturm und schaue von dort so lange nach uns aus, bis wir mit den Pferden zurückkommen."

Die Königin wurde leichenblaß, als sie das hörte.

„Und für das Spiel, das du mit mir verloren hast, sollst du bis zu unserer Rückkehr nie so viel Speise und Trank zu dir nehmen, daß du Hunger und Durst stillst", verlangte der zweitälteste Sohn.

„Nehmt das zurück", bat die Königin, „dann erlasse ich euch auch die Aufgabe, die ich euch gestellt habe."

„Ein Jüngling, der sich von der ersten Aufgabe, die er erfüllen soll, entbinden läßt, aus dem wird nie ein richtiger Mann", erklärte da der jüngste Prinz. „Wir gehen die Pferde des Königs Conal suchen!"

Am nächsten Morgen nahmen die drei Brüder in aller Frühe Abschied von ihrem Vater und machten sich auf, die Pferde des Königs Conal zu suchen. Lange zogen sie durch die Welt, aber niemand hatte je von Conals Burg gehört, niemand konnte ihnen weiterhelfen. Bis sie eines Tages in einer öden Wildnis einen hinkenden Mann mit einer schwarzen Kappe auf dem Kopf trafen.

„Wer seid ihr?" fragte der Fremde, als sie ihn höflich grüßten. „Und was führt euch in diese Einöde?"

„Wir sind die Söhne des irischen Königs und suchen König Conals Burg", antwortete der Älteste. „Unsere Stiefmutter hat uns ausgeschickt, von dort drei Pferde zu holen."

„Viele tapfere Jünglinge sind schon ausgezogen mit dem gleichen Ziel, aber keiner ist je zurückgekehrt. Doch wer weiß, vielleicht habt ihr mehr Glück. Kommt mit mir. Ihr könnt bei mir übernachten, und am Morgen werde ich euch hinführen. Ohne mich würdet ihr noch lange vergeblich suchen."

Die drei Prinzen bedankten sich folgten dem Fremden und verbrachten die Nacht unter seinem Dach.

Am Morgen weckte der Alte die Prinzen, bewirtete sie, setzte seine schwarze Kappe auf, und zu viert machten sie sich auf den Weg. Noch ehe der Abend hereinbrach, standen sie vor Conals Burg.

„Ruht euch aus, bis ich euch wecke", erklärte der Schwarzbekappte. Um Mitternacht schlichen sie sich dann leise in den Stall. Die Wachen schliefen fest, und so war es ein leichtes, an die Pferde heranzukommen. Aber sie aus dem Stall zu führen, das war schon nicht so leicht. Denn als die Pferde die fremde Hand spürten, da stampften sie und wieherten so laut, daß sie das ganze Schloß weckten. Die Wachen sprangen auf, fingen die vier Eindringlinge und schleppten sie gefesselt vor ihren Herrn. König Conal saß auf einem hohen goldenen Thron in einem riesigen Saal, und ringsum standen Wachen mit gezückten Schwertern. Im Kamin brannte ein helles Feuer, und über dem Feuer hing ein großer Kessel.

„He, Wachen!“ rief König Conal, als man ihm die vier Gefangenen vorführte. „Werft Holz ins Feuer, damit das Öl schneller siedet. Ihr aber sagt schnell, wer ihr seid. Wenn ich nicht wüßte, daß der Schwarze Räuber längst nicht mehr unter den Lebenden weilt, ich würde glauben, du seist es“, richtete er das Wort an den Hinkenden mit der schwarzen Kappe.

„Ich bin es wirklich, König. Ich bin der Schwarze Räuber. Und wie du siehst, lebe ich und bin fast gesund.“

„Hm“, meinte der König zweifelnd, „aber lange wirst du nicht mehr leben. Und wer seid ihr?“ fuhr er die drei Prinzen an.

„Wir sind die Söhne des irischen Königs“, antwortete der Älteste.

„Sieh einer an, sind die Söhne des irischen Königs auch schon unter die Pferdediebe gegangen?“ rief König Conal aus. „Nun gut, fangen wir mit dem Jüngsten an!“ Und dann wandte er sich wieder an den Schwarzen Räuber: „Du hast viele tapfere Menschen sterben sehen. So sage denn, sahst du je einen, der dem Tode näher war als dieser Jüngling hier?“

„Das sah ich wohl, König Conal, und mehr als einen. Ich selbst war ja dem Tode schon viel näher als jetzt der jüngste Prinz, und dennoch stehe ich gesund und munter vor dir.“

„So erzähle denn davon. Und wenn es wahr ist, daß du dem Tode näher warst, so will ich ihm das Leben schenken.“

Der Schwarze Räuber setzte sich auf die Bank am Kamin, schaute nachdenklich in das flackernde Feuer und erzählte König Conal seine Geschichte.

VON DEN DREI VERWUNSCHENEN PRINZESSINNEN

Einst besaß ich viel Land, Kühe, Pferde, Schafe und alles, was dazu gehört. Ich lebte froh und zufrieden, bis mich drei Hexen um all mein Hab und Gut brachten. Als ich alles verloren hatte, ging ich unter die Räuber und ward bald der berühmteste und geschickteste von allen. Den Schwarzen Räuber kannte in Irland ein jedes Kind.

Und die drei Hexen, die mir alles genommen hatten, das waren die drei Töchter des damaligen irischen Königs. Tagsüber waren sie die schönsten Mädchen unter der Sonne, nachts aber wurden sie von

einem mächtigen Zauberer in drei häßliche, alte und böse Hexen verwandelt.

Als ich noch reich war, schickte ich einmal meine Knechte, soviel Torf stechen, daß es für sieben Jahre reichen würde. Sie taten wie geheißen und schichteten hinter dem Haus einen riesigen schwarzen Torfberg auf. Schon nach ein paar Tagen aber hatte der Berg unwahrscheinlich abgenommen, so viel, daß es mir einfach nicht in den Kopf wollte. Bis ich einmal zu mitternächtlicher Stunde von einem fröhlichen Gelage heimkehrte und drei häßliche Weibsbilder sah, wie sie hinter dem Haus meinen Torf stahlen. Drei riesige Kiepen packten sie voll und liefen dann damit so leichtfüßig davon, als trügen sie keine Last. Seit jener Nacht lauerte ich ihnen oft auf, aber erwischen konnte ich sie nicht wieder, obwohl sie mir den ganzen Winter über meinen Torf stahlen, so daß im Frühling von meinem siebenjährigen Vorrat nichts mehr übrig war.

Also ließ ich wieder für sieben Jahre Torf stechen und anfahren, doch auch den ließen die drei Hexen nicht ungeschoren. Diesmal aber hatte ich mehr Glück, und so kam ich einmal dazu, wie sie gerade mit den vollen Kiepen in die nahen Berge davonrannten. Ich folgte ihnen, bis sie in einem unterirdischen Gang zwischen den Felsen verschwanden. Ich schaute hinunter: Dort unten brannte ein großes Feuer, über dem Feuer hing ein Kessel, und in dem Kessel kochte ein ganzer Ochse. Und um das Feuer herum tanzten drei alte Scheusale. Ich schaute mich nach etwas um, was ich hinabwerfen könnte, und da sah ich einen Steinblock, der gleich neben dem Höhleneingang lag. Ich stemmte einen dicken Ast als Hebel darunter und hob mit dessen Hilfe den Stein an, bis der mit lautem Gepolter hinabstürzte und den Kessel der Hexen zertrümmerte. Die Suppe floß aus und löschte das Feuer.

Da nahm ich die Beine unter die Arme und rannte davon, so schnell ich konnte. Doch die Hexen hatten mich bald eingeholt. Schon spürte ich ihren heißen Atem im Nacken, schon waren sie mir dicht auf den Fersen. Im letzten Augenblick kletterte ich auf einen hohen Baum, aber sie entdeckten mich auch dort, obwohl es stockfinster war. Sie blieben unter dem Baum stehen und durchbohrten mich mit ihren Blicken. Und da sie keine Lust hatten, mir nachzuklettern, verwandelte die Älteste die Mittlere in eine Axt und die Jüngste in einen Hund. Mit der Axt holte die Hexe aus und hieb auf den Baum ein, der Hund aber sprang an dem Stamm hoch und fletschte die Zähne. Mit dem ersten Hieb schlug die Axt den Stamm zu einem Drittel durch. Beim zweiten fraß sie sich in das zweite Drittel. Die Hexe holte ein drittes Mal aus, und diesmal wäre der Baum gewiß gefallen, hätte nicht im gleichen Augenblick der Hahn gekräht. Indem verwandelte sich die Axt vor meinen Augen in eine hübsche Jungfrau, die Hexe, die den Baum hatte fällen wollen, auch, und aus dem Hund war ein so schönes Mädchen geworden, wie es in ganz Irland kein zweites gibt und auch nie geben wird.

„Nun sage selbst, König Conal, war ich damals dem Tode nicht viel näher als der jüngste Königssohn heute?" fragte der Schwarze Räuber den finsteren König.

„Das warst du wohl", mußte der König eingestehen. „Und deshalb soll der jüngste Prinz von Stund an mein Gast sein. Doch wir haben ja noch den Mittleren, und das Öl im Kessel siedet schon!"

„Gewiß, König, doch glaube mir, ich war dem Tode schon viel näher als dieser Prinz jetzt und stehe dennoch heil und munter hier vor dir."

„Nun, so berichte uns davon. Und wenn es wahr ist, daß du dem Tode näher warst, so will ich auch ihm das Leben schenken."

Da hob der Schwarze Räuber wieder zu erzählen an:

VON DEN DREIZEHN KATERN

Die Hexen konnten mir den Streich, den ich ihnen gespielt hatte, nicht vergessen. Von jener Nacht an fügten sie mir Schaden zu, wo immer sie nur konnten. Sie töteten meine Pferde, ertränkten meine Kühe im Sumpf. Sie stahlen mir die Hühner, zerstampften die Ernte auf dem Feld, setzten die Scheunen in Brand, und es dauerte nicht lange, da war ich bettelarm. Und wenn ich Frau und Kinder ernähren wollte, mußte ich unter die Räuber gehen.

Am Anfang war ich nicht gerade erfolgreich — hin und wieder eine Kuh oder ein magerer Gaul, das war meine ganze Beute. Und als ich endlich Kuh und Pferd auf einen Hieb erbeutete, da war ich über die Maßen glücklich, denn nun würden meine Frau und meine Kinder nicht länger Hunger leiden müssen. Doch ich hatte den Tag vor dem Abend gelobt, und der wäre fast mein letzter gewesen.

Ich trieb Kuh und Pferd in der Nacht nach Hause. Plötzlich überkam mich eine solche Müdigkeit, daß ich nur noch mit Müh und Not vorwärtsstolperte. Ich war gerade in einem dichten Wald, also band ich das Pferd an einen Baum, die Kuh an einen zweiten, und unter den dritten setzte ich mich selbst. Es war kalt, und so machte ich mir ein Feuer, um mich daran zu wärmen. Doch ich war noch gar nicht richtig warm geworden, da kamen vom Berg herab die dreizehn größten Kater der Welt. Zwölf waren mannsgroß, und der dreizehnte an der Spitze, der war mindestens nochmal so groß. Ohne um Erlaubnis zu fragen, ließ er sich an meinem Feuer nieder, und die anderen zwölf setzten sich neben ihn. Sechs zur Linken und sechs zur Rechten. So saßen sie da und wärmten sich, und ihre Augen leuchteten und funkelten in der Dunkelheit, daß es aussah wie ein großes, fackelndes grünes Feuer. Zufrieden schnurrte bald der eine, bald der andere, aber als dann alle dreizehn zu schnurren anhoben, da klang es wie Donnergetöse.

Nach einer Weile hob der Riesenkater den Kopf, blinzelte mich an und knurrte: „Ich bin hungrig, mag nicht länger hungern. Gib mir was zu fressen, aber rasch!"

„Ich hab ja selbst nichts, höchstens den alten Grauschimmel, der dort am Baum angebunden ist."

Die Kater sprangen vom Feuer auf, miauten und waren verschwunden. Nach einer Weile kamen alle dreizehn zurück, leckten sich das Maul, setzten sich wieder um das Feuer und schnurrten.

Ich hatte noch gar nicht recht nachdenken können, wie ich den Katern entkommen sollte, da sprach das verfressene Riesenvieh schon wieder: „Ich bin immer noch hungrig, mag nicht länger mehr hungern. Gib mir was zu fressen, aber rasch!"

„Ich hab ja selbst nichts, höchstens die alte Kuh, die dort am Baum angebunden ist."

Die Kater sprangen vom Feuer auf, miauten und waren verschwunden. Nun war es für mich aber wirklich höchste Zeit, wenn ich das nackte Leben retten wollte. Ich zog geschwind meine Jacke aus, wickelte sie um einen Stock und steckte meine Mütze obenauf, damit es aussehe, als sei ich am Feuer eingeschlafen. Dann kletterte ich auf den höchsten Baum.

Die Kater kamen bald zum Feuer zurück, leckten sich und schnurrten behaglich.

Nach einer Weile sprach das Riesenvieh wieder: „Ich bin hungrig, mag nicht länger hungern. Gib mir was zu fressen, aber rasch!"

Als er keine Antwort erhielt, sprang er zu dem Holz, schlug seine Zähne in die Jacke und riß mit der Pfote die Mütze herunter.

„Aha, du bist also ausgerissen! Na warte nur, wir kriegen dich schon, und solltest du in den Wolken fliegen oder tief unter der Erde stecken!" drohte er.

Und gleich schickte er seine Kater auf die Suche. Sechs sollten ganz Irland durchstöbern und sechs unter der Erde wühlen. Er selbst aber machte es sich genau unter meinem Baum bequem und wartete.

Bald waren die Kater wieder zurück und meldeten, daß sie keine Spur gefunden hätten. Der Riesenkater verdrehte vor Wut die Augen, und dabei entdeckte er mich oben auf dem Baum. Mehr brauchte er nicht.

„Aha, jetzt haben wir dich!" rief er und befahl den Katern, den Stamm durchzubeißen.

Die zwölf Ungeheuer waren mit dem dicken Baum im Nu fertig. Sie bissen den Stamm durch, und der Baum stürzte direkt vor den Riesenkater hin. Es wäre um mich geschehen gewesen, hätte ich mich nicht im Sturz auf den nächsten Baum hinüberschwingen können. Auch der fiel den Ungeheuern zum Opfer, und ich mußte wieder einen Baum weiter springen. Schließlich hatten die Kater den ganzen Wald umgelegt, nur ein einziger Baum war noch übrig. Doch was sollte werden, wenn auch dieser fiel? Schon schwankte er bedrohlich, aber das merkte ich gar nicht, denn ich starrte wie gebannt auf dreizehn Wölfe, die plötzlich herangestürmt kamen. Zwölf graue Wölfe liefen in einer Reihe, und geführt wurden sie von einem dreizehnten, der noch größer und schrecklicher aussah als die anderen.

Und dann entspann sich da unten ein wütender Kampf, wie ich noch nie einen gesehen hatte. Die wilden Tiere fielen übereinander her, bissen und schlugen sich, bis unter dem Baum zwölf tote Wölfe und zwölf tote Kater lagen. Nur der riesige rote Kater und das Wolfsungeheuer kämpften noch verbissen miteinander, aber schließlich erlagen auch sie den schweren Wunden. Erst da wagte ich mich vom Baum herunter, was allerdings kein leichtes Unterfangen war, denn der Stamm war ja schon fast durchgebissen. Das letzte Stück fiel ich hinab, aber ich sprang schnell wieder auf und rannte davon, als seien mir Wölfe und Kater noch immer auf den Fersen.

„Nun sag selbst, König Conal, war ich damals dem sicheren Tode nicht viel näher als der mittlere Prinz jetzt?“ wandte sich der Schwarze Räuber wieder an den König.

„Das warst du wohl, und deshalb soll auch der mittlere Königssohn mein Gast sein. Doch für den Ältesten siedet schon das Öl im Kessel.“

„Mag es ruhig weiter sieden! Ich war dem sicheren Tod schon viel näher als er, und dennoch stehe ich heil und munter vor dir.“

„So berichte denn davon, und wenn es wahr ist, daß du dem Tode näher warst, so will ich auch dem dritten Prinzen das Leben schenken.“

Da erzählte der Schwarze Räuber seine dritte Geschichte:

VON DEM UNDANKBAREN GESELLEN

Nach ein paar Jahren beherrschte ich mein Handwerk wie kein zweiter. Denn auch die Räuberei ist ein Handwerk wie jedes andere. Als ich es zum Meister gebracht hatte, stellte ich ein paar Gesellen ein, die mir helfen sollten. Einer davon war ein besonders geschickter und anstelliger Bursche. Ihm widmete ich mich ganz besonders und hatte ihm bald alles beigebracht, was ich selbst konnte. Ja, er schien sich sogar besser zum Räuber zu eignen als ich selbst, denn er war schneller, gewandter und schlauer.

Damals hörte ich von einem reichen Riesen, der irgendwo am anderen Ende unseres Landes unter der Erde hausen sollte. Man erzählte sich, seine Höhle quelle über von Gold, Silber und Edelsteinen, denn der Riese hatte schon viele reiche Herren überfallen und ausgeraubt. Diese Höhle nun wollte ich mit meinem Gesellen ausfindig machen, warten, bis der Riese nicht zu Hause war, und mir von seinen Schätzen nehmen, soviel wir nur tragen konnten. Das würde gewiß reichen bis ans Ende unserer Tage.

Lange irrten wir umher und suchten das Versteck des Riesen, bis wir es eines Tages endlich entdeckten. Es war eine unterirdische Höhle, und der einzige Zugang war eine tiefe Felsspalte.

Ein paar Tage versteckten wir uns in der Nähe und paßten auf, bis wir sicher waren, daß der Riese jeden Morgen wegging und erst am Abend zurückkam, einen riesigen Sack über der Schulter, von dem wir natürlich annahmen, daß er voll von Gold, Silber und Juwelen sei.

Eines Morgens, als der Riese schon weit weg war, band ich meinem Gesellen einen Strick um den Leib und ließ ihn in die Höhle hinab. Aber er war noch nicht durch die halbe Spalte gekommen, da begann er an dem Strick zu ziehen und zu schreien, ich solle ihn wieder hochziehen.

„Mir ist plötzlich übel geworden“, erklärte er. „Geh du, Meister, ich lasse dich hinab und ziehe dich dann mit der Beute wieder hoch.“

Ich ließ mich durch den schmalen Felsspalt in die Höhle hinab. Dort sah ich ganze Berge von Gold, Silber und Edelsteinen. Ich band den Sack auf und warf so viel hinein, wie ein kräftiger Mann tragen kann, band den Sack an den Strick und rief dem Gesellen zu: „Zieh, aber vorsichtig!“

Ich sah zu, wie der Sack langsam in der Höhe verschwand, und machte mich daran, einen zweiten zu füllen. Als auch der bis zum Rand voll war, befahl ich dem Gesellen wieder, den Strick herunterzulassen. Es dauerte eine ganze Weile, bis er antwortete:

„Danke, Meister, ich habe schon ausgelernt. Mehr kann ich nicht lernen. Und so lebe denn wohl! Und viel Spaß mit dem Riesen!“

Ich meinte erst, es sei ein Scherz, aber als er sich nicht mehr bemerkbar machte und auch den Strick nicht herunterließ, da ging mir auf, daß ich so tief im Unglück saß wie wohl noch nie zuvor. Nur eine Fliege hätte durch die Spalte hinausfliegen können. Ich suchte verzweifelt, wo ich mich verkriechen könne, aber nirgends fand ich ein sicheres Versteck. Plötzlich hörte ich draußen ein Poltern. Das konnte nur der Riese sein. Mir blieb nichts anderes übrig, als mich schnell zwischen den Leichen zu verstecken, die in einer Ecke lagen. Da kam auch schon der Riese mit drei neuen Opfern, die er erschlagen hatte, warf sie zu den übrigen, und dann riß er den Toten die
 Kleider vom Leib und nahm alles, was sie an Wertgegenständen bei

sich trugen, an sich. Auch mir zog er die Kleider aus und warf mich in einen riesigen Korb. Als der Korb voll war, trug er ihn tiefer in die Höhle hinein und schüttete ihn über einer tiefen Schlucht aus. Da ich ganz unten im Korb lag, konnte ich mich an dem Geflecht festhalten. Und zu meinem Glück schaute der Riese nicht mehr in den Korb, sondern stellte ihn, mit dem Boden nach oben, in die nächste Ecke.

Lange hörte ich die Riesenschritte hin und her stampfen, dann ein lautes Schmatzen — das verriet mir, daß der Riese aß. Nach einiger Zeit wurde es still, und auf die Stille folgte ein lautes, regelmäßiges Schnarchen.

‚Jetzt mußt du dein Glück versuchen!' sagte ich mir und kletterte vorsichtig unter dem Korb hervor. Ich wagte kaum zu atmen und war wohl noch nie so leise aufgetreten wie nun in der Höhle des Riesen. Ich sah mich suchend um, denn irgendwie mußte der Riese doch in seine Behausung gelangen. Und ich hatte Glück. An der Spalte lehnte eine riesige, in Stein gehauene Leiter. Wenn der Riese die Höhle verließ, drehte er sie einfach um, damit niemand sie benutzen konnte — es sei denn, er war genauso stark wie er selbst. Wenn er aber zu Hause war, ließ er sie stehen, und das war meine Rettung. Ich rannte die Stufen hinauf und lief davon.

„Nun sag, König Conal, war ich damals dem sicheren Tode nicht viel näher als der älteste Prinz heute?"

„Das warst du, und deshalb soll auch der dritte irische Königssohn von Stund an mein Gast sein. Doch glaube nicht, daß das Öl im Kessel umsonst siedet. Du bist zwar schon manchmal dem Tode entronnen, doch nie war er dir so gewiß wie heute."

„Der Tod ist gewiß, doch ungewiß die Stunde", antwortete der Schwarze Räuber. „Glaub mir, ich war dem Tode schon viel näher als in diesem Augenblick, und doch stehe ich gesund und munter vor dir."

„Gut, so berichte uns davon, und wenn es wahr ist, daß du dem Tode näher warst, so will ich auch dir das Leben schenken und euch alle reich bewirten."

Da erzählte der Schwarze Räuber seine vierte Geschichte.

Einmal war ich lange unterwegs und todmüde. Ich zitterte vor Kälte, und mein Magen knurrte vor Hunger. Da kam ich zu einem Haus und ging hinein. ‚Vielleicht kann ich mich hier ein bißchen aufwärmen, und wenn ich Glück habe, findet sich nicht nur ein Plätzchen am Ofen für mich, sondern auch am Tisch', dachte ich. In der Stube fand ich nur eine junge Frau mit einem Kind auf dem Schoß. Das Kind lachte und jauchzte, die Frau aber weinte verzweifelt.

„Warum weinst du so?" fragte ich erstaunt.

„Wie könnte ich lachen und mit dem Kind spielen, wo uns doch der Tod erwartet", antwortete die Frau und weinte noch jämmerlicher. „Und wenn sie dich hier finden, ist es auch um dich geschehen!"

Mit Müh und Not gelang es mir, sie soweit zu beruhigen, daß sie mir erzählen konnte, in welch schreckliches Haus ich da geraten war.

„Im vorigen Herbst war ich mit meinen Eltern auf dem Jahrmarkt in der Stadt. Da erschienen dort plötzlich drei Riesen. In dem folgenden Durcheinander nahmen die Riesen den Leuten alles weg, was sie bei sich hatten. Plötzlich sah mich der älteste der Riesen. Er hob mich hoch, warf mich über seine Schulter und zog mit seinen Brüdern und der Beute wieder ab. Sie schleppten mich hierher, und seit der Zeit muß ich für sie kochen und das Haus in Ordnung halten. Aber am schlimmsten ist, daß der älteste Riese mich heiraten will. Ich konnte ihn erweichen, wenigstens noch bis zu meinem achtzehnten Geburtstag zu warten, aber in ein paar Tagen ist die Frist um, und bei Gott, eher will ich mit dem Kind hier sterben, als daß ich die Frau des gräßlichen Riesen werde!"

„Und was ist das für ein Kind?"

„Gestern haben es die Riesen aus dem Königsschloß entführt und mir befohlen, es zu töten. Sie meinten, wenn der König seinen einzigen Sohn verliert und nicht weiß, was mit ihm geschehen ist, wird er ihn in der ganzen Welt suchen und darüber die Riesen vergessen und sie nicht länger verfolgen. Und selbst wenn es eines Tages herauskommen sollte, daß sie es waren, die den Prinzen entführt und getötet haben, so werden alle noch viel mehr vor ihnen zittern und sie in Ruhe lassen."

Ich hatte genug gehört.

„Hör auf zu weinen und fürchte dich nicht, sondern hör mir gut zu", sagte ich. „An den Tod zu denken, ist immer noch Zeit genug, wir wollen lieber versuchen, ihm zu entkommen. Ich habe ein Schwein im Sack, das brate schnell und stell auch genug Bier und Schnaps für die Riesen bereit. Ich verstecke mich inzwischen mit dem kleinen Prinzen im Keller, und dann werden wir sehen, wie wir uns alle drei retten können."

Als die Riesen heimkehrten, lief ich mit dem Prinzen im Arm in den Keller. Dort stand ein riesiges Faß, und von der Decke hingen große Stücke Fleisch. Ich versteckte mich mit dem Kind in der finstersten Ecke und wollte dort so lange warten, bis die Riesen von dem guten Essen und Trinken fest eingeschlafen waren.

Nur hatte ich dabei nicht mit ihrer Unersättlichkeit gerechnet. Erst kam der jüngste Riese in den Keller herabgepoltert. Die anderen hatten ihn nach Fleisch geschickt, weil ihnen der Braten nicht gelangt hatte. Er schwankte unsicher und lehnte sich haltsuchend an das Faß, hinter dem ich mich versteckt hatte. Wie er mir, nach dem Fleisch langend, den Rücken zukehrte, stach ich zu, und der Riese fiel tot um. Nach einer Weile, als der jüngste Bruder nicht wiederkam, stieg der mittlere Riese in den Keller herab. Er hatte nur Augen für das Fleisch, von dem er das beste Stück aussuchen wollte, und stolperte dabei der Länge lang über den Bruder. Da sprang ich hinzu und erstach auch ihn. Wie lange es dauerte, bis der dritte Riese auf der Bildfläche erschien, das weiß ich beim besten Willen nicht zu sagen. Jedenfalls kam er plötzlich in den Keller gestürmt, fand seine Brüder auf dem Boden liegend, und als er ihnen auf die Beine helfen wollte, da sah er, daß es um sie geschehen war. Rasend vor Wut suchte er den ganzen Keller ab und hatte mich bald gefunden. Er sprang auf mich zu, schwang eine riesige Keule über dem Kopf und ließ sie mit solcher Wucht niedersausen, daß sie tief in der Erde steckenblieb. Ich war aber rechtzeitig zur Seite gesprungen, so daß mir kein Härchen gekrümmt wurde. Ehe der Riese die Keule wieder aus der Erde gezogen hatte, war ich hinter ihm und stach dreimal zu.

Doch er muß wohl neun Leben gehabt haben, denn es gelang ihm, im letzten Atemzug nochmal zuzuschlagen. Er traf mich zwar nicht mit aller Wucht, verletzte mich aber doch schwer, ehe sich die Keule tief in den Steinboden eingrub und der Riese leblos auf seine Brüder fiel. Aber auch ich brach zusammen, und aus der tiefen Wunde an meiner Hüfte floß das Blut in Strömen. Schon wollten sich meine Augen für immer schließen, da hörte ich, wie das Mädchen gelaufen kam und neben mir niederkniete.

„Nun kann ich beruhigt sterben, weiß ich euch beide doch gerettet", hauchte ich.

„Warum sollst du sterben? Halte durch, die Riesen haben das Wasser des Lebens, ich trage dich hin, und deine Wunde wird heilen!"

Sie hob mich auf ihren Rücken und trug mich in den Nebenkeller, in dem ein riesiges Faß stand, das bis zum Rand mit dem Wasser des Lebens gefüllt war. Aber mehr sah ich nicht. Wie sich das Mädchen mit mir über das Faß beugte, da schwanden mir die Sinne, und hätte sie mir nicht das lebensspendende Wasser gereicht, gewiß hätte ich in diesem Augenblick meine Seele ausgehaucht. So aber brachte mich das Wasser des Lebens wieder zu mir, gab mir Kraft und Gesundheit zurück, und ich konnte den Keller verlassen.

„Nun sage, König Conal, war ich damals dem Tode nicht näher als jetzt?"

„Das warst du wohl", stimmte der König zu. „Und selbst wenn es nicht so wäre, so bist du mir doch von Stund an der allerliebste Gast auf der Welt. Wisse, ohne dich würde ich heute nicht hier sitzen. Ich bin jener Knabe, den du damals aus den Händen der Riesen befreit hast. Mein Vater erfuhr, daß der Schwarze Räuber mir das Leben gerettet hatte, und ließ dich auf dem ganzen Erdball suchen, aber man fand dich nirgends. Später suchte auch ich lange nach dir und stellte meine Nachforschungen erst ein, als ich erfuhr, du seist gestorben. Ich bin über die Maßen glücklich, dich in meinem Schloß begrüßen zu können!"

Die Diener trugen im Königssaal ein solches Gastmahl auf, daß man noch heute davon spricht. Dann beschenkte König Conal den Schwarzen Räuber reich, gab auch den Prinzen kostbare Geschenke zur Erinnerung mit und borgte ihnen seine Pferde.

„Wenn ihr sie nicht mehr braucht, so laßt sie einfach laufen", sagte er zum Abschied. „Sie finden allein zurück."

Die drei Brüder bedankten sich bei König Conal und auch bei dem Schwarzen Räuber und kehrten dann zu ihrer Stiefmutter zurück. Die schaute schon vom höchsten Burgturm nach ihnen aus.

„Habt ihr die Pferde des Königs Conal?" rief sie ihnen entgegen.

„Wir bringen sie, wie du uns aufgetragen", antwortete der älteste Königssohn.

„Ich komme sofort runter, um auf ihnen zu reiten", freute sie sich.

„Das hat keine Eile", erwiderte der mittlere Prinz. „Wir haben nicht versprochen, daß wir dir König Conals Pferde geben, denn das hast du nicht befohlen. Du wolltest nur, daß wir sie herbeischaffen, und das haben wir getan. Damit ist unsere Aufgabe erfüllt!" Nach diesen Worten ließen die Brüder König Conals Pferde frei. Die Hengste wieherten laut, schüttelten die Mähnen, machten kehrt und stürmten davon. Bald war das Donnern ihrer Hufe in der Ferne verklungen.

„Aber auch so kann ich endlich vom Turm herabsteigen und mich nach langer Zeit wieder satt essen und satt trinken", meinte die Königin. „Ihr seid ja nun zurück."

„Ja, wir sind zurück, aber warte noch", gebot ihr da der jüngste Prinz Einhalt. „Du hast vergessen, daß auch ich ein Spiel gewonnen und bisher noch nichts dafür gefordert habe."

„Und was verlangst du von mir?"

„Nicht mehr und nicht weniger, als daß du so lange auf dem Turm bleibst, bis du wieder drei Königssöhne gefunden hast, die sich nach den Pferden des Königs Conal ausschicken lassen."

Als das die Königin hörte, da stürzte sie sich vom Turm und brach sich das Genick.

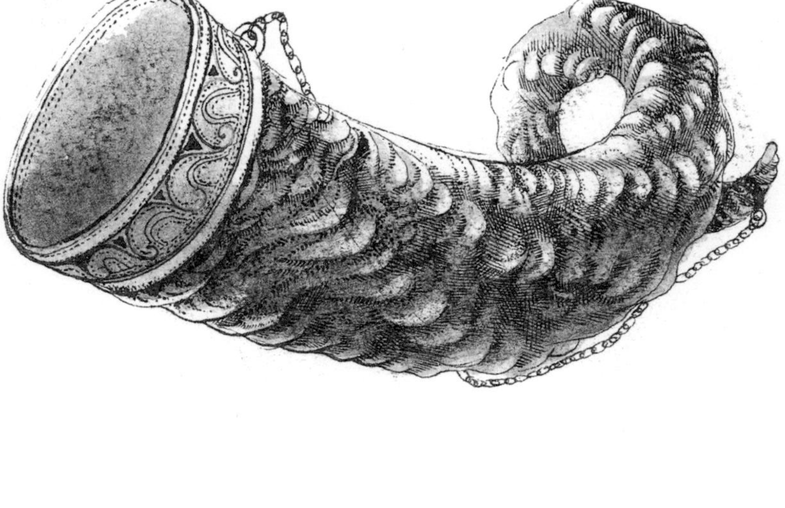

Wie Gwion zum berühmtesten Sänger wurde

Vor langen, langen Zeiten lebte ein mächtiger Edelmann, der hatte eine hübsche junge Frau und zwei Kinder. Die Tochter war das schönste Mädchen unter der Sonne. Wer ihr goldenes Haar sah und in ihre himmelblauen Augen blickte, der vergaß augenblicklich alle Sorgen. Die Eltern hätten glücklich und zufrieden sein können, wäre ihr Sohn nicht das häßlichste Kind weit und breit gewesen.

Die Herrin war darüber sehr bekümmert. Sie vergoß heimlich vie-

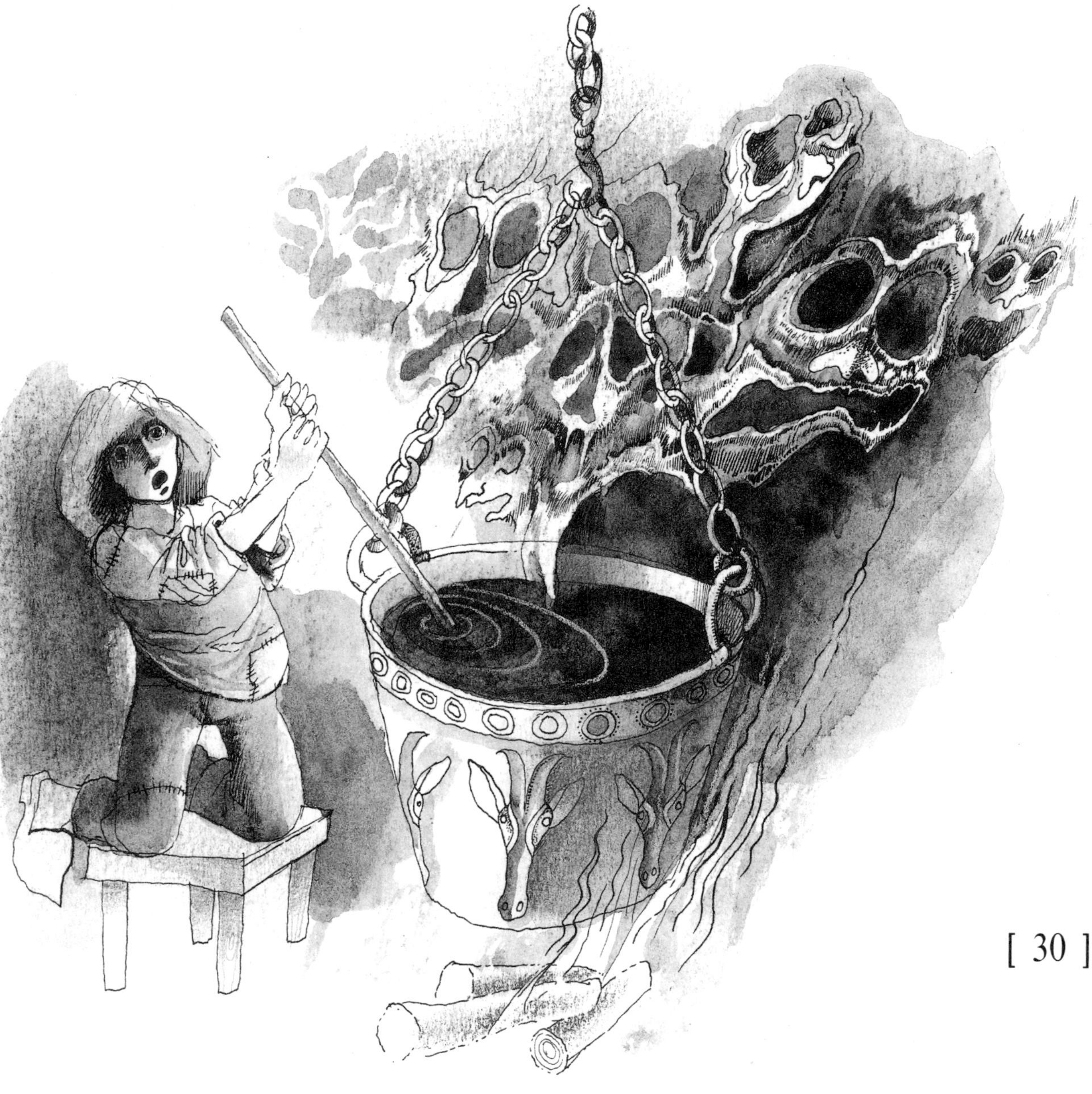

le Tränen, und das Lächeln gefror ihr auf den Lippen, wenn sie ihren Sohn nur ansah. Doch was half's, der Junge wurde von Jahr zu Jahr immer häßlicher. Schließlich setzte sich die Herrin in den Kopf: Wenn mein Sohn schon so abscheulich aussieht, so soll er wenigstens der Klügste und Gescheiteste auf der ganzen Welt sein. Vielleicht wird man dann über seine Häßlichkeit hinwegsehen.

Seitdem hatte sie keine ruhige Stunde mehr. Sie ging von einem Zauberer zum anderen, suchte alle weisen Frauen und Kräuterweiber weit und breit auf und holte bei ihnen Rat ein, wie sie aus ihrem Sohn den klügsten Menschen der Welt machen könnte.

Schließlich hängte sie auf Anraten der Hexenmeister und Kräuterweiber einen Kessel übers Feuer, goß alle erreichbaren Weisheitswässerchen hinein, tat die verschiedensten Kräuter dazu, um einen Trank zu brauen, der ihrem Sohn alle Weisheit der Welt eingeben sollte. Ein ganzes Jahr sollte das Gebräu kochen, und jeden Monat mußte sie neue Wurzeln und Kräuter hinzugeben. So hatte sie es von ihren Ratgebern erfahren.

Nach und nach guckte sie dabei den Zauberern und Hexen so manches von deren Künsten ab, und seit sie selbst des Zauberns und Besprechens mächtig war, ließ sie keinen im Palast an den Kessel heran, denn niemand sollte erfahren, was sie in den Trank mischte und welche Zauberformeln sie dabei murmelte. Sie fand im Dorf einen armen Waisenknaben, den stellte sie an und lehrte ihn mit einer goldenen Kelle den Schaum abschöpfen, den Trank gut rühren und vorsichtig das Feuer schüren, damit die Kohle Tag und Nacht glühte wie die Augen hungriger Wölfe.

„Gwion, wenn du mir ein Jahr lang treu dienst, werde ich dich reich belohnen", versprach die Herrin dem Jungen. „Du bekommst neue Kleider und genug zu essen und, wenn dein Dienst zu Ende ist, einen ganzen Beutel voll Silber. Aber wenn auch nur ein einziger Tropfen überkocht, ergeht es dir schlimm!"

Der Bursche begann vor Angst zu schlottern, so drohend hatte sie ihn dabei angesehen, aber da beruhigte sie ihn gleich wieder!„Ich sehe, daß du geschickt und fleißig bist, du wirst gewiß gut aufpassen."

Nach einiger Zeit wußte Gwion nicht mehr, wieviel Tage und Nächte er schon Schaum abschöpfte, den Trank rührte und das Feuer schürte. Hin und wieder erschien die Herrin und setzte sich ans Feuer. Dann schickte sie den Burschen jedesmal schlafen. So war fast ein Jahr vergangen, da geschah es eines Morgens, daß die Kräuter im Kessel stärker aufkochten, der Schaum in die Höhe stieg und drei Tropfen, schwarz wie Teer, dem Jungen auf die Hand spritzten. Gwion leckte sich schnell die Hand ab, rührte den Kessel und schöpfte den Schaum ab, damit die Herrin nichts merkte. Indem hörte er vorm Fenster ein Raunen — da flüsterten die Bäume im Wind, und Gwion verstand, was sie sich zuflüsterten. Ja, er konnte auch die Sprache der kleinen Vögel verstehen, die in ihrem Nest piepsten, sie seien hungrig. Vor Freude hätte er am liebsten einen Luftsprung gemacht, doch er wußte sogleich auch, daß er mit keiner Miene verraten durfte, wieviel Weisheit ihm die drei Tropfen eingegeben hatten.

Am Morgen kam die Herrin nachsehen, ob der Sud kochte und das Feuer brannte. Nur drei Tage fehlten noch bis zu der Zeit, da der Trank fertig sein sollte, und sie konnte es kaum noch erwarten. Als die Herrin Gwion anschaute, da las der aus ihren Augen die Wahrheit — und erschrak zu Tode: Die böse Frau dachte gar nicht daran, ihm einen Beutel Silber oder neue Kleider zu geben, hatte nie vorgehabt, ihn für seine treuen Dienste zu entlohnen, sondern wollte ihren Helfer, sobald der Trank fertig war, aus der Welt schaffen. Sie fürchtete, er könne jemandem verraten, wo ihr Sohn seine Weisheit her hatte.

Doch die Augen hatten nicht nur die Herrin verraten, sondern auch Gwion. Die Frau wußte sofort, daß der Junge von dem Zaubertrank gekostet hatte. Aber genausoschnell wußte auch Gwion, daß er fliehen mußte, wenn er hier lebendig herauskommen wollte. Er hatte den Gedanken noch gar nicht zu Ende gedacht, da rannte er auch schon als Langohr zur offenen Tür hinaus, sprang über die Schloßmauer und verschwand im Gesträuch über dem tiefen Schloßgraben.

Die Herrin verwandelte sich sogleich mit einem Zauberspruch in einen Windhund und setzte dem Hasen nach. Gwion erschrak fast zu Tode, als er den Hund sah, konnte aber noch geistesgegenwärtig flüstern: „Ich will ein Fisch im Wasser sein!“

Da schwamm auch schon zwischen den mächtigen Wurzeln der alten Weide eine silberne Forelle. Die Zauberin verwandelte sich in einen Fischotter und plumpste in die Bucht unter der Weide. Doch noch ehe sie sich im Wasser richtig umsehen konnte, da schwang ein

kleines Vögelchen über dem Schloßgraben seine Flügel und stieg hoch in die Wolken hinauf. Aber schon kreiste über dem kleinen Sänger der schwarze Schatten eines Habichts. Der Vogel verwandelte sich schnell in ein Haferkorn und kullerte in das Dreschstroh auf der Tenne. Dort wühlte eine schwarze Henne mit ihrem scharfen Schnabel in dem Stroh, warf es auseinander, suchte ein einziges Haferkorn. Und sie pickte es wirklich auf und biß es durch. Die eine Hälfte fiel ihr dabei aus dem Schnabel und verwandelte sich wieder in einen Menschen, und siehe — im Stroh lag ein neugeborenes Kind. Die Herrin verwandelte sich wieder in eine hübsche junge Frau, nahm einen Korb, legte das Kind hinein und trug es zu einem Felsen, der ins Meer hinausragte. Von dort warf sie den Korb ins Wasser, wo ihn die Wellen auffingen und mit der Strömung davontrugen, den nahen Felsklippen zu.

Zufrieden kehrte die Herrin nach Hause zurück, doch dort erstarrte sie, als sie sah, was inzwischen geschehen war: Der schwarze Sud war übergekocht, nur verbrannte Kräuter klebten am Boden des Kessels. Vergebens war all ihr Mühen gewesen, und weder Tränen noch Zauberei konnten mehr helfen.

Zu jener Stunde lenkte gerade Fürst Elfin sein Boot in die Bucht zwischen den Riffen, denn er wollte nachsehen, was sich über Nacht in seinen Reusen gefangen hatte. Da sah er einen Korb schwimmen. Er zog ihn mit einem langen Haken zu sich heran, öffnete ihn und konnte sich nicht satt sehen an dem hübschen Kindlein, das er darin fand. Er nahm es in seinen Arm, wickelte es in sein Wollhemd und ruderte, so schnell er konnte, zum Ufer zurück, um den kleinen Findling zu retten. Die Frauen im Fürstenpalast nahmen sich des Kleinen liebevoll an, und der wuchs zu aller Freude und wurde von Tag zu Tag stärker und klüger.

An dem Tag, an dem der Junge sieben Jahre alt war, wurde Fürst Elfin auf der Jagd von königlichen Heerscharen aus dem Norden überfallen und in die feste Königsburg verschleppt. Groß war die Trauer im Fürstenschloß, doch was nutzte alles Jammern und Klagen, keiner wußte, wie sie den Fürsten aus seinem Kerker befreien konnten.

Da sprach der kleine Gwion: „Gebt mir ein Pferd und Geleit, ich werde den Fürsten befreien!“

Die Fürstin lächelte traurig: „Mein Kind, was kannst du schon ausrichten, wo doch alle unsere Heerführer und Soldaten machtlos sind angesichts der starken Königsburg?“

„Ich sage ja nicht, daß ich stärker bin und die Burg mit Gewalt einnehmen will“, erwiderte der Junge mutig. „Aber ich werde die Herren dort so verwirren, daß sie nicht mehr wissen, wie sie heißen, und schließlich den Fürsten freilassen, ob sie wollen oder nicht.“

Die Fürstin hegte zwar starke Zweifel, aber schließlich ließ sie sich doch überreden und rüstete den Jungen aus für den gefährlichen Ritt.

„Und nun mit dem Wind um die Wette!“ rief Gwion, als sie gen Norden aufgebrochen waren. Und als schon alle vor Müdigkeit und Erschöpfung fast vom Pferd fielen, da spornte er sie wieder an: „Ausruhen können wir, wenn unser lieber Herr frei ist. Denkt nur daran, daß er hinter dicken Kerkermauern in Ketten schmachtet, von Kälte und Hunger geplagt. Was ist unsere Müdigkeit dagegen?“

Endlich langten sie erschöpft vor der Königsburg an. Die Wachen hatten nur ein verächtliches Lächeln für den kleinen Haufen, der noch dazu von einem Kind angeführt wurde. Gwion aber hob stolz den Kopf und rief schon von weitem:

„Öffnet das Tor und meldet mich eurem König! Ich bin gekommen, eure weisesten und klügsten Herren zu beschämen und anstelle eurer erbärmlichen Sänger ein Lied zu singen. Laßt Platz machen für uns an der Tafel des Königs!“

Den Räten und Sängern, den Rittern und Dienern verschlug es die Sprache, als sie diese verwegenen Worte aus dem Mund eines Kindes vernahmen. Der König selbst aber lachte nur. Und als man ihm mitteilte, daß der Knabe einen goldgestickten Mantel trüge wie ein Fürst und sein edler Hengst einen mit Diamanten geschmückten Sattel, ließ er Platz machen an seiner Tafel für die fremden Gäste.

„Mein Herr“, sprach Gwion nach dem reichen Festmahl, „ich bin gekommen, deine klügsten Herren Räte zu beschämen und in den Schatten zu stellen und dir ein Lied vorzusingen, denn ich habe gehört, daß deine Räte dumm sind und deine Höfsänger krächzen wie junge Hähne, die das Krähen lernen.“

Der König lief rot an vor Zorn und befahl seinen Sängern, sogleich sein Lieblingslied zu singen, das Lied von seiner Burg, der mächtigsten aller Burgen, und von seinem Reich, dem größten und mächtigsten aller Königreiche. Der Junge schaute die Sänger nur scharf an, und da piepsten und spielten alle so falsch, daß einem die Ohren wehtaten von dieser Musik, die wirklich gar sehr wie das ungeübte Krähen junger Hähne klang.

„Genug!“ schrie der König außer sich vor Wut. „Jetzt zeig du, was du kannst!“ Und er zeigte auf Gwion.

„Gern, doch zuvor gestatte, daß ich deinen vierundzwanzig Räten ein Rätsel aufgebe, das sie bis zum Morgen nicht erraten.“

Jetzt liefen auch die Höflinge rot an vor Zorn ob solcher Unverschämtheit.

„Nun, wenn meine Räte dein Rätsel wirklich nicht erraten, so kannst du von mir verlangen, was du willst, ich werde es erfüllen!“ rief der König. „Aber wenn sie es erraten, und sie erraten es bestimmt, dann sollt ihr am eigenen Leibe erfahren, daß keiner, der sich über den König und seine Ratgeber lustig macht, ungestraft davonkommt!“

„Glaube mir, ich würde es nie wagen, mich über dich lustig zu machen. Du sollst mir nur, wenn ich gewinne, eine einzige Bitte erfüllen.“

Der ganze Hof erstarrte ob solcher Unverschämtheit. Im Thronsaal hatten sich gerade die weisesten Herren aus ganz Wales versammelt, und da kam so ein unmündiger Knabe daher und wollte klüger sein als sie alle zusammen. Hinauswerfen sollte man ihn!

Gwion aber maß die Herren einen nach dem anderen und fragte sie nur: „Nun, so sagt mir, meine Herren, was ist das: Er ist mächtiger als die Mächtigsten der Welt, denn Wald und Feld verneigen sich vor ihm. Er ist nicht aus Fleisch und Blut, hat weder Kopf noch Arme und Beine, und dennoch kommt er überall in der Welt herum, nur daß ihn noch niemand gesehen hat.“

Da kratzten sich die weisen Herren die Köpfe, rieten hin und rieten her, nicht nur bis zum frühen Morgen, ganze drei Tage und drei Nächte taten sie kein Auge zu und überlegten. Aber erraten konnten sie es nicht. „Wir geben uns geschlagen“, erklärte schließlich der älteste Ratsherr mit hängendem Kopf.

„Würdet ihr nicht eure Köpfe immer nur in eure Bücher stecken und nur faul an den Tischen der Königs- und Fürstensäle herumsitzen, so hättet ihr gleich gewußt, daß es der Wind ist!“ lachte Gwion sie aus.

Nun wurden die Herren noch wütender als zuvor, daß ein solches Kind sie drei Tage und Nächte beschäftigt hatte, und wollten Gwion aus der Burg jagen. Keiner dachte daran, ihn nach seinem Wunsch zu fragen, der ihm ja freistand.

Doch kaum hatte Gwion das letzte Wort ausgesprochen, da tönte aus der Ferne ein Rauschen, wurde lauter und stärker, kam näher und näher, bis es zu einem gewaltigen Fauchen und Donnern anschwoll. Ein schrecklicher Sturm brach los, riß das Dach von dem Turm, in dem der König den Fürsten gefangenhielt, sprengte die Ketten und hob den Gefangenen wie ein Federchen auf. Fürst Elfin war frei wie ein Vogel. Dann stürmte der Wind auch in den Thronsaal, und ehe sich's die Herren versahen, flogen sie bis an die Decke. König, Räte, Edelleute, Diener und Wachen, alle vollführten sie einen wilden Tanz in der Luft und wurden durcheinander gewirbelt, daß sie nicht mehr wußten, was oben und was unten war. Und sie fanden erst wieder festen Boden unter den Füßen, als sie geschworen hatten, Fürst Elfin und Gwion von nun an in Frieden zu lassen und nie mehr zu vorfolgen, weder sie noch ihre Kinder und Kindeskinder. Erst dann machte Gwions Wort dem Spuk ein Ende. Alle kehrten auf ihren Platz im Thronsaal zurück, und die Sänger und deren Instrumente hatten ihre Stimmen wiedergefunden.

Kein Wunder, daß die Kunde vom weisen Gwion sich schnell im ganzen Königreich verbreitete. Bald war er der berühmteste Sänger in ganz Wales — wenn Gwion sang, verstummten alle anderen. Seine Stimme vertrieb die Einsamkeit, seine Worte waren wie ein mächtiger Zauber, der Kummer und Leid vergessen und auch die Zeit stillstehen ließ. Deshalb haben die Menschen bis heute den berühmten Sänger Gwion nicht vergessen.

Das silberne Häschen

Vor langen Zeiten lebte in der Bretagne am Meer ein mächtiger Edelmann. Seine Frau war jung gestorben und hatte ihm einen Sohn und drei hübsche Töchter hinterlassen. Mit der Zeit verheilte der Schmerz um die teure Verschiedene, und der Edelmann hätte glücklich und zufrieden leben können, wären nicht plötzlich in den nahen Bergen drei Riesen aufgetaucht. Keiner wußte, woher sie gekommen waren, aber sie waren so schrecklich, daß das ganze Land vor ihnen zitterte — und wahrlich nicht ohne Grund. Sie nahmen, was immer sie sahen, trieben Kühe, Pferde, Schafe, Ziegen, Wagen und manchmal auch Menschen in ihre Wälder. Der Edelmann wußte sich keinen anderen Rat, als daß er um das Schloß eine hohe Mauer bauen ließ und überall im Garten Wachen aufstellte.

Die Töchter mußten stets innerhalb der Mauern bleiben, damit sie

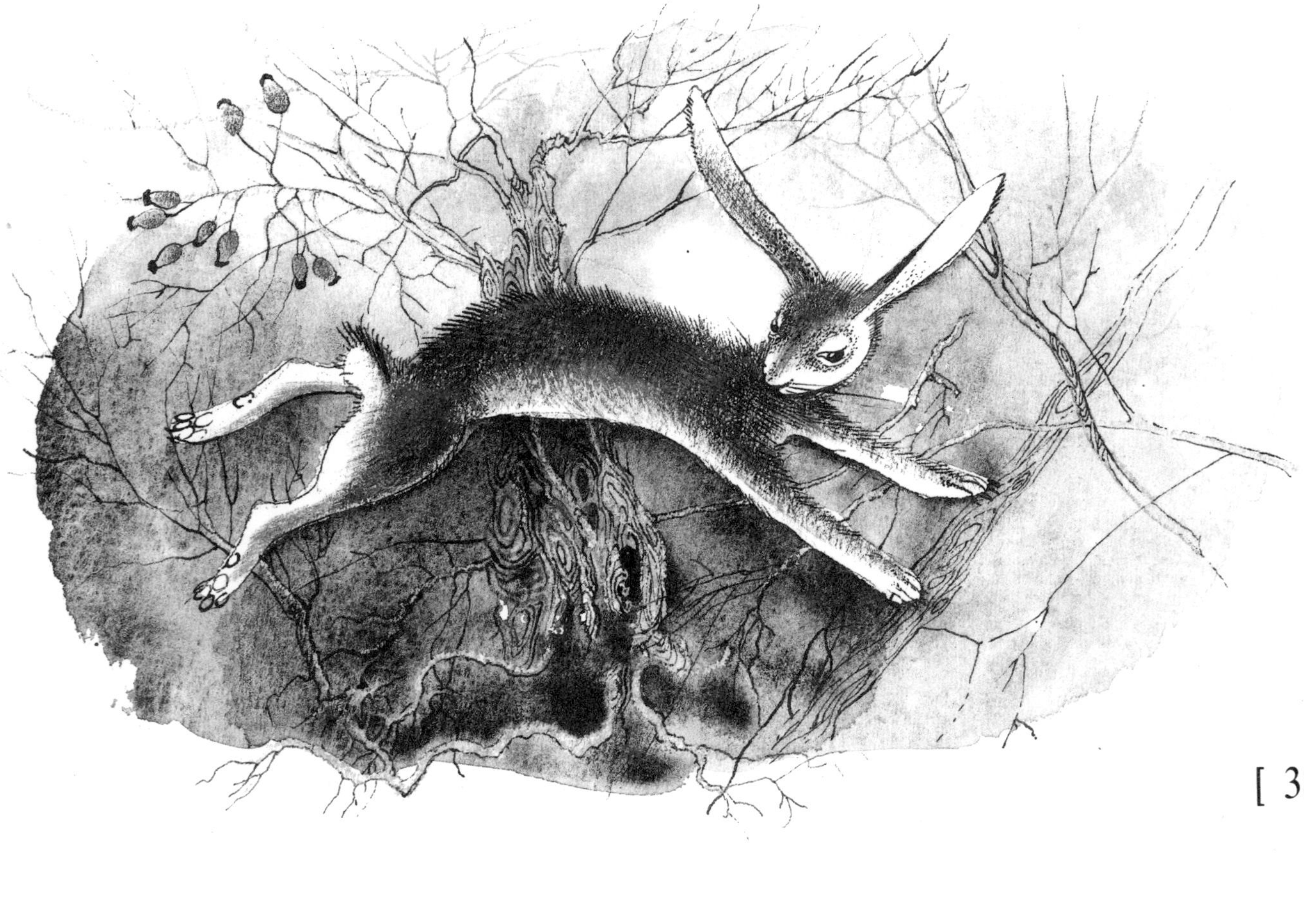

den Riesen nicht in die Hände fielen. Der Sohn aber ging hin und wieder schwer bewaffnet und mit Gefolge zur Jagd. Es war ein eintöniges Leben, ohne Freuden und Vergnügen, in ständiger Angst und Sorge. Einmal, als der Sohn von der Jagd heimkam, wurde er im Schloß von lautem Jammern und Klagen empfangen.

„Ach, so ein Unglück, mein Sohn!“ jammerte der Vater. „Deine älteste Schwester ist verschwunden, im Garten, vor den Augen der Schwestern, als hätte sie der Erdboden verschlungen. Bestimmt haben sie die Riesen durch eine List entführt.“

Dem Vater brach fast das Herz. Er ließ im ganzen Schloß und im Garten die Wachen verdoppeln, aber auch das half nichts. Im nächsten Monat verlor er auch die zweite Tochter. Sie war nur auf den Schloßhof getreten und plötzlich vom Erdboden verschwunden.

Der mächtige Edelmann in der Bretagne wurde krank und schwach vor Kummer und Leid. Die jüngste Tochter wagte sich nicht einmal mehr auf die Schloßtreppe, rührte sich nicht aus ihren Gemächern, und auch dort wurde sie auf Schritt und Tritt bewacht. Und doch erfüllte nach einem Monat wieder lautes Wehklagen das Schloß. Das Mädchen war in der Nacht aus ihrem Zimmer verschwunden, als hätte ein böser Wind sie weggeweht.

Der unglückliche Vater starb vor Kummer, und sein einziger Sohn Malo tat lange keinen Schritt vors Schloß, so groß war seine Trauer um den Vater und die Schwestern. Nach einiger Zeit aber, als ihm die Einsamkeit unerträglich wurde, ging er doch wieder einmal auf die Jagd, um ein wenig seinen Kummer zu vergessen. Lange streifte er kreuz und quer durch den Wald, ohne ein einziges Wild, ja nicht einmal einen Vogel aufzuspüren. Bis er plötzlich einen Hasen sah, dessen Fell wie Silber glänzte.

Ein solch hübsches Tier totzuschießen, das tat ihm leid, er wollte es lieber einfangen und dann in seinem Garten aussetzen. Der Hase sah ihn furchtlos an, als hätte er seine Gedanken erraten, und blieb sitzen. Malo hob schon die Hand mit dem Netz, da fuhr plötzlich Leben in das silberne Häschen. Es sprang auf, tat ein paar Sätze und blieb dann wieder sitzen, als warte es auf seinen Verfolger.

Lange führte der Hase so den jungen Jäger an der Nase herum, bis der schließlich die Geduld verlor, das Gewehr zog und abdrückte. Aber auch das brachte den Hasen nicht aus der Ruhe. Die Kugeln hatten ihn nicht einmal gestreift.

„Du Satansbraten!“ rief der Jüngling. „Du mußt hexen können, daß du gegen Kugeln gefeit bist und mich wer weiß wohin lockst!“

„Ich habe dich nicht wer weiß wohin gelockt, sondern zu deiner ältesten Schwester geführt. Hinter dem Dickicht dort liegt ein altes Schloß, und dort findest du sie.“

Als Malo das hörte, da hatte er Jagd und Hasen vergessen, ja, er wunderte sich nicht einmal, daß das Langohr sprechen konnte. Im Nu stand er vor dem alten Schloß, das von einer hohen Mauer umgeben war, klopfte ans Tor und hörte gleich darauf von oben die Stimme seiner lieben Schwester: „Wer ist da?“

„Dein Bruder Malo. Endlich habe ich dich gefunden, Schwester!“

Die Schwester war außer sich vor Freude. Sie rannte hinunter, schloß das Tor auf, herzte und küßte den Bruder und führte ihn dann an den gedeckten Tisch. Nach dem Essen aber seufzte sie: „Bruder, ich habe Angst um dich. Bald kommt mein Mann nach Hause, und wer weiß, wie er dich aufnimmt. Er ist nicht böse, aber er ist ein wilder Riese, der auf einen Schlag sechs gebratene Ochsen verzehrt. Da kann man nie wissen, was ihm plötzlich einfällt...“

Malo erschrak, aber er ließ sich nichts anmerken.

„Er wird mich schon nicht fressen“, lachte er. „Verstecke mich hier irgendwo, so sehe ich, wie ihr lebt, und am Morgen gehe ich wieder.“

Die älteste Schwester versteckte Malo in einer Ecke hinter einer Reihe großer Fässer. Indem stampfte schon der Riese zum Tor herein und brachte sechs Ochsen angeschleppt.

Schon von weitem rief er: „Frau, ich bringe das Abendessen!“

Er setzte sich an den Tisch, daß die Bank aus dicken Eichenstämmen in allen Fugen krachte.

„Ich bin müde, gib mir ein bißchen Wein“, bat er.

Die junge Frau nahm einen silbernen Eimer, füllte ihn mit Wein und stellte ihn vor den Riesen hin.Doch als der Riese einen großen Schluck genommen hatte, da setzte er den Krug angewidert ab und brüllte: „Pfui, das riecht ja nach Menschenfleisch! Wen hast du hier versteckt? Heraus mit der Sprache, sonst ergeht es dir schlecht!“

Die Frau des Riesen erschrak.

„Ach, zürne nicht, lieber Mann, mein Bruder ist auf Besuch gekommen. Ich bitte dich, tu ihm nichts zuleide!“

„Warum hast du das nicht gleich gesagt? Wenn er dein Bruder ist,

ist er mein Schwager, wie sollte ich ihm etwas tun? Er soll sich ruhig zeigen!“

Der Riese sprang auf, umarmte den Schwager, daß er dem armen fast alle Knochen im Leibe gebrochen hätte, und wollte sogleich wissen, wie er hierhergekommen sei.

„Ach, das ist eine seltsame Geschichte. Seit dem Morgen habe ich einen silbernen Hasen verfolgt. Ich wollte ihn fangen und im Garten aussetzen, und als er mir immer wieder entwischte, wollte ich ihn sogar abschießen. Doch auch das mißlang“, berichtete Malo. „Aber morgen bekomme ich ihn bestimmt.“

„Bleib lieber hier bei deiner Schwester, statt dem Hasen nachzujagen“, riet der Riese lachend. „Mein lieber Schwager, ich bin schon fünfhundert Jahre hinter ihm her und habe ihn bis heute nicht gekriegt!“

Malo ließ sich nicht entmutigen.

„Wer weiß, vielleicht habe ich morgen mehr Glück“, erklärte er.

Der Riese nahm ein Jagdhorn aus Elfenbein von der Wand und reichte es dem Schwager.

„Versuch es. Doch du sollst wissen, daß ich dir jederzeit zu Hilfe komme, wenn du mich rufst. Wo immer ich auch sein mag, sobald du in dieses Horn bläst, bin ich bei dir.“

Der Jüngling bedankte sich, unterhielt sich bis spät in die Nacht mit seinen Verwandten, und am nächsten Morgen verabschiedete er sich von Schwester und Schwager.

„Denk an mein Horn!“ rief der Riese ihm noch nach.

Malo streifte lange durch den tiefen Wald, bis plötzlich vor ihm etwas silbern aufblitzte, als ob dort eine silberne Kugel rollte.

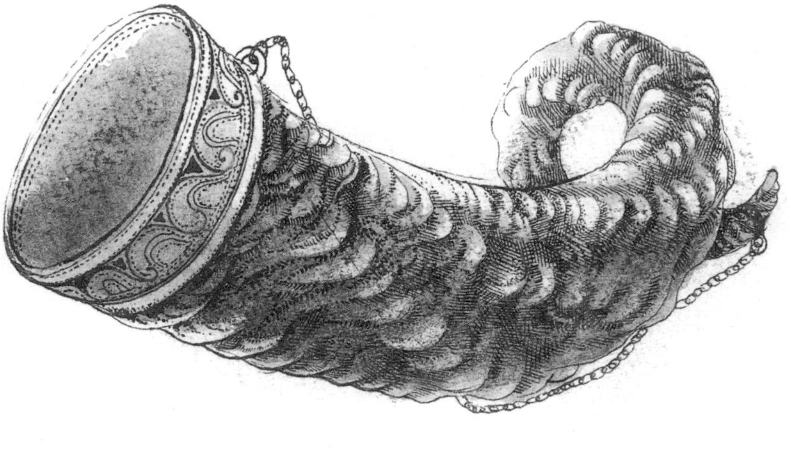

„Aha, hier bist du also!“ rief er erfreut. Nur daß er sich viel zu früh gefreut hatte. Der Hase führte ihn wieder an der Nase herum, kreuz und quer, durch Gebüsch und Dornen.

Als es dämmerte, seufzte Malo erschöpft: „Ich werde wohl im Wald übernachten müssen und morgen früh weiterziehen.“

„Wozu im Wald übernachten, wo doch hinter jenem Dickicht das Schloß deiner mittleren Schwester ist“, ließ sich da der Hase wieder mit menschlicher Stimme vernehmen.

Und alles war ganz genauso wie am Vorabend. Er kam zu dem Schloß, klopfte ans Tor, und als die Schwester ihn an der Stimme erkannte, war sie außer sich vor Freude. Sie herzte und küßte den Bruder, bewirtete ihn, seufzte dann aber genauso wie die älteste Schwester: „Bruder, ich habe Angst um dich. Bald kommt mein Mann zurück, und wer weiß, wie er dich aufnimmt. Er ist nicht böse, aber ein wilder Riese, der auf einen Schlag zwölf gebratene Ochsen verdrückt. Da kann man nie wissen, was ihm plötzlich einfällt ...“ Die mittlere Schwester versteckte Malo in der Ecke hinter den Fässern, aber was half's, kaum hatte der Riese aus der silbernen Bütte getrunken, da schrie er auch schon: „Frau, der Wein riecht nach Menschenfleisch! Sag auf der Stelle, wen du hier versteckt hast, sonst ergeht es dir schlecht!“

Als der Riese erfuhr, daß ihr Bruder zu Besuch gekommen war, wurde er gleich wieder zahm und umarmte den Schwager so fest, daß er ihm fast alle Knochen im Leibe gebrochen hätte. Und als er erfuhr, daß Malo schon zwei Tage dem silbernen Hasen nachjagte, wollte er sich schier ausschütten vor Lachen.

„Bleib lieber hier bei deiner Schwester, statt den Hasen zu jagen“, meinte er schließlich. „Mein lieber Schwager, ich selbst bin ja schon siebenhundert Jahre hinter ihm her und hab ihn bis heute nicht gekriegt.“

Aber auch das konnte Malo nicht entmutigen.

„Vielleicht habe ich morgen mehr Glück!“ erklärte er.

Der Riese nahm eine große Vogelpfeife von der Wand.

„Versuch es. Doch du sollst wissen, daß ich dir immer zu Hilfe komme, wenn du mich rufst. Wo ich auch sein mag, sobald du auf dieser Vogelpfeife bläst, bin ich bei dir.“

Der Jüngling bedankte sich bei dem Riesen, und am anderen Morgen nahm er Abschied von Schwester und Schwager.

Nach langem Umherirren wunderte sich Malo diesmal gar nicht mehr, als der Hase ihn am Abend zum Schloß seiner jüngsten Schwester führte. Auch die freute sich genauso wie ihre beiden älteren Schwestern, und ihr Mann nahm ihn mit offenen Armen auf. Als Malo ihm aber berichtete, daß ein silberner Hase ihn hierhergeführt hatte, dem er schon drei Tage nachjage, da brach der Riese in ein solches Gelächter aus, daß die Mauern des Schlosses wackelten.

„Mein lieber Schwager, ich selbst bin ja schon tausend Jahre hinter dem silbernen Hasen her. Und jedesmal, wenn ich glaube, daß ich ihn endlich habe, da löst er sich vor meinen Augen in Luft auf. Ich habe ihn aber schon lange nicht mehr gesehen. Schlag dir den Hasen aus dem Kopf, bleib lieber hier bei deiner Schwester, sie ist froh, daß du da bist!"

„Ich komme ja gern wieder zu euch, aber ich möchte es morgen doch nochmal versuchen", erklärte Malo. Da gab ihm der Schwager eine goldene Locke, die sollte er schütteln, wann immer er seiner Hilfe bedürfe.

Malo nahm am anderen Morgen schweren Herzens Abschied von seinen Verwandten und machte sich wieder auf die Suche nach dem silbernen Hasen. Er entdeckte ihn ganz in der Nähe unter einem Strauch, als hätte er dort schon auf ihn gewartet. Und wieder führte der Hase ihn kreuz und quer durch Wald und Gebüsch, bis sich plötzlich vor ihnen das weite Meer auftat.

„Jetzt entkommst du mir nicht mehr!" frohlockte der Jäger, aber wieder zu früh. Das Häschen sprang vom hohen Ufer ins Meer und lief über das Wasser wie über festen Boden. Bald war es in der Ferne Malos Augen entschwunden.

Der Jüngling suchte verzweifelt nach einem Boot, aber vergebens. Leer und verlassen war der Strand. Endlich entdeckte er zwischen zwei Felsen ein kleines Steinhaus. Er ging hinein und sah am Fenster einen alten Schuster sitzen.

„Guten Tag, Alter", sprach Malo ihn an. „Sag, hast du nicht vor einer Weile einen silbernen Hasen gesehen? Er ist vor mir ausgerissen und übers Meer gelaufen wie über festen Boden, bis ich ihn aus den Augen verlor."

„Ich habe nichts gesehen", antwortete der Schuster.

„Vier Tage schon verfolge ich diesen Hasen über Stock und Stein, durch Dorn und Busch, und ich würde wer weiß was dafür geben, wenn ich wüßte, wo er jetzt ist", seufzte Malo.

„Nun, wenn es so ist, will ich dir etwas verraten, Herr. Auch wenn du dein ganzes Leben den silbernen Hasen jagst, du fängst ihn nie, denn es ist kein Hase, sondern die verwunschene Tochter des persischen Königs, und ich bin ihr Schuster. Jeden Tag mache ich für sie zwei Paar silberne Stiefelchen und liefere sie immer persönlich im Palast ab."

„Guter Mann, du bekommst von mir alles, was du haben willst, wenn du mich nur mitnimmst."

„Ich brauche nichts, aber du hast dir etwas sehr Schweres vorgenommen. Schon viele junge Männer haben den Versuch, die Prinzessin zu erlösen, mit dem Leben bezahlt. Und ich darf niemandem helfen, ins Schloß zu gelangen, sonst würde es mir schlimm ergehen."

Malo aber hörte nur, daß der Schuster Zugang zum Palast hatte, alles andere ging zum einen Ohr hinein und zum anderen wieder hinaus. Er bat und bettelte, versprach hoch und heilig, sich im Schloß ganz unauffällig zu verhalten und, falls man ihn doch entdecken sollte, sich lieber die Zunge herausreißen zu lassen als zu verraten, wer ihn ins Schloß eingeschmuggelt hatte. Schließlich ließ sich der Schuster erweichen. Er gab dem Jüngling einen Tarnmantel, der ihn unsichtbar machte. Dann wickelte er sich selbst in einen riesigen Umhang, nahm Malo auf den Rücken und schwang sich mit ihm in die Lüfte. Wie der Wind flog er übers Meer, direkt hin zum Schloß des persischen Königs.

„Und nun gib acht, Herr", flüsterte der Schuster Malo zu, als sie wieder auf der Erde standen. „Halte dich ganz leise hinter mir, damit du dich nicht verrätst! Solange du den Mantel umhast, kann dich zwar keiner sehen, aber man könnte dich hören."

Der unsichtbare junge Jäger streifte auf leisen Sohlen durchs ganze Schloß und bewunderte die unwahrscheinliche Pracht, die mit Gold und Silber ausgelegten Wände und die kostbaren Schätze überall. Aber nirgends sah er auch nur einen einzigen Menschen. Erst am Abend wimmelte es auf einmal von lauter Dienern, Edelleuten und Hofdamen.

In der Dunkelheit kam die Prinzessin als Häschen übers Meer gelaufen, und als sie im Schloß ihre wahre Gestalt annahm, da erstrahlte alles in hellem Schein. Das Antlitz der holden Schönen aber

war von Trauer überschattet, und in ihren Augen glitzerten Tränen wie Diamanten.

„Gestern habe ich meinen Liebsten das letzte Mal gesehen", klagte sie ihrer alten Amme. „Heute suchte ich ihn den ganzen Tag vergebens."

Die Alte suchte sie zu trösten.

„Sei nicht traurig, Herrin, du wirst ihn schon noch wiedersehen. Jetzt aber iß lieber etwas und ruhe dich aus; du bist den ganzen Tag durch die Welt gelaufen und mußt müde und hungrig sein."

Die schöne Prinzessin kostete kaum von den auserwählten Speisen in den goldenen Schüsseln. Als sich alles im Schloß zur Ruhe gelegt hatte und er allein war mit der Prinzessin, wagte er endlich, den Mund aufzumachen, und warf ihr leise vor: „Schöne Prinzessin, du hast Speise und Trank verschmäht, ich aber komme fast um vor Hunger."

Die Jungfrau wäre vor Schreck fast in Ohnmacht gefallen.

„Wer bist du, und wo bist du?" rief sie. „Ich sehe ja niemanden!"

Malo warf den Tarnmantel ab, und in dem Augenblick stand der junge Jäger vor seiner geliebten Prinzessin, und beide strahlten vor Glück.

Am nächsten Morgen suchte die Prinzessin den König auf.

„Mein lieber Vater, du weißt, ich muß wieder hinauslaufen in die Wälder, doch zuvor sage mir, ob ich jetzt, wo nur noch ein Jahr fehlt, bis der böse Zauberbann gebrochen ist, heiraten könnte."

„Ja und nein", seufzte der alte König. „Heiraten könntest du schon, aber es hat sich ja noch kein Freier eingestellt, alle sind unterwegs ums Leben gekommen."

Da berichtete die Prinzessin ihrem Vater, wie ein junger Jäger von der bretonischen Küste sie Tag für Tag verfolgt und schließlich nach langem Suchen sogar hinter dem Meer gefunden hatte.

„Was mich betrifft, liebe Tochter, so ist mir ein solcher Jüngling als Schwiegersohn wohl willkommen, wenn dein Auserwählter bereit ist, dieses letzte Jahr hier mit mir zu warten und keinen Schritt vor die Schloßmauern zu tun, solange du als Häschen durch die Welt irren mußt. Doch es wird nicht leicht sein für euch beide, denn die Angst um dich wird ihm oft fast den Verstand rauben."

Malo war zu allem bereit, auch wenn es ihm wirklich schwer fiel. Den ganzen Tag irrte er in dem menschenleeren Schloß und im Garten umher und wartete verzweifelt auf den Abend, wo sich seine geliebte Frau wieder aus dem Häschen in die schöne Königstochter verwandelte und alles im Schloß lebendig wurde.

Mit der Zeit wurde er immer unruhiger. Das Herz preßte sich ihm zusammen, wenn er daran dachte, daß seine Frau da draußen in den tiefen Wäldern den schrecklichsten Gefahren ausgesetzt war. Wie er so leidgeplagt durchs Schloß streifte, da war ihm plötzlich, als höre er von irgendwo Lärm. Er ging durch alle Zimmer, schaute im Hof nach, suchte den Garten ab, aber alles war wie ausgestorben. Nur am Ende des Gartens wurde der Lärm lauter. In dem Augenblick vergaß er, was ihm seine Frau am Abend vor der Hochzeit eingeprägt hatte: „Wenn du ein ganzes Jahr aushältst und nie Schloß und Garten verläßt, werde ich mich niemals mehr in den silbernen Hasen verwandeln müssen, und wir sind alle erlöst. Aber wenn du auch nur einen Fuß vor die Mauer setzt, sind wir für immer verloren."

Malo wollte nur nachsehen, was da draußen los sei, er öffnete die Pforte in der Mauer und sah gleich dahinter den Eingang in einen Keller liegen. Er hatte die Kellertür noch gar nicht richtig aufgemacht, da kam ein Teufel herausgeflogen.

„Schönen Dank, junger Herr, daß du mich befreit hast! Ich fürchtete schon, du kommst nicht mehr! Von diesem Augenblick an gehört deine Frau mir. Leb wohl, ich hole sie mir jetzt!" Und er kicherte schadenfroh und wollte auf und davon.

„So warte doch!" rief Malo zu Tode erschrocken. „Ist das der Dank dafür, daß ich dich aus deinem Gefängnis befreit habe? Laß mich wenigstens noch Abschied nehmen von meiner Frau, schenke mir einen einzigen Tag!"

„Wenn du weiter nichts willst, von mir aus. Behalte sie ruhig noch einen Tag. Aber merke dir, morgen mittag komme ich mir die Prinzessin holen!"

Malo schleppte sich mit müden Schritten ins Schloß zurück und raufte sich die Haare vor Verzweiflung. Seine Frau erkannte am Abend auf den ersten Blick, daß etwas Schlimmes geschehen war, und wurde leichenblaß.

„Malo, du bist doch nicht etwa aus dem Garten gegangen und hast den Teufel freigelassen?" fragte sie händeringend.

„Verzeih mir, liebe Frau, aber ich hörte Lärm und wollte nur nachsehen, was das sei. Ich weiß selbst nicht, wie ich aus dem Garten herauskam. Doch keine Angst, ich gebe dich nicht her, ich werde den Teufel zur Hölle jagen!"

Genau zur Mittagsstunde erschien der Teufel im Schloß.

„Wo ist die persische Prinzessin?" fuhr er Malo an.

„Sie ist hier, sie zieht sich noch an", versicherte Malo. „Geh auf die Wiese vorm Schloß und warte dort, ich bringe sie gleich hin."

Der Teufel begab sich vors Schloß, und bald darauf kam auch Malo mit der Prinzessin. Sie waren noch gar nicht richtig vorm Tor, da streckte der Teufel schon seine Klauen nach ihr aus. Aber Malo kam ihm zuvor und stieß in das Jagdhorn des ältesten Schwagers. Da kamen aus allen vier Himmelsrichtungen wilde gehörnte Tiere gestürmt und fielen über den Teufel her. Und sie setzten ihm mit ihren Hörnern und Geweihen derart zu, daß die Satansbrut laut jaulte und jammerte vor Schmerz und der Teufel schließlich das Weite suchte.

„Morgen komme ich wieder!" drohte er noch, ehe er zur Hölle fuhr.

Am anderen Mittag, als der Teufel wieder erschien, pfiff Malo auf der Vogelpfeife des mittleren Schwagers, und im gleichen Augenblick fielen aus der Luft riesige Vogelscharen über den Teufel her. Sie setzten ihm mit ihren Krallen und spitzen Schnäbeln derart zu, daß sie ihm fast die Augen ausgekratzt hätten. Mit Müh und Not konnte er sein Heil in der Flucht suchen. Ehe er aber verschwand, jaulte er noch, daß er am nächsten Mittag ganz bestimmt wiederkommen würde.

„Von mir aus, aber das ist das letzte Mal!" rief ihm Malo nach. „Dann komm mir lieber nicht mehr unter die Augen, wenn dir dein Leben lieb ist!"

Am dritten Tag wartete der bretonische Jäger nicht nur mit der Prinzessin, sondern auch mit der Locke des jüngsten Schwagers auf den Teufel. Und als er sie schüttelte, da kamen aus allen vier Himmelsrichtungen wilde Pelztiere herbei und fielen mit ihren scharfen Zähnen, Hauern und Klauen über den Teufel her. Und sie hätten ihm bestimmt den Garaus gemacht, wenn er nicht mit seinem eigenen Blut unterschrieben hätte, von nun an für immer in der Hölle zu bleiben und die persische Prinzessin in Frieden zu lassen. Dann fuhr der Teufel, zerkratzt, zerbissen und zerschunden zur Hölle, und im gleichen Augenblick wurde wie von Zauberhand das ganze Schloß lebendig. Unbeschreiblich war die Freude, daß der böse Zauber endlich gebrochen war.

Der persische König lud edle Gäste aus aller Welt ein, und drei Tage wurde gefeiert, getanzt und gesungen. Auch Malos Schwestern waren mit ihren Männern — drei endlich erlösten Königssöhnen — gekommen. Alle dankten Malo und lebten von Stund an glücklich und zufrieden. Und wenn sie nicht gestorben sind, so leben sie noch heute.

Jamie und die schlafende Schöne

Es war einmal eine arme Witwe, die hatte nur einen einzigen Sohn, eine elende Hütte am Dorfausgang und ein winziges Feld. Aber bei all ihrer Armut war ihr doch immer warm ums Herz, wenn sie nur den Sohn ansah. Jamie war ein fleißiger Junge; von klein auf hütete er die Schafe, sprang hier und dort ein, und jeden Groschen, den er dabei verdiente, trug er sogleich nach Hause. So lebten sie ärmlich, aber zufrieden, und sie würden wohl noch heute so leben, hätte Jamie nicht eines Abends vom Schloß auf dem Berg Lichter gesehen und, als er sich näher wagte, fröhlichen Gesang von dort gehört.

Einst, als noch hohe Herrschaften darin wohnten, war es ein stolzes Schloß gewesen. Aber das war schon lange her, und das Schloß

verfiel immer mehr. Der Wind hatte die Fensterscheiben eingedrückt, und auch das Dach war eingestürzt. Zwerge sollten dort hausen, flüsterte man sich im Dorf zu, und alle machten lieber einen großen Bogen um das alte Gemäuer.

Von jenem Abend an fand Jamie keine Ruhe mehr. Immer, wenn er oben auf dem Berg Lichter blinken sah und leise Musik von dort herüberklang, wurde er von Neugier geplagt. Was mochte im Schloß nur vorgehen?

Einmal im Sommer, es war gerade in der Johannisnacht, trug der Wind wieder leise Klänge vom Berg herab. Da hielt er es nicht mehr länger aus. Er sprang auf, lief aus der Hütte und den blinkenden Lichtern zu. Aus dem Schloß klangen fröhlicher Gesang, Lachen und Jauchzen. Als Jamie das hörte, sagte er sich, daß ihm in so fröhlicher Gesellschaft bestimmt nichts Böses geschehen könne, und mutig schritt er über das umgestürzte Tor hinweg in den Schloßhof und spazierte geradewegs in den Festsaal. Dort bogen sich die Tische unter der Last der vollen Schüsseln und Krüge, und die Musikanten spielten auf ihren Instrumenten, daß es eine Lust war. Kleine Menschlein, kaum einen Spann hoch, saßen an den Tischen, aßen und tranken, und die jüngeren von ihnen, Männlein und Weiblein, drehten sich vergnügt im Tanz.

Als Jamie in der Tür auftauchte, schallten ihm von allen Seiten fröhliche Stimmen entgegen: „Sei gegrüßt, Jamie!“

Die Zwerge sprangen auf, führten ihn an den Ehrenplatz und setzten ihm immer neue Speisen und Getränke vor, so daß er sich nach Herzenslust satt essen konnte. Jamie fühlte sich bei ihnen so wohl, daß er gar nicht ans Heimgehen dachte.

Indem schlug es Mitternacht, die Musikanten verstummten, die Zwerge sprangen vom Tisch auf und schrien alle durcheinander: „Auf in die Hauptstadt! Auf nach Dublin! Wir wollen uns von dort das schönste Mädchen holen! Komm mit uns, Jamie!“

„Gern, wenn ihr mich mitnehmt!“ rief Jamie und erhob sich ebenfalls.

Auf dem Hof standen schon Pferde bereit. Jamie war kaum aufgesessen, da flog das Pferd auch schon mit ihm wie der Wind durch die Lüfte. Einen kurzen Augenblick sah er die Hütte der Mutter unter sich, im nächsten waren sie schon Meilen weiter. Unter ihnen zogen Berge und Täler, Flüsse und Seen, Wiesen und Dörfer in schnellem Wechsel dahin. Und jedesmal, wenn sie über eine Stadt oder ein Dorf, über einen Fluß oder einen Berg flogen, riefen die Zwerge ihm zu, wo sie gerade seien. Jamie schwirrte schon der Kopf von den vielen fremden Namen.

Und dann schrien alle: „Dublin! Dublin!"

Langsam und leise landeten sie vor einem großen Palast. Hinter dem offenen Fenster schlief ein Mädchen, so traumhaft schön, daß sich Jamie gar nicht losreißen konnte von ihrem Anblick.

Die Zwerge kletterten wieselflink die Mauer hoch und hoben das schlafende Mädchen aus dem weißen Bett. An ihre Stelle legten sie einen Holzklotz, der sich im gleichen Augenblick in eine Puppe verwandelte, der schönen Schläferin zum Verwechseln ähnlich.

Die Zwerge sprangen wieder auf ihre Pferde und flogen zurück. Dabei wechselten sie sich beim Tragen des Mädchens ab.

Als sie schon fast über Jamies Dorf waren, fragte der Jüngling: „Warum gebt ihr sie nicht auch mal mir? Ihr habt sie doch schon alle getragen."

„Geduld, Jamie, du bist ja schon an der Reihe."

Jamie preßte die schlafende Schöne fest an sich und flog geradewegs hinab zur mütterlichen Hütte.

„Du hinterhältiger Dieb! Willst uns das schönste Mädchen von Dublin rauben!" schrien die Zwerge wütend und flogen hinter Jamie her wie ein Wespenschwarm.

Der Jüngling hielt das Mädchen fest in seinen Armen und ließ es auch dann nicht los, als die Zwerge es in einen schwarzen Hund, in einen Sack Wolle, in glühendes Eisen und in wer weiß was noch alles verwandelten. Da hatten sie die Macht über das Mädchen verloren und mußten ihm seine ursprüngliche Gestalt zurückgeben.

„Behalte sie, wenn du unbedingt willst!" rief der älteste Zwerg. „Aber viel Freude wirst du an ihr nicht haben, denn deine Liebste wird von Stund an taub und stumm sein!"

Jamie schrie laut auf, die Zwerge verschwanden, und in der Tür stand die erschrockene Mutter.

„Mein Sohn, was ist geschehen? Wo warst du die ganze Nacht, und was hältst du da in deinen Armen?" fragte sie ängstlich.

„Ich war im Schloß und in der weiten Welt, und in meinen Armen halte ich das schönste Mädchen von Dublin."

„Ach Jamie, was sollen wir denn hier mit ihr anfangen?" jammerte die Mutter. „Diese Jungfrau stammt wahrlich nicht aus einer elenden Hütte wie der unseren. Ihre Hände sind weiß wie Schnee, ihr Hemd ist aus Seide."

„Aber bei uns wird sie es hundertmal besser haben als im Schloß bei den Zwergen!"

Die Mutter schüttelte nur den Kopf, holte ein Kleid aus der Truhe und zog es dem Mädchen an. Und das sah darin so lieblich aus, daß es gar nicht zu beschreiben ist.

„Aber was nun?" zerbrach sich die Mutter den Kopf. „Was wird sie essen? Wie soll das arme Ding bei uns leben?"

„Darüber mach dir nur keine Sorgen, liebe Mutter. Sie wird sich bei uns hundertmal wohler fühlen als bei den Zwergen. Und ich werde eben für zwei arbeiten."

Jamie arbeitete seit jenem Tag noch fleißiger als zuvor, und auch das stumme Mädchen half im Haus und nähte und stickte auch so allerhand, und das mit solchem Geschick, daß alle staunten, was für wunderschöne Sachen unter ihren Fingern entstanden. So war in der Hütte schnell ein Jahr verflossen.

Es war wieder in der Johannisnacht, als vom Schloß her Musik herüberklang. Da schlich sich Jamie leise aus der Hütte. Vielleicht konnte er im Schloß irgendwie herausbekommen, wie er seine Liebste von dem bösen Fluch erlösen könnte.

Wie er so um die alten Mauern herumstrich, hörte er plötzlich jemanden seinen Namen erwähnen.

„Ach, war das im Vorjahr ein Spaß mit Jamie! Der Dummkopf wollte uns überlisten, und nun hat er ein taubstummes Mädchen im Haus. Und dabei brauchte sie nur drei Tropfen aus meinem Becher zu trinken, und sogleich könnte sie sogar das Gras wachsen hören und singen wie eine Nachtigall."

Mehr wollte Jamie gar nicht hören. Er wartete noch eine Weile draußen und trat dann mutig in den Festsaal. Er tat ganz furchtlos, auch wenn ihm in Wirklichkeit die Knie zitterten. Aber das zeigte er natürlich den Zwergen nicht. Und auch die taten, als sei nichts geschehen und ließen sich nicht anmerken, daß sie ihm noch immer zürnten. Sie begrüßten ihn mit lautem Jubel und Gesang.

„Setz dich zu uns, Jamie! Iß und trink und vergnüg dich mit uns!"

Jamie trat energisch zum Tisch, setzte sich aber nicht. Er nahm einen vollen Becher in die Hand, als wolle er den Zwergen zutrinken, und als alle ihm Bescheid taten und ihre Becher zum Munde hoben, da riß er schnell dem ältesten Zwerg den Pokal aus der Hand und rannte damit so schnell er konnte davon. Die Zwerge fluchten wütend, sprangen auf und setzten ihm nach. Jamie nahm den kürzesten Weg, sprang über Bäche und Sträucher, und als er endlich die Hütte am Fuße des Berges erreicht hatte, wo die Zwerge ihm nichts mehr anhaben konnten, da hatte er fast den ganzen Trank verschüttet. Nur drei Tropfen waren noch in dem Becher.

Er weckte das schlafende Mädchen und ließ sie die drei Tropfen trinken. Im gleichen Augenblick konnte das Mädchen wieder sprechen und hören wie ehedem. Sie weinte vor Freude und erzählte bis zum Morgengrauen der staunenden Mutter und Jamie, wie sie zu Hause in Dublin gelebt hatte. Die beiden lauschten mit offenen Mündern. Als es hell wurde, erhob sich das Mädchen und sprach: „Ich muß nun nach Dublin zurück, meine Eltern machen sich bestimmt große Sorgen um mich.“

„Gut, aber wie? Für die Kutsche haben wir kein Geld, und zu Fuß kannst du den weiten Weg nie und nimmer zurücklegen“, gab Jamies Mutter zu bedenken.

„Ich schaffe es schon, wenn mir Jamie auch diesmal hilft“, erklärte das Mädchen.

Am anderen Morgen nahmen die jungen Leute Abschied von der Mutter. Das Mädchen dankte ihr noch einmal weinend für alles. Es war ein langer und beschwerlicher Weg, aber schließlich kamen sie doch glücklich in Dublin an. Vor einem großen Palast blieben sie stehen und pochten ans Tor.

Als ein alter Diener öffnete, befahl das Mädchen: „Sin, sage deinem Herrn, daß seine Tochter zurückgekommen ist!“

„Unser Herr hat keine Tochter mehr“, antwortete der Diener. „Er hatte ein wunderschönes Töchterchen, aber das ist vor einem Jahr gestorben.“

„Sin, erkennst du mich denn nicht?“

Der alte Diener schüttelte den Kopf, schickte aber einen Jungen hinauf, den Herrn zu holen.

Bald darauf erschien der Herr des Hauses in der Tür.

„Mein lieber Vater!“ rief das Mädchen froh.

„Wie kannst du dir erlauben, mich Vater zu nennen! Ich habe keine Tochter, und so eine wie du habe ich auch niemals gehabt“, fügte er hinzu und wollte das Mädchen und Jamie wegjagen lassen.

Da brach das Mädchen in bittere Tränen aus und flehte händeringend, doch die Herrin zu rufen, die würde sie gewiß erkennen.

Der Herr wollte nichts davon hören, aber schließlich holten sie die Herrin doch.

„Ach, liebe Mutter, erkennst auch du mich nicht?" jammerte das Mädchen und streckte die Arme flehend nach der Mutter aus.

Die verhärmte Frau hob den Kopf, schaute dem ärmlich gekleideten Mädchen tief in die Augen und schloß es in seine Arme.

„Mein Kind!"

Ach, war das ein Jubel! Aus der ganzen Umgebung kamen die Nachbarn, und allen mußten Jamie und das Mädchen erzählen, was vor einem Jahr geschehen war und wie Jamie das Mädchen gerettet hatte.

Drei Tage lang blieb Jamie in der schönen Stadt Dublin, aber dann wollte er wieder nach Hause. Vergebens suchten sie ihn zum Bleiben zu überreden, aber Jamie erklärte, daß zu Hause die Mutter und die Arbeit auf ihn warteten.

„Wenn du gehst, gehe ich mit dir!" sagte das Mädchen zu Jamie und reichte ihm die Hand.

Die Eltern aber meinten, daß in ihrem Palast Platz genug sei für alle, und ließen Jamies Mutter mit einer Kutsche holen.

Und dann lebten sie alle glücklich und zufrieden in der ruhmreichen Stadt Dublin.

Der Ring des Königs der Berge

Vor langen, langen Zeiten lebte in einer Hütte an einem bewaldeten Hang eine Witwe mit ihren drei Söhnen. Einmal im Winter, als es gerade dicht schneite, wollte die Frau Brot backen, doch war ihr Holzvorrat so zusammengeschrumpft, daß nur noch ein paar Scheite übrig waren.

„Hol schnell Reisig aus dem Wald!“ befahl sie dem ältesten Sohn.

Der Bursche hatte ganz und gar keine Lust, von der Bank aufzustehen und in das Unwetter hinauszugehen, aber die Mutter machte ihm Beine. Schon nach drei Schritten blieb er bis zum Gürtel im Schnee stecken. Als er sich mühsam aus der Schneewehe herausgearbeitet hatte, hatte er nichts Eiligeres zu tun, als in die Hütte zurückzukehren, sich an den Ofen zu setzen und zu schimpfen, daß er wegen ein bißchen Holz beinahe jämmerlich umgekommen sei.

Das letzte Holz brannte langsam nieder, die Glut erlosch, und bis zum Morgen war es noch weit. Da wurde es dem mittleren Sohn zu bunt, er stand auf und ging hinaus, Reisig holen. Er stampfte durch den tiefen, weichen Schnee, suchte dürre Bäume, um sie abzuschlagen und nach Hause zu tragen. Auf einmal blieb er verwirrt stehen, denn er war auf einen hölzernen Wachturm gestoßen, obwohl doch an dieser Stelle noch nie einer gewesen war. Er ging um den ganzen Turm herum und suchte eine Tür, um hineinzuschauen, fand aber keinen Eingang. Noch einmal ging er ringsherum, und diesmal entdeckte er ganz oben unterm Dach ein einziges Fenster. Indem erschien in dem Fenster ein riesiger Kopf mit Augen, groß und rund wie Untertassen.

„Hallo, du da unten, hilf mir doch“, bat das seltsame Geschöpf. „Bring mir ein bißchen Wasser. Die Quelle ist nur gute drei Mannsschritte von hier, und ein Krug steht auch dort. Ich komme fast um vor Durst, und du siehst ja selbst, daß ich hier nicht raus kann.“

„Und was gibst du mir dafür?“ fragte der Bursche.

„Ich habe nichts, kann dir nur mit einem guten Wort danken.“

„So hilf dir selbst! Was soll ich mit deinem guten Wort anfangen?

Ich muß schnell Holz sammeln, damit wir zu Hause nicht erfrieren."

Wie der mittlere Bruder dem Turm den Rücken kehrte, da schnellte plötzlich ein Ast aus dem Schnee und traf ihn so heftig, daß er erschrocken zur Seite sprang. Dornenzweige schlugen ihm ins Gesicht, so daß er laut aufschrie. Ehe er, vor Angst und Schmerzen wie von Sinnen, aus dem Wald herausfand, war er ganz zerschunden und zerkratzt. Mehr tot als lebendig stürzte er zur Hütte hinein.

„Was ist dir denn widerfahren, mein Sohn?" rief die Mutter, als sie ihn erblickte. „Wer hat dich so zugerichtet?"

„Die Förster", murmelte der Jüngling. „Die Förster waren im Wald und ließen mich keinen einzigen trockenen Ast abschlagen. Mit Flüchen und Prügeln haben sie mich aus dem Wald gejagt."

„Was sollen wir nur anfangen?" jammerte die Mutter. „Feuer haben wir keins mehr und zu essen auch nichts. Wir werden erfrieren und verhungern!"

Diesmal stand der jüngste Sohn auf.

„Ich werde es versuchen, vielleicht habe ich mehr Glück!"

David, so hieß der Jüngste, ging zur Hütte hinaus, stapfte durch den tiefen Schnee und kam schließlich auch zu dem hohen Wachturm.

Auch diesmal tat sich das Fenster auf, und der Mann mit den Telleraugen rief ihm zu: „Ach, hilf mir doch und bringe mir ein bißchen Wasser, ich komme fast um vor Durst. Drei gute Mannsschritte von hier findest du eine Quelle und auch einen Krug. Ich selbst kann ja nicht aus dem Turm heraus."

David nickte. Er kämpfte sich durch den tiefen Schnee, bis er das Wasser gefunden hatte und mit dem vollen Krug wieder zurück war.

Der Telleräugige ließ einen Strick aus dem Fenster, der Jüngling band den Krug daran, und der Alte zog ihn hoch, sagte Dankeschön und schlug das Fenster zu.

David hatte schnell einen Haufen Reisig zusammengetragen und wollte gerade einen Strick darum binden und dann auf schnellstem Wege nach Hause eilen, als ihm einfiel, noch einmal zurückzuschauen. Da rieb er sich verwundert die Augen: Der Wachturm war verschwunden, als hätte es ihn nie gegeben.

Indem hörte er eine Stimme: „David!"

Er schaute sich suchend um: Neben ihm stand ein winziges Männlein in königlichem Gewande.

„Ich bin der Herr der Berge", sagte es. „Ein böser Zauberer hatte mich in den Turm verbannt, aber du hast seine Macht gebrochen, weil du dich meiner erbarmt hast. Nun bin ich wieder frei."

Der König der Berge zog einen Ring vom Finger und reichte ihn David.

„Mein Sohn, wenn du irgend etwas brauchst, so reibe nur meinen Ring, und er erfüllt dir jeden Wunsch."

David bedankte sich bei dem Männlein und steckte den Ring in seine Tasche. Der König der Berge verschwand zwischen den Bäumen, und David bückte sich wieder zu seinem Reisigbündel. Er hatte es noch gar nicht angerührt, da band sich das Reisig allein zusammen und sprang ihm auf den Rücken. Federleicht schien es ihm, als er es nach Hause trug.

Die Mutter war froh, als ihr Sohn mit so viel trockenem Holz zurückkam.

„Jetzt sind wir gerettet!" rief sie froh, und bald darauf war es wieder warm in der Hütte, und das frische Brot duftete verlockend.

Auf dem Berg, an dessen Fuß die Hütte der Witwe stand, erhob sich ein stattliches Schloß, und dort lebte ein mächtiger und reicher Edelmann. Früher hatte er ein lustiges Leben geführt, aber seit einiger Zeit plagten ihn schwere Sorgen. Eine böse Hexe hatte ihm all sein Geld und seine Schätze aus dem Schloß geraubt, in einen riesigen Sack gesteckt und in einen tiefen Keller geschleppt, den er einst neben dem Schloß direkt im Felsen hatte anlegen lassen. Dann hatte sie vor dem eisernen Tor ein großes Feuer angezündet. Das Hexenfeuer brannte Tag und Nacht. Und da sich das Feuer weder mit Wasser noch mit Sand löschen ließ und die Flammen viel zu hoch schlugen, als daß man hätte darüber springen können, kam keiner an die Schätze im Keller heran.

Der Lord ließ im ganzen Land verkünden, er wolle dem, der ihm sein Geld und seine Juwelen zurückhole, eine seiner Töchter zur Frau geben und ein Drittel der geretteten Schätze dazu. Da meldeten sich bald viele junge Burschen von nah und fern im Schloß und wollten ihr Glück versuchen, denn der Lord galt als sehr reich, und seine Töchter waren im ganzen Land berühmt für ihre Schönheit. Die wenigen Mutigen kehrten gleich wieder um, als sie das Hexenfeuer lodern sahen. Und wer es dennoch wagen wollte, den versengten die Flammen schon von weitem mit ihrer Glut.

Auch Davids ältere Brüder hätten gern eine der Töchter geheiratet und ließen sich im Schloß melden, aber das Feuer schreckte sie ab.

„Jetzt werde ich mein Glück versuchen", erklärte David eines Tages.

„Laß dich nicht auslachen", winkte der älteste Bruder verächtlich ab. „Das haben schon ganz andere versucht, und alle mußten unverrichteter Dinge wieder abziehen."

Die Mutter aber jammerte: „Mit eigenen Augen habe ich das gräßliche Feuer gesehen. Ein Mensch, der darüber springen könnte, wurde noch nicht geboren. Auch du wirst nichts ausrichten, wirst noch in den Flammen umkommen, wenn du es versuchst!"

Doch David ließ sich nicht abschrecken, er ging geradewegs zum Keller des Lords. Dort rieb er den Ring des Königs der Berge und wünschte sich, daß ihm kein Feuer etwas anhaben könne. Dann schritt er mutig durch die Flammen, die ihm nicht einmal den Saum versengten. Den Sack hatte er schnell gefunden, aber er war so schwer, daß er ihn nur mit größter Anstrengung aufheben und durch das Feuer zurücktragen konnte. Auch diesmal krümmten ihm die Flammen kein Haar.

Er schleppte den Sack auf den Schloßhof, warf ihn vor der Tür ab und lief davon, so schnell er konnte.

Der Lord und seine Töchter aber hatten gerade am Fenster gestanden und ihn doch gesehen.

„Was ist das für ein Kerl, und was hat er uns da vor die Tür geworfen?"

Die Diener liefen nachsehen, was in dem Sack sei, und dann brach im ganzen Schloß ein unglaublicher Jubel aus.

„Das Gold, das gestohlene Gold und Silber aus den Schloßtruhen!" riefen alle durcheinander, und der Lord weinte vor Freude.

David war inzwischen wieder heimgekehrt. Jetzt wußte er nun, was für einen wertvollen Ring er bekomnen hatte. Und er wünschte sich, daß anstelle ihrer armseligen Hütte ein schönes Haus stehe und daß seine Mutter, die Brüder und er selbst immer genug zu essen hätten und schöne Kleider auch.

Und alles, was er gewünscht hatte, das ging augenblicklich in Erfüllung. Davids Mutter und die Brüder glaubten mit offenen Augen zu träumen und brachten kein Wort heraus. David zeigte ihnen aber den Ring nicht und behielt für sich, wie ihn der Herr der Berge belohnt hatte für seine wiedergewonnene Freiheit.

Als sie sich wieder gefaßt hatten, setzten sie sich schnell an den gedeckten Tisch, das unverhoffte Glück zu genießen, denn wer weiß, ob sich das alles nicht wieder auflöste in Schall und Rauch.

Auch der Lord verlor keine Zeit. Er schickte seine Diener in alle Himmelsrichtungen aus, den Jüngling, der ihm den Sack gebracht hatte, zu suchen. Die Diener kamen auch in das Haus der Witwe, und sie erkannten David auch in seinen neuen Kleidern. Da ritten sie schnell ins Schloß zurück, ihrem Herrn zu melden, daß sie ihren Auftrag erfüllt hätten. Der Lord ließ vier Rappen vor seine schönste Kutsche spannen und David ins Schloß holen.

„Sei mir willkommen, mein Sohn!“ rief der Edelmann, als die Kutsche im Schloßhof hielt, und befahl seinen Dienern, ein Faß vom besten Bier aus dem Keller zu rollen.

„Willkommen, David!“ sagten auch die drei Töchter des Lords und lächelten ihn an. David gefiel vor allem die jüngste über die Maßen, und er dachte, daß sie wohl das schönste Mädchen unter der Sonne sei. Als sie ihn anschaute, rieb er heimlich den Ring und wünschte sich: „Ach, wenn sich das schöne Mädchen doch in mich verlieben würde!“

Die jüngste Tochter des Lords liebte ihn von diesem Augenblick an von ganzem Herzen.

Und dann wurde im Schloß Hochzeit gefeiert. Eine Hochzeit, wie sie nicht ihresgleichen hatte. Sieben Tage lang wurde gegessen und getrunken, getanzt und gesungen von früh bis spät.

Gleich nach der Hochzeit überlegte David, daß es sich in einem schönen, neuen Schloß noch viel besser leben ließe. Kaum waren die letzten Hochzeitsgäste abgefahren, hielten die jungen Eheleute Einzug im schönsten Schloß im ganzen Königreich und mit ihnen auch Davids Mutter und Brüder, und dort lebten sie dann alle glücklich und zufrieden.

Der Zauberer Diarmuid Rotbart

Es war einmal ein reicher Bauer in Irland, der hatte einen einzigen Sohn. Und weil sich die ganze Verwandtschaft einig war, daß er ein außerordentlich kluges Kind sei, schickte ihn der Vater bis zu seinem einundzwanzigsten Lebensjahr in die ferne Hauptstadt auf die verschiedenen Schulen.

Als der Jüngling heimkehrte, kam ihm zu Hause alles neu und fremd vor. Als erstes fiel ihm in der Küche eine neue Dienstmagd auf. Niemand kannte ihre Familie, denn sie war von weither aus einem kleinen Dorf gekommen, aber alle im Haus mochten sie gern, weil sie jede Arbeit willig und geschickt anpackte.

Gleich am Morgen nach seiner Heimkehr wollte sich der Jüngling mit dem väterlichen Gut vertraut machen. Er stieg auf einen Hügel, von dem aus er einen guten Ausblick über die Felder und Wiesen hatte. Plötzlich sah er vor sich einen schmächtigen Greis mit langem, feuerrotem Bart. Der junge Mann grüßte höflich, und der Alte blieb bei ihm stehen, erkundigte sich nach diesem und jenem und fragte schließlich, ob man nicht ein Spielchen machen wolle.

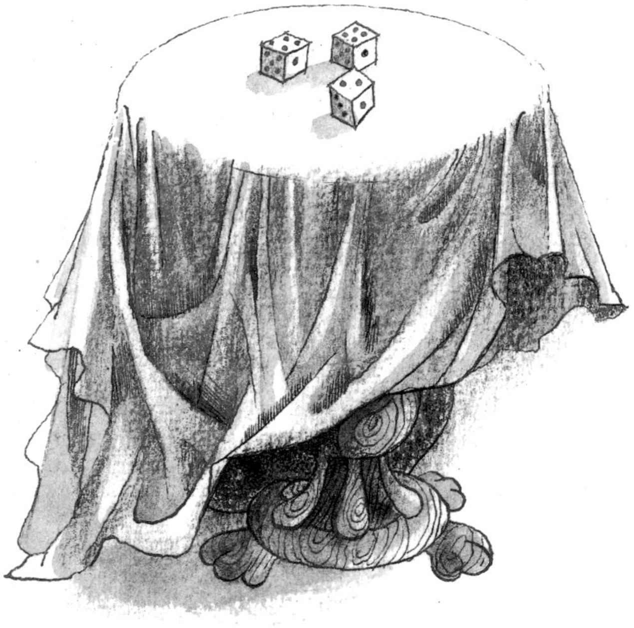

„Warum nicht", erwiderte der Student bereitwillig. „In der Schule haben wir uns ja so manches Mal die Langeweile mit einem Spiel vertrieben."

Der Alte zog ein Päckchen Karten aus seiner Ledertasche, auf der Wiese stand plötzlich ein goldener Spieltisch mit silbernen Stühlen, und ehe sich der Bursche von seiner Überraschung erholt hatte, da saßen sie schon am Tisch und teilten die Karten aus. Sie waren so in ihr Spiel vertieft, daß sie gar nicht merkten, wie der Tag verging. Erst als der Abend hereinbrach, hörten sie auf zu spielen und rechneten alles zusammen. Da zeigte sich, daß der Bauernsohn gewonnen hatte.

„Ich sehe, daß du ein kluges Köpfchen bist", lobte der Feuerbart. „Sag, was willst du für deinen Sieg?"

„Und ich wiederum sehe, daß du sehr viel weißt und kannst", erwiderte der Student. „Deshalb wünsche ich mir, daß auf den Wiesen meines Vaters so viel weiße Schafe grasen, daß nicht einmal eine Stecknadel zwischen ihnen zu Boden fällt."

„Wünsch dir lieber etwas, was ich dir erfüllen kann", meinte der Alte.

„Ich weiß, daß es für dich ein Kinderspiel ist, meinen Wunsch zu erfüllen."

„Nun gut, so sieh dich um!"

Der Jüngling tat, wie geheißen, und sprang überrascht auf. Die väterlichen Wiesen waren schneeweiß von Schafen, und es waren ihrer so viele, daß keine Stecknadel zwischen ihnen zu Boden hätte fallen können. Er wollte sich bei dem Alten bedanken, aber der war mitsamt dem goldenen Spieltisch und den silbernen Stühlen verschwunden. Und als sich der Jüngling wieder nach den Schafen umdrehte, da waren die Wiesen wieder grün, und kein einziges Tier weidete darauf. Er schüttelte verwundert den Kopf und ging langsam nach Hause.

Auf dem Hof traf er die neue Magd.

„Wo warst du so lange? Alle haben dich gesucht, aber du warst seit dem Morgen verschwunden."

Der Student erzählte ihr von dem seltsamen Greis, den er getroffen und mit dem er den ganzen Tag Karten gespielt hatte.

„Und wer hat gewonnen?"

„Ich."

„Und was hast du dir dafür gewünscht?“

„Nichts Besonders. Nur so viel weiße Schafe auf unseren Wiesen, daß nicht einmal eine Stecknadel zwischen ihnen zu Boden fällt.“

„Und wo sind die Schafe?“ wollte das Mädchen wissen.

„Ich weiß nicht. Sie sind vor meinen Augen verschwunden. Und der Alte mit dem Spieltisch auch.“

„Ich gebe dir einen guten Rat, und du tätest gut daran, ihn zu befolgen. Meide von Stund an alle abgelegenen Orte des Gutes, damit du den Rotbart nicht wieder triffst. Wenn du ihm aus dem Wege gehst, kann noch alles gut werden. Wenn nicht, stürzt er dich ins Verderben!“

Am nächsten Morgen lief er noch zeitiger auf den Hügel, wo er gestern den Alten mit dem feuerroten Bart getroffen hatte.

Der war schon an Ort und Stelle, als hätte er nur auf ihn gewartet. Und auch der goldene Spieltisch mit den Karten stand schon bereit.

„Na, wie ist's, machen wir wieder ein Spielchen?“ fragte der Greis.

„Warum nicht?“

Sie spielten, solange die Sonne am Himmel stand, und als sie endlich aufhörten, war es inzwischen Abend geworden. Sie rechneten alles zusammen, und wieder hatte der Jüngling gewonnen.

„Ich sehe, du bist wirklich ein sehr kluges Köpfchen“, lobte der Rotbart den Studenten. „Sag, was wünschst du dir für deinen Sieg?“

„Ich möchte, daß überall auf dem Meer goldene Schiffe schwimmen.“

„Hm, hm“, brummte der Alte. „Meinst du nicht, daß du etwas zuviel von mir verlangst? Wünsch dir lieber etwas, daß ich erfüllen kann.“

„Ich bin überzeugt, daß du sehr viel weißt und vermagst“, antwortete der Bauernsohn. „Sicher ist auch dies für dich ein Kinderspiel.“

„Nun gut, so sieh dich um!“

Der Student schaute hinab auf das weite Meer, und soweit sein Auge reichte, sah er nicht ein einziges Fleckchen Wasser, überall nur goldene Schiffe, die auf den Wellen schaukelten. Er wollte sich bei dem Alten bedanken, aber siehe da, der war mitsamt dem goldenen Spieltisch und den silbernen Stühlen verschwunden. Und als er den Blick wieder übers Meer schweifen ließ, da sah er dort nur weiße Wellenkämme, aber kein einziges goldenes Schiff mehr. Er schüttel-

te den Kopf und schlenderte langsam nach Hause. Auf dem Hof wartete schon die neue Dienstmagd auf ihn.

„Wo warst du so lange?“ wollte sie wissen.

„Auf dem Hügel, Karten spielen.“

„Wer hat gewonnen?“

„Ich, aber es hat mir nichts eingebracht“, bekannte der Jüngling und erzählte, wie diesmal alles ausgegangen war.

„Und warum hast du dir nach deiner gestrigen Erfahrung mit den Schafen nicht gleich gewünscht, daß die Schiffe nicht wieder verschwinden?“

Darauf wußte der Student keine Antwort.

„Merkst du denn nicht, daß der Alte dein Verderben will?“ belehrte ihn die Magd, aber der Bursche gab nichts auf ihre Worte.

Am nächsten Morgen erhob er sich noch im Morgengrauen, und als die Sonne aufging, war er bereits auf dem Hügel, wo der Alte schon auf ihn wartete, als hätten sie sich abgesprochen. Sie spielten und spielten, nahmen nicht einmal einen Bissen Brot zu sich bis zum Sonnenuntergang. Erst als es Abend wurde, hörten sie auf und rechneten alles zusammen. Diesmal aber hatte der Student verloren.

„Was verlangst du für deinen Sieg?“ fragte er. Jetzt bedauerte er wohl, nicht auf die Magd gehört zu haben, denn er verspürte auf einmal unheimliche Angst vor dem Greis mit dem feuerroten Bart.

„Ach, nur eine Kleinigkeit“, lachte der Alte, und sein Lachen jagte dem Jüngling einen Schauer über den Rücken. „Nicht mehr und nicht weniger, als daß du dich über Jahr und Tag im Hause des Diarmuid Rotbart im Lande Nirgendwo einfindest. Wenn du wirklich ein so kluges Köpfchen bist, wirst du es schon finden. Und wenn nicht, so sollst du Tag und Nacht keine Ruhe mehr finden, nicht zweimal vom gleichen Tisch essen und nicht zweimal hintereinander im gleichen Bett schlafen. Und nun lebe wohl!“

Hohnlachend verschwand der Alte mitsamt dem Tisch und den Stühlen, als hätte es ihn nie gegeben. Noch langsamer als sonst ging der Bursche nach Hause. Die Magd wartete schon im Hof auf ihn, und als sie sah, wie verzweifelt er war, redete sie ihm gut zu, sich erst einmal zu beruhigen und ihr dann zu erzählen, was geschehen sei. „Ich habe verloren“, gestand der Jüngling.

„Das war ja vorauszusehen“, meinte das Mädchen. „Und was hat er von dir verlangt?“

Er sagte es ihr, und sie nickte dazu mit dem Kopf.

„Mach dir keine Sorgen, iß dich erst mal satt, und dann geh ruhig schlafen. Ein Jahr ist lang!“

Und das sagte sie ihm jedesmal, wenn er losziehen wollte, das Haus des Diarmuid Rotbart im Lande Nirgendwo zu suchen. Aber schließlich ließ sich der Jüngling doch nicht mehr vertrösten, denn er fürchtete den Fluch des Alten. Den Eltern verschwieg er das Ziel seiner Reise, gab vor, er hätte Sehnsucht nach den Schulkameraden und wolle einige von ihnen, die in der Nachbarschaft wohnten, besuchen. Die Eltern hatten nichts dagegen. Die Mutter packte ihm Wegzehrung ein und Geschenke für die Freunde. Am frühen Morgen verließ der Student das Elternhaus. Im Hof fing ihn wieder die Magd ab. „Du gehst also und weißt nicht, wohin?“

„Ich werde immer der Nase nach gehen, vielleicht weisen mir gute Leute den Weg.“

„Ich weiß auch nicht, wo das Haus des Diarmuid Rotbart liegt, sonst hätte ich es dir längst gesagt. Aber als ich von zu Hause wegging in die weite Welt hinaus, da gab mir mein Bruder diese goldene Kugel hier mit. Die sollte ich nur vor mir herrollen lassen, und sie würde mich stets sicher zu ihm zurückführen. Vielleicht weiß mein Bruder etwas von Diarmuid, denn er ist ein mächtiger König in einem fernen Land. Die goldene Kugel bringt dich bis zum Abend zu seinem Schloß. Um das Schloß herum ist eine hohe Mauer mit nur einem einzigen Tor. Du mußt die Kugel hoch in die Luft werfen, über das geschlossene Tor springen und sie auf der anderen Seite wieder auffangen. Merke dir gut, die goldene Kugel darf auf dem Schloßfhof den Boden nicht berühren, nur dann wird mein Bruder dir helfen. Und nun lebe wohl und kehre glücklich wieder heim!“

Der Jüngling bedankte sich bei dem Mädchen und schritt mit neuem Mut in die Welt hinaus. Die goldene Kugel rollte vor ihm her, und der Weg verging ihm wie im Flug. Als sich der Abend herniedersenkte, kam unser Held zu einem Tor, vor dem die goldene Kugel liegenblieb und nicht mehr weiterrollen wollte. Er schaute auf und sah am Fenster den König, der sich vom Abendwind den Bart zausen und die heiße Stirn kühlen ließ. Da warf er die Kugel so hoch in die Luft, daß er sie aus den Augen verlor. Gleichzeitig nahm er kräftig Anlauf, sprang mit einem Satz über das Tor und fing auf der anderen Seite die goldene Kugel wieder auf.

Der König hatte staunend mitangesehen, wie der Jüngling über das Tor gesprungen war, und trommelte die Wachen zusammen.

„Hundert Jahre wohne ich schon hier, und noch nie hat es jemand fertiggebracht, über mein hohes Schloßtor zu springen. Der Fremde im Hof ist der erste, dem das gelungen ist. Sicher ist er ein berühmter Recke, wird uns alle gefangennehmen und selbst über mein Reich herrschen wollen. Bindet ihn und werft ihn ins finsterste Verlies!" schrie er ganz außer sich.

„Halte ein, edler König!" rief da der Bursche. „Ich bin nicht gekommen, dir dein Königreich wegzunehmen, sondern um dir schöne Grüße von deiner Schwester zu bestellen." Und zum Beweis hielt er die goldene Kugel hoch. „Deine Schwester schickt mich, die goldene Kugel ist vor mir hergerollt und hat mir den Weg gezeigt."

Da beruhigte sich der König und befahl der Wache, den Gast einzulassen und ihm die goldene Kugel zu bringen.

Als die Wachen ihm die Kugel überreichten, da erkannte er sie sofort und lief zur Tür, den Jüngling zu begrüßen. Er freute sich über die Maßen, daß die Schwester ihn grüßen ließ, denn er hatte schon hundert Jahre nichts mehr von ihr gehört.

Dann saßen sie ein Drittel der Nacht bei auserwählten Speisen und Getränken zusammen, das zweite Drittel vertrieben sie sich mit Musik und Tanz, und den Rest der Nacht schliefen sie tief und fest, während drei Frauen schaufelweise die Pfeifenasche wegschippten, so viel hatten die beiden geraucht.

Am nächsten Morgen erfuhr der König, was den Jüngling zu ihm geführt hatte. Als er alles gehört hatte, runzelte er die Stirn und bekannte schließlich: „Hundert Jahre herrsche ich schon hier, aber von Diarmuid Rotbart habe ich noch nie etwas gehört. Doch ich will meine Räte fragen."

Aber die wußten auch nichts und runzelten die Stirn.

„Das macht nichts, wir haben ja noch einen älteren Bruder, vielleicht weiß der mehr. Er ist König im Nachbarreich. Die goldene Kugel wird dich zu ihm führen. Nur paß auf, die Mauer um sein Schloß ist noch einmal so hoch wie meine, und es hilft alles nichts, wenn du zu ihm willst, mußt du über das Tor springen."

Der Jüngling bedankte sich für alles und schritt kräftig aus, immer der goldenen Kugel nach. Am Abend kam er zu dem Schloß des älteren Bruders, sprang über das hohe Tor, fing auf der anderen Seite

die Kugel, die ihn hergeführt hatte, mit beiden Händen auf und verneigte sich vor dem König. Als der die goldene Kugel in seinen Händen sah, wies er sogleich die Wachen an, den Fremden einzulassen, und ging ihm selbst bis zur Tür entgegen. So sehr freute er sich, daß die Schwester ihn grüßen ließ.

„Zweihundert Jahre schon habe ich nichts mehr von meiner lieben Schwester gehört", seufzte er. Dann saßen sie ein Drittel der Nacht bei Speise und Trank beisammen, das zweite Drittel vertrieben sie sich mit Musik und Tanz, und den Rest der Nacht schliefen sie tief und fest, während sieben Frauen schaufelweise die Pfeifenasche wegschippten, so viel hatten die beiden geraucht.

Erst am Morgen fragte der König seinen Gast, was ihn hergeführt habe. Als er von Diarmuid erfuhr, schüttelte er den Kopf.

„Zweihundert Jahre herrsche ich schon hier, aber diesen Namen habe ich noch nie gehört", meinte er bekümmert. Und auch seine Räte waren um nichts klüger.

„Nun, da wird dir nichts anderes übrigbleiben, als zu unserem ältesten Bruder zu gehen", erklärte der König schließlich. „Er ist Herr über alle Tiere im Wald, im Wasser und in der Luft. Er und seine treuen Untertanen können dir sicher weiterhelfen. Die goldene Kugel, die dich hierher geführt hat, wird dir auch den Weg zu ihm weisen. Nur paß auf, die Mauer um sein Schloß ist noch einmal so hoch wie meine, und es hilft alles nichts, wenn du zu ihm willst, mußt du über das Tor springen."

Der Jüngling bedankte sich für alles und schritt kräftig aus, bis er am Abend zu einer Mauer kam, die war so hoch, daß sich die Zinnen schon fast im Nebel verloren. Er holte tief Luft, warf die Kugel bis in den Himmel und sprang. Er glaubte selbst nicht, daß er so hoch würde springen können, aber er schaffte es doch und fing auf der anderen Seite die Kugel wieder auf. Es war auch höchste Zeit, denn der König trommelte schon die Wachen zusammen.

„Dreihundert Jahre lebe ich schon hier, und noch nie hat es jemand fertiggebracht, über mein himmelhohes Tor zu springen. Der Fremde unten im Hof ist der erste, dem das gelungen ist. Sicher ist er ein berühmter Recke und wird uns alle gefangennehmen oder gar totschlagen und selbst über mein Königreich herrschen wollen. Bindet ihn und werft ihn ins tiefste Verlies!"

„Halte ein, edler König", bat der Jüngling. „Ich bin nicht gekommen, dir dein Königreich wegzunehmen, sondern soll dir schöne Grüße von deiner Schwester und deinen beiden Brüdern bestellen. Sie haben mich hergeschickt, und die goldene Kugel hier hat mir den Weg gezeigt."

Der König rief die Wachen zurück und lief selbst zur Tür, den Gast zu begrüßen, so sehr freute er sich, nach so langer Zeit etwas von den Geschwistern zu hören. Dann ließ er auserwählte Speisen und Getränke auftragen, und ein Drittel der Nacht saßen sie zu Tisch, das zweite Drittel vertrieben sie sich mit Musik und Tanz, und den Rest der Nacht schliefen sie tief und fest, während neun Frauen schaufelweise die Pfeifenasche wegschippten, so viel hatten die beiden geraucht.

Erst am Morgen erfuhr der König, was den Jüngling zu ihm geführt hatte. Als er von Diarmuid Rotbart hörte, schüttelte er den Kopf, und der Jüngling wurde ganz traurig.

„Laß nur nicht gleich den Kopf hängen", tröstete ihn der König. „Ich habe zwar in den dreihundert Jahren, die ich hier herrsche, nie etwas von diesem Mann gehört. Als Herr aller Tiere zu Lande, im Wasser und in der Luft werde ich jedoch alle zusammenrufen, damit sie uns sagen, was sie darüber wissen."

Der König ging in den Schloßhof und blies ins Horn. Indem wurde der Himmel schwarz von tausend Flügeln, das Wasser schäumte von tausend Flossen, und auf der Erde war kein freies Plätzchen mehr, so viele Tiere hatten sich um ihren König geschart. Der König fragte sie alle nach Diarmuid Rotbart, aber niemand wußte etwas.

Plötzlich krächzte die Elster: „Der Adler! Der alte Adler ist noch nicht da. Vielleicht weiß er etwas."

Der König blies noch einmal in sein Horn und wartete, aber nichts geschah, es kam keiner mehr, weder gelaufen, noch geschwommen, noch geflogen. Da blies er ein drittes Mal, so stark, daß ihm fast die Lunge platzte. Als er das Horn wieder vom Mund absetzte, da kreiste über seinem Kopf ein riesiger Adler.

„Verzeih, mein König, daß ich zu spät gekommen bin", entschuldigte er sich, damit ihn der König nicht ausschimpfe. „Aber ich war gerade unterwegs mit Futter für die Jungen im Horst. Ich habe sie nur schnell gefüttert und bin dann gleich losgeflogen."

„Na gut", brummte der König, „wenn du mir sagen kannst, wo das Haus des Diarmuid Rotbart ist, will ich dir verzeihen."

„Wo sollte es schon sein? Im Lande Nirgendwo, nicht weit von meinem Horst."

„Nun, so befehle ich dir, diesen Jüngling hier dorthin zu tragen."

„Wenn ich mich bei dir tüchtig stärke und du uns genug Wegzehrung mitgibst, so schaffe ich es vielleicht, mit einem Menschen auf dem Rücken so weit zu fliegen."

Der König bewirtete den Jüngling und den Adler reichlich, gab dann dem Studenten eine große Tasche mit Fischen und wünschte ihm alles Gute auf den Weg. Bald darauf waren sie schon in der Luft. Der Adler flog schnell wie der Märzwind, und immer, wenn seine Kräfte erlahmten, ließ er sich von dem Jüngling füttern, und dann ging es zügig weiter.

Als sie über dem Meer flogen und das Land Nirgendwo noch längst nicht in Sicht war, da waren die Fische in der Tasche alle.

„Füttere mich, füttere mich, sonst stürzen wir ins Meer!" rief der Adler. „Du bist schwer, und mir schwinden die Kräfte!"

Aber der Jüngling hatte ja nichts mehr. In seiner Verzweiflung schnitt er sich ein Stück Fleisch aus der eigenen Wade und gab es dem Adler, und der flog mit dieser letzten Stärkung bis auf das hohe Ufer.

„Wir sind am Ziel", sagte er. „Steig ab, ich werde dir zeigen, wo Diarmuid Rotbarts Haus ist."

Der Jüngling kletterte mit einem Schmerzenslaut von dem Adler herunter.

„Was hast du denn?" fragte der Vogel. „Hast du den schnellen Flug nicht vertragen?"

„Das schnelle Fliegen hat mir nicht geschadet, wohl aber dein Hunger", stöhnte der Student. „Du hast ein Stück von meiner Wade gefressen, und nun kann ich nicht laufen."

„Zieh mir die längste Feder aus dem linken Flügel und halte sie an die Wunde, dann hören die Schmerzen auf. Danach ziehe mir die längste Feder aus dem rechten Flügel, und du wirst schneller laufen können als je zuvor."

Der Jüngling tat wie geheißen, und er war gesund wie zuvor. Dann zeigte der Adler ihm einen See im Tal.

„Siehst du die drei Enten auf dem Wasser? Das sind die drei Töchter des Zauberers Diarmuid. Zwei halten immer zusammen und jagen die dritte, die kleinste Ente, weg. Sie ist kleiner als sie, aber da-

für viel fleißiger und geschickter. Alle Arbeit in Haus und Hof muß sie allein machen, denn ihre Mutter, die alte Hexe, liebt nur die zwei jüngeren, hübscheren Töchter. Mit der ältesten aber springt sie gar stiefmütterlich um. Und nun betrachte das Ufer!" forderte der Adler den Jüngling auf. „Siehst du die zwei weißen Bündel im Gebüsch dort? Das größere, das sind die Kleider der beiden Jüngeren, die brauchst du nicht zu beachten. Das kleinere sind die Kleider der ältesten Tochter. Schleiche dich leise heran und nimm dieses Bündel weg. Wenn sie ihre Kleider nicht findet, wird sie zu dir kommen und dich bitten, sie ihr zurückzugeben. Du aber laß dich nicht erweichen, auch wenn sie noch so jammert und fleht. Erst soll sie dir versprechen, daß sie dich nicht nur ins Haus ihres Vaters mitnimmt, sondern dich auch sicher wieder herausbringt und dich beschützt, solange du dort weilst. Sie wird sich zuerst sträuben, du aber gib nicht nach."

Da bedankte sich der Jüngling bei dem Adler und sagte ihm Lebewohl. Der Adler flog zu seinem Horst, und der Student stieg ins Tal hinab. Er holte die Kleider der kleinsten Ente aus dem Gebüsch, klemmte sie sich unter den Arm, drehte dem See den Rücken und ging, weder nach rechts noch nach links schauend, mit langen Schritten davon.

Da hörte er hinter sich jemanden bitterlich weinen.

„Ich flehe dich an, guter Jüngling, gib mir meine Kleider zurück", bat eine leise weibliche Stimme. „Ohne sie kann ich nicht nach Hause zurück, und allein müßte ich hier über Nacht jämmerlich umkommen."

Eine Weile tat er, als höre er nicht, aber das Mädchen bat so flehentlich, daß er sich schließlich bereit erklärte, die Kleider wieder unter das Gebüsch zu legen, wenn das Mädchen ihm versprach, ihn ins Haus ihres Vaters mitzunehmen, ihn dort zu beschützen und auch sicher wieder herauszuführen.

„Wie könnte ich dir das versprechen? Mein Vater ist mächtig, und ich bin nur schwach. Mein Vater weiß sehr viel, und ich fast gar nichts."

„Nun, so versprich mir wenigstens, daß du alles tust, was in deiner Macht steht, um mir zu helfen", verlangte der Jüngling.

„Ich schwöre dir, daß ich dir immer helfen werde, und wenn ich mit dir zusammen sterben sollte", sprach das Mädchen leise.

Da legte der Jüngling die Kleider wieder unter das Gebüsch, und das Mädchen beschrieb ihm den Weg zu Diarmuid Rotbarts Haus. Und sie riet ihm auch noch, dort ja nicht ruhig und bescheiden aufzutreten, er solle lieber tun, als hätte er die Weisheit mit Löffeln gegessen.

„Ich danke dir", sagte der Bursche. „Doch erfülle mir noch eine Bitte. Erlaube mir, mich umzudrehen und dich anzuschauen. Ich habe dich ja nur als Ente gesehen."

„Was ist schon an mir zu sehen? Alle Schönheit haben meine Schwestern mitbekommen, für mich ist nichts übriggeblieben."

Der Jüngling drehte sich schnell um und schüttelte den Kopf.

„Warum wolltest du mich täuschen?" fragte er. „Deine Augen sind wie der See unterm Berg und dein Haar wie die schwärzeste Erde. Mir gefällst du so hundertmal besser, als wenn du Gold auf dem Kopf und Hochmut in den Augen hättest."

„Geh schon, geh!" lachte Diarmuids Tochter hell auf.

Der Jüngling gehorchte, und bald schon war er im Haus des Zauberers. Er hatte leicht hineingefunden, denn alle Türen standen offen, und der feuerrote Bart des Alten leuchtete wie ein helles Kaminfeuer.

„Eijeijei!" rief Diarmuid aus. „Du scheinst doch gewitzter zu sein, als ich dachte, wenn du hergefunden hast."

„Ja glaubst du denn, nur du allein hättest alle Weisheit gepachtet?" versetzte der Jüngling schlagfertig, wie ihm das Mädchen geraten hatte.

„Du hast aber eine scharfe Zunge", meinte der Zauberer lachend. „Na, du wirst schon noch zahm werden!"

„Seit wann lädt man sich Gäste ins Haus, um sie zu zähmen?" erwiderte der Jüngling.

Diarmuid kicherte böse, sagte aber nichts mehr, denn in diesem Augenblick kehrten seine drei Töchter heim. Zwei von ihnen waren von hohem, stattlichem Wuchs; langes goldenes Haar fiel ihnen bis zu der Hüfte herab, und in den kalten Augen stand ihnen der Hochmut geschrieben. Die dritte war klein und zierlich, ihr Haar glänzte schwarz, und ihre Augen leuchteten warm. „Was soll ich dem Gast zum Abendessen vorsetzen?" fragte sie den Vater.

„Was sonst als Schwarzbrot und Wasser", keifte Diarmuid böse. „Besseres Essen muß er sich erst verdienen."

Aber Diarmuids älteste Tochter bewirtete den Jüngling nicht nur mit Schwarzbrot, sondern auch mit dreierlei Braten, Brei und Kuchen, nicht nur mit Wasser, sondern auch mit Bier und Met.

Als es Schlafenszeit wurde, fragte das Mädchen den Vater wieder: „Und wo soll ich dem Gast das Bett machen?"

„Der Strohsack in der Kammer ist für ihn gut genug!" antwortete der Zauberer.

Aber als der Alte eingeschlafen war, richtete das Mädchen dem Jüngling ein weiches Lager aus seidenen Kissen und Daunenbetten. Und er schlief darin tief und fest, bis ihn Diarmuids Tochter weckte.

„Leg dich schnell auf den Strohsack in der Kammer", wies sie ihn an. „Der Vater wird gleich aufstehen und dir eine schwere Aufgabe geben. Aber verzage nicht, ehe es Abend wird, komme ich zu dir und helfe dir."

Kurz danach erschien Diarmuid. „Aufstehen, du Langschläfer! Mein Brot ißt niemand umsonst, mach dich an die Arbeit!"

Er führte den Gast in den Stall und gab ihm eine Mistgabel mit nur einem einzigen Zinken in die Hand. Damit sollte er den Stall ausmisten und nach einer Nadel suchen, die des Zauberers Urgroßmutter dort vor siebenhundert Jahren verloren hatte.

„Bis zum Abend mußt du die Nadel gefunden haben, sonst bist du deinen Kopf los!" drohte der Zauberer.

Der Bursche seufzte tief, denn bei einer solchen Arbeit half ihm alle Gelehrsamkeit nichts. Er nahm etwas Mist auf die Gabel und warf ihn hinaus. Aber ehe er sich umgedreht hatte, war doppelt soviel Mist im Stall dazugekommen. Gegen Abend war der Misthaufen noch viel größer als am Morgen. Wer sollte darin eine vor siebenhundert Jahren verlorene Nadel finden? Die Sonne sank langsam gen Westen, und dem Jüngling wurde immer bänger ums Herz.

Da kam leise Diarmuids älteste Tochter in den Stall, nahm ihm die Gabel aus der Hand und warf auf dreimal allen Mist hinaus. Dann goß sie reines Wasser über die Bretter, und in dem Wasser blinkte sogleich die Nadel der Urgroßmutter auf. Sie hob sie auf und reichte sie dem Jüngling, der ihr nicht genug danken konnte.

„Das war eine leichte Arbeit", meinte sie, „aber es wird noch schwerer kommen. Die Nadel heb gut auf, du wirst sie noch brauchen. Zeig sie meinem Vater, aber gib sie ihm nicht, wenn er sie von dir verlangt."

Nun konnte der junge Mann kühn vor den Zauberer hintreten. Im Kamin glimmten zwar nur ein paar verkohlte Scheite, aber dafür leuchtete ja der rote Bart feuerhell, so daß Diarmuid gar kein Licht brauchte, um die Nadel seiner Urgroßmutter zu erkennen. Er biß sich vor Ärger auf die Lippen.

„Du hast die Nadel also gefunden?“ zischte er.

„Das habe ich.“

„Gib sie mir!“ verlangte der Alte und streckte die Hand aus.

„Ich denke gar nicht daran. Die Nadel gehört mir. Die Arbeit, die du mir aufgetragen, habe ich vollbracht, und was ich dabei gefunden habe, das behalte ich auch.“

Der Zauberer wurde noch wütender.

„Du hast eine verdammt scharfe Zunge, aber du wirst schon noch zahm werden!“ Dann befahl er, dem Jüngling Schwarzbrot und Wasser vorzusetzen. Die älteste Tochter aber bewirtete den Studenten wieder reichlich und schüttelte ihm die seidenen Kissen und Federbetten auf. Und er schlief wieder tief und fest, bis das Mädchen ihn weckte.

„Steh auf, gleich kommt mein Vater. Diesmal wird er dir befehlen, mit einer Kelle den See leerzuschöpfen und einen Ring meiner Urahne zu suchen. Doch keine Angst, ich werde dir auch diesmal helfen", versprach sie.

Und es kam genauso, wie sie gesagt hatte. Der Jüngling sollte mit einer löchrigen Kelle alles Wasser aus dem See schöpfen und bis zum Abend einen Ring finden, den vor tausendsiebenhundert Jahren des Zauberers Urahne dort verloren hatte. Wenn er ihn nicht fände, so würde er seinen Kopf verlieren, versicherte ihm der grimmige Alte.

Mit der löchrigen Kelle hätte der Student bis zum Abend keinen Liter Wasser aus dem See geschöpft, und so versuchte er es gar nicht erst, sondern setzte sich ans Ufer und wartete auf seine Liebste, die ihm ja ihre Hilfe versprochen hatte. Als aber die Sonne sich immer mehr gen Westen neigte, wurde es ihm doch bang ums Herz.

Da sprach hinter ihm eine leise Stimme: „Mach dir keine Sorgen, ich bin schon hier, wie ich dir versprochen habe."

Nur zweimal tauchte sie die Kelle ins Wasser, da war der See leer, und auf seinem Grund glitzerte ein goldener Ring.

„Nimm ihn und bewahre ihn gut auf, du wirst ihn vielleicht noch brauchen", riet sie dem Jüngling. „Auf keinen Fall darfst du ihn meinem Vater in die Hand geben. Du mußt tun, als seist du klüger als er."

Diarmuid platzte fast vor Wut, als er den Ring am Finger des Jünglings sah.

„Ich sehe, daß du doch mehr kannst als nur Brei essen!" sagte er. „Gib mir den Ring meiner Urahne!"

„Du hättest ihn dir ja längst aus dem See holen können, wenn du ihn haben wolltest", versetzte der Jüngling dreist. „Ich habe den Ring gefunden, also gehört er mir. Und deine Aufgabe habe ich ja erfüllt."

„Ich kriege dich schon noch klein!" schrie der Zauberer, sprang von der Bank auf und ging, da er vor Ärger sowieso keinen Bissen heruntergebracht hätte, gleich zu Bett.

Unser Student aber ließ sich das köstliche Essen schmecken, das ihm die älteste Tochter des Zauberers vorsetzte, und schlief dann in dem seidenweichen Bett tief und fest bis in den Tag hinein.

„Steh auf, steh auf!" weckte ihn das Mädchen. „Heute wird dir mein Vater keine Arbeit auftragen, sondern verlangen, daß du ihm die Nacht über drei Geschichten erzählst, so spannend und so gut und so lang, daß er darüber bis zum Morgen nicht einschläft. Aber du könntest noch so spannend und gut erzählen, er schläft ja doch über kurz oder lang ein, weil er sich nämlich die Ohren verstopft. Und am Morgen läßt er dich dann köpfen. Nun höre gut zu, was ich dir sage: Sobald der Vater sich in der dunklen Schlafstube niedergelegt hat, lehne den Feuerhaken an die Tür, stelle den Besen in die Ecke und hänge den Kessel über die Feuerstelle. Dann befiehl allen dreien, etwas zu erzählen. Du aber schleiche leise hinaus, gehe zum Stall und ziehe an dem Zügel über der Stalltür. Damit rufst du mein Pferd herbei. Du brauchst nur aufzusitzen, und auch ich werde zur Stelle sein. Vielleicht gelingt uns die Flucht. Wenn nicht, sind wir beide verloren.“

Nun, dem Jüngling war natürlich sein Leben lieb und noch viel mehr das von Diarmuids Tochter. Er prägte sich jedes Wort gut ein, lehnte den Feuerhaken an die Tür, stellte den Besen in die Ecke, hängte den Kessel auf, befahl allen dreien, etwas zu erzählen — und schon war er weg. Vor dem Stall zog er an dem Zügel, und im Nu stand ein gesatteltes Pferd vor ihm. Er war kaum aufgesessen, da erschien auch seine Liebste. Er hob sie vor sich in den Sattel, und los ging's. Das Pferd flog so schnell dahin, daß es kaum mit den Hufen die Erde berührte und sogar den Abendwind noch überholte. Aber wenn das Pferd nicht so schnell gewesen wäre, es hätte böse um sie gestanden.

Diarmuids Frau, eine böse Hexe, die fast noch schlimmer war als der Zauberer, war nämlich inzwischen von einer längeren Reise heimgekehrt. Gleich wie sie das Haus betrat, hörte sie ihren Mann schnarchen und Feuerhaken, Besen und Kessel wild durcheinanderreden.

„Was ist denn das für ein Geschrei?“ schalt sie.

„Man hat uns befohlen, etwas zu erzählen, also erzählen wir!“ erklärte der Feuerhaken an der Tür.

„Mann, steh auf, hier ist etwas nicht in Ordnung!“ weckte die Hexe den Zauberer.

Diarmuid setzte sich auf und wußte sofort, was die Glocke geschlagen hatte.

 Er machte sich sogleich mit seiner Frau auf die Suche nach den beiden. Aber bis zum Morgen hatten sie noch immer keine Spur. Die Tochter des Zauberers rechnete damit, daß man sie verfolgen würde. Als die Sonne aufging, befahl sie deshalb ihrem Liebsten, zurückzuschauen, ob ihnen nicht jemand folge.

„Ich sehe niemanden, nur zwei schwarze Raben, die weit hinter uns fliegen."

„Schneller, mein Pferd, schneller, sie sind hinter uns her!" spornte das Mädchen das Pferd an. Nach einer Weile hörte sie schon die Flügelschläge hinter sich.

Da fragte das Mädchen den Jüngling, ob er die Nadel bei sich habe, die sie im Stall gefunden hatte, und als er bejahte, sagte sie: „Wirf sie hinter dich!"

Der Jüngling warf die Nadel hinter sich, und in dem Augenblick wuchs hinter ihnen ein hoher eiserner Wald bis in die Wolken hinein. So hoch konnten die Raben nicht fliegen, sie mußten vor dem Wald haltmachen, und Diarmuid sagte zu der Hexe: „Frau, flieg schnell nach Hause und hol mir den großen Hammer, der neben meinem Bett liegt."

Diarmuid hatte sich kaum bequem hingesetzt, um ein bißchen auszuruhen, da hörte er Flügelrauschen.

„Was ist, fliegst du schon los?" fragte er.

„Was heißt losfliegen, ich bin schon zurück mit dem Hammer!" krächzte die alte Hexe.

„Ei, du bist aber ein tüchtiges Weibchen!" lobte der Zauberer sie, dann schleuderte er den schweren Hammer gegen den eisernen Wald. Wo der Hammer hinflog, da stürzten die Bäume um, und die Raben konnten weiterfliegen.

Nach einer Weile bat die Tochter des Zauberers ihren Liebsten, wieder zurückzuschauen.

„Ich sehe da hinten die Raben!" rief er erschrocken.

„Hast du den Ring der Urahne noch, den wir auf dem Grunde des Sees gefunden haben?"

„Ja."

„Das ist gut", meinte das Mädchen erleichtert. „Zieh ihn vom Finger und wirf ihn hinter dich!"

Der Student warf den Ring hinter sich, und in dem Augenblick ergoß sich hinter den Flüchtlingen ein Meer, so groß, daß die Raben es nicht überfliegen konnten.

„Schnell, flieg nach Hause und hol mir den hölzernen Becher, der neben meinem Bett steht!“ sagte Diarmuid zu seiner Frau. Kurz darauf hörte er Flügelrauschen.

„Was ist, fliegst du schon los?“ fragte er.

„Was heißt losfliegen, ich bin schon zurück mit dem Becher!“ krächzte die alte Hexe.

„Ei, bist du aber ein tüchtiges Weibchen!“ lobte der Zauberer sie, nahm den Becher und wollte damit das Meer trockenlegen. Er schöpfte und schöpfte, bis er schließlich den hölzernen Becher ärgerlich wegwarf.

„Es hat keinen Zweck, Frau, unsere Tochter hat zu viel von uns gelernt, ist schon klüger und geschickter als wir. Wir kriegen die beiden ja doch nicht mehr.“

Aber die Hexe wollte sich noch nicht geschlagen geben. Noch einmal flog sie auf und krächzte einen schweren Fluch hinter der Tochter her: „Möge dein Liebster dich vergessen und verraten, so wie du uns vergessen und verraten hast!“

Der Jüngling und das Mädchen konnten nun ungehindert ihren Ritt fortsetzen, und gegen Abend erreichten sie das väterliche Gut.

„Ich warte hier auf dich“, erklärte das Mädchen, als sie auf dem Hügel hinter dem Haus standen. „Geh nach Hause und bereite deine Eltern auf meine Ankunft vor. Aber hüte dich, jemandem die Hand zu geben oder einen Kuß, dann würdest du mich vergessen.“

Der Jüngling ließ seine Liebste nur ungern auf dem Hügel zurück und nahm sich fest vor, gleich zurückzukehren und sie zu holen. Wie er in den Hof trat, da kam der große Hofhund schwanzwedelnd gelaufen, sprang an ihm hoch und leckte ihm das Gesicht aus lauter Freude, daß sein junger Herr zurückgekehrt war. In dem Augenblick hatte der Jüngling seine Liebste vergessen, reichte allen der Reihe nach die Hand, küßte seine Mutter, freute sich, wieder zu Hause zu sein, und dachte mit keiner Faser seines Herzens mehr an Diarmuids Tochter.

Die wartete inzwischen auf dem Hügel, und als sie sah, daß ihr Liebster nicht zurückkam, da weinte sie bittere Tränen und ging schließlich ins Dorf, um eine Bleibe für die Nacht zu suchen. Aber sie hatte Angst vor den fremden Menschen, und so ließ sie ihr Pferd auf dem Dorfanger grasen und kletterte auf einen Baum dicht neben dem Brunnen, um dort die Nacht sicher zu verbringen. Indem kam die alte Schmiedin Wasser holen. Wie sie sich über den Brunnen beugte, da spiegelte sich im Wasser ein schönes, junges Gesicht.

„Ach, bin ich aber schön!“ rief sie, ließ den Krug stehen und rannte schnurstracks in die Stadt, denn sie meinte, daß eine so schöne Frau wahrlich viel zu schade sei für die schwarze, verrußte Dorfschmiede.

Als die Frau nicht zurückkam, schickte der Schmied die ältere Tochter Wasser holen. Auch sie beugte sich über den Brunnen, sah das hübsche Gesicht im Wasser und rannte schnurstracks in die Stadt zum Tanz, denn eine so hübsche Jungfrau gehörte doch wahrlich woanders hin als in die schwarze, verrußte Dorfschmiede. Als dann aber schließlich auch die jüngste Tochter kein Wasser brachte, ging der Schmied selbst zum Brunnen. Und auch er war nicht wenig überrascht, als er das hübsche Gesicht im Wasser erblickte.

„Ach, so ist das also!“ rief er. „Jetzt weiß ich, warum die Weibsbilder weggelaufen sind! Na, komm schon runter vom Baum, Mädchen! Du brauchst keine Angst zu haben, ich tue dir nichts.“

So ging Diarmuids Tochter bei dem Schmied in Dienst. Sie hielt Haus und Hof in Ordnung, kochte gut, legte überall Hand an, ja sogar im Schmiedehandwerk schien sie sich auszukennen und gab dem Meister manch guten Rat, so daß der Schmied am liebsten gesehen hätte, wenn sie für immer bei ihnen blieb.

Bald sprach sich in der ganzen Gegend herum, daß der junge Student vom Gut heiraten wolle, und zwar die neue Gutsmagd. Niemand kenne ihre Familie, denn sie sei von weit her, aber sie solle so fleißig und tüchtig sein, daß alle im Hause sie liebgewonnen hätten, am meisten aber der einzige Sohn des Bauern.

Zur Hochzeit war das ganze Dorf eingeladen, alt und jung, arm und reich. Auch der Schmied und dessen neue Magd. Am Abend vor der Hochzeit begaben sie sich zum Gut. Im Haus war ein Menschengewimmel wie in der Stadt zum Jahrmarkt. Auf dem Hof brieten Schweine und Lämmer am Spieß, und am Backofen hatten die Frauen alle Hände voll zu tun mit Brot- und Kuchenbacken. Diarmuids Tochter sah eine Weile dem Treiben zu und bat um Erlaubnis, auch einen Kuchen backen zu dürfen.

„Von mir aus“, meinte die neue Gutsmagd, die vor lauter Arbeit nicht mehr wußte, wo ihr der Kopf stand. Das Mädchen machte sich sogleich ans Werk und buk einen so herrlichen Kuchen, daß ihn die

Magd gleich in die Stube trug, wo lauter hochgelehrte Herren beisammensaßen.

„Das ist aber ein vorzüglicher Kuchen!" lobten sie. „Wer hat denn den gebacken?"

„Ich!" behauptete die Gutsmagd schnell.

„Lüge nicht! Einen solchen Kuchen versteht in ganz Irland niemand zu backen."

Da mußte sie mit der Sprache heraus und zugeben, daß die Magd des Schmiedes den Kuchen gebacken hatte.

„Schick sie zu uns herein!" verlangten die Herren.

Diarmuids Tochter hatte nichts dagegen, den Herren ihre Aufwartung zu machen, aber erst wollte sie sich das Gesicht waschen und saubere Kleider anziehen. Und als sie sich zurechtgemacht hatte, da waren alle Frauen und Mädchen im Haus blaß vor Neid, so schön sah sie aus. Ihr Haar glänzte wie die schwärzeste Erde, und ihre Augen waren wie das Wasser im tiefen See. Alle Herren erhoben sich, als sie eintrat, und baten sie zu Tisch. Die Herren plauderten über alles mögliche, aßen, tranken und scherzten, bis das Mädchen schließlich fragte, ob es hier auf allen Hochzeiten so zugehe.

„Wie denn sonst? Feiert man anderswo denn nicht so?" wunderten sich die Herren.

„Im Lande Nirgendwo, von wo ich komme, spielt man bei solchen Festen verschiedene Spiele, und jeder trägt mit etwas Ungewöhnlichem zur guten Laune bei."

„Und könntest du uns nicht auch mit so etwas Ungewöhnlichem amüsieren?" baten die Herren.

„Gern, wenn ihr es wünscht, aber nur, wenn auch der Bräutigam und die Braut zusehen, denn sie sind ja die Hauptpersonen."

Man rief Braut und Bräutigam, und das Mädchen zog aus der einen Tasche eine goldene Henne und aus der anderen einen silbernen Hahn. Alle staunten mit offenen Mündern, als das Mädchen Henne und Hahn auf den Tisch stellte, ein lustiges Lied zu singen begann, wie sie es noch nie gehört hatten, und der Hahn und die Henne dazu tanzten. So etwas hatten sie wahrlich noch nie gesehen. Als der Tanz zu Ende war, warf das Mädchen drei Weizenkörner auf den Tisch. Der Hahn pickte zwei Körner auf und ließ der Henne nur eins.

„Du entpuppst dich ja ganz schön!" schimpfte die Henne. „Im Haus meines Vaters warst du nicht so häßlich zu mir. Als ich dir den Stall des Vaters ausmisten half und die Nadel der Urahne fand, da hättest du mir gern aus Dankbarkeit zwei Körner überlassen. Aber du hast schnell vergessen!"

Alt und jung drängte sich um den Tisch, als das Mädchen von neuem zu singen anhob und Hahn und Henne dazu tanzten. Zum Lohn warf sie ihnen wieder drei Körner zu, und der Hahn pickte schnell zwei davon auf.

„Du entpuppst dich ja ganz schön!" warf ihm die Henne vor. „Im Haus meines Vaters warst du nicht so häßlich zu mir. Als der Vater dir befahl, den See trockenzulegen, und ich die Arbeit für dich tat und auch den goldenen Ring fand, da hättest du mir aus Dankbarkeit gern zwei Körner abgegeben. Du hast sehr schnell vergessen!"

Alle lachten, nur der Bräutigam nicht. Ihm war, als hätte er das schöne Mädchen schon irgendwo gesehen, ihre liebliche Stimme schon irgendwann gehört. Aber wo und wann das war, daran konnte er sich beim besten Willen nicht erinnern.

Das Mädchen sah Braut und Bräutigam traurig an, doch das Lied, das sie für die Henne und den Hahn sang, war lustig. Und als die beiden hübsch auf dem Tisch getanzt hatten, bekamen sie wieder drei Weizenkörner. Der Hahn pickte geschwind zwei Körner auf, und die Henne bekam wieder nur eins.

„Du entpuppst dich ja ganz schön!" sagte die Henne auch diesmal. „Im Haus meines Vaters warst du nicht so häßlich zu mir. Als ich dir riet, Feuerhaken, Besen und Kessel an deiner Stelle erzählen zu lassen, weil es dich sonst den Kopf gekostet hätte, da hättest du mir aus Dankbarkeit gern zwei Körner abgegeben. Aber du hast sehr schnell vergessen!"

Da ließ der Bräutigam seine Braut stehen, war mit zwei Schritten bei dem Mädchen und umarmte sie.

„Jetzt erkenne ich dich wieder, meine Liebste. Der böse Fluch ist gebrochen, ich werde dich nie wieder vergessen, solange ich lebe!"

Als sich die Hochzeitsgäste von ihrer Überraschung erholt hatten, berichtete der Jüngling ihnen, wie sich alles zugetragen hatte. Und dann stritt man hin und her, mit wem denn der Bräutigam nun vor den Altar treten sollte. Die einen sagten: „Natürlich mit der Gutsmagd. Sie hat ihn zu ihren Brüdern geschickt, und die haben ihm geholfen, Diarmuid Rotbarts Haus zu finden. Wenn er es nicht gefunden hätte, so müßte er jetzt ruhelos umherirren, dürfte nicht zweimal vom selben Tisch essen, nicht zweimal im selben Bett schlafen. Er wäre ein heimatloser Gesell."

„Nein, die Magd hat den Bräutigam nicht verdient", meinten die anderen, „hat sie ihn doch allein ausziehen lassen, ihn ins Verderben geschickt. Wenn Diarmuids Tochter ihm nicht geholfen hätte, er wäre im Hause des Zauberers ums Leben gekommen. Nur dieses zweite Mädchen hat ihm treu geholfen, ist in der größten Gefahr nicht von seiner Seite gewichen. Sie hat es wohl verdient, daß er sie nie mehr verläßt!"

Und dann wurde doch Hochzeit gefeiert, und was für eine. Nur daß der irische Jüngling nicht die Dienstmagd heiratete, sondern die Tochter des Zauberers Diarmuid Rotbart.

Die drei Müllerburschen

Ein Müller hatte drei Söhne, drei prächtige Burschen. Sie hatten beim Vater das Müllerhandwerk gelernt, aber für vier gab es in der Mühle nicht genug Arbeit, und so war der Müller auch gar nicht besonders überrascht, als ihm der älteste Sohn eines Tages mitteilte: „Vater, wir drei würden uns gern in der Welt umsehen und vielleicht noch einiges dazulernen. Wenn du einverstanden bist, bringen wir noch alles in Ordnung, was im Haus und in der Mühle in Ordnung gebracht werden muß, und dann ziehen wir los.“

„Von mir aus. Ich hätte zwar lieber gesehen, wenn wenigstens einer von euch zu Hause bleiben würde, aber wenn ihr euch schon einig seid, will ich euch nicht dreinreden.“

Die Burschen sahen noch einmal überall in Haus und Mühle nach dem rechten, und am frühen Morgen schnürten sie ihr Bündel und marschierten los. Sie folgten immer dem Mühlbach, bis sie an einen Kreuzweg kamen. Dort blieben sie stehen und überlegten, wie es weitergehen sollte.

„Das beste wird sein, wenn wir uns hier trennen“, schlug der Älteste vor. „Aber wir wollen uns geloben, daß wir uns heute in drei Jahren an dieser Stelle wiedertreffen.“

Und so trennten sie sich denn.

Der älteste Bruder lenkte seine Schritte weiter am Wasser entlang, bis er in die Stadt kam und in der dortigen Mühle fragte, ob man nicht einen tüchtigen Gesellen brauche.

„Fleißige Hände könnte ich schon gebrauchen“, antwortete der Müller. Der Bursche band sich die weiße Schürze um und lud sich die schweren Kornsäcke auf den Rücken.

Den mittleren Bruder führte sein Weg in ein Dorf, wo er gleich am Rand auf einen hohen Zaun stieß. Hinter dem Zaun erstreckte sich ein Garten, soweit das Auge reichte, und mitten in dem Garten stand ein stolzes Schloß, wie er es nicht einmal im Traum gesehen hatte. In dem Garten mähte ein Gärtner den Rasen. Der Müllerbursche grüßte höflich und fragte, ob er nicht einen Gehilfen brauche.

„Fleißige Hände sind mir immer willkommen“, antwortete der alte Gärtner. Der mittlere Bruder griff nach der Sense, und bis Sonnenuntergang war der halbe Garten so sauber gemäht, daß es eine Freude war.

Für den jüngsten Bruder war nur der dritte Weg übriggeblieben, doch der schien der längste von allen zu sein, denn als die Nacht hereinbrach, war er noch immer keiner Menschenseele begegnet. Da sah er zu seiner Erleichterung in der Ferne ein Licht.

„Gott sei Dank!“ atmete er auf. „Sicher kann ich dort übernachten, und am Morgen ziehe ich dann weiter, immer der Nase nach.“

Er ging dem Licht nach und kam zu einem großen Anwesen.

„Guten Abend, Bauer“, grüßte der Bursche höflich. „Sag, könnte ich nicht bei dir übernachten, ich komme von weither und bin müde.“

„Du kannst in der Scheune schlafen. Ein Kanten Brot findet sich auch noch für dich, und Wasser ist genug im Brunnen“, antwortete der Bauer müde von der Ofenbank her. „Früher hätte ich dich anders bewirtet, aber es geht uns selber schlecht, seit wir krank sind und nichts mehr taugen.“ Und er seufzte nach jedem Wort.

Selbst in der Dunkelheit sah der Müllerbursche, daß der Hof zwar groß, aber schrecklich heruntergekommen war. Die Stalltür war umgefallen, das Stroh im Stall liederlich hingeworfen und der Brunnen fast verstopft.

Am Morgen war er schon frühzeitig auf den Beinen. Er kehrte den Hof, setzte das Stalltor ein und brachte den beiden mageren Kühen frisches Stroh und Wasser. Als er gerade mit allem fertig war, kam die Bäuerin am Stock aus dem Haus gehumpelt.

„Vielen Dank, guter Mann, daß du uns in unserer Not hilfst. Es wird von Tag zu Tag schlimmer mit uns, ein Unglück löst das andere ab. Erst sind unsere sieben guten Kühe spurlos verschwunden. Solche Kühe hatte niemand weit und breit. Und alle waren wir gesund und tüchtig. Jetzt aber sitzt uns der Tod in den Knochen, und dabei wissen wir nicht mal, wer uns begraben und beweinen wird, denn unsere einzige Tochter ist noch viel kränker als wir. Noch vor kurzem blühte sie wie eine Rose, und nun welkt sie dahin“, klagte die Bäuerin. Der Jüngling seufzte leise, schob sich die Ärmel hoch und ging wieder an die Arbeit. Er mistete den Stall aus, reinigte den Brunnen, band die mageren Kühe los und trieb sie auf die Weide. Und weil er inzwischen Hunger verspürte, holte er das trockene Stück Brot, das er sich aufgespart hatte, aus der Tasche. Er hatte noch gar nicht hineingebissen, da hörte er eine Stimme, schwach wie ein Windhauch: „Guter Mann, hab Mitleid mit einem armen alten Weib. Laß mich nicht Hungers sterben! Vier Tage schon habe ich nichts mehr gegessen.“

Yann, so hieß der Müllerbursche, erschrak, als er an einem Baum eine alte Bettlerin stehen sah, elend und zittrig. Er reichte ihr mitleidig sein Brot — und da geschah ein Wunder: Anstelle der Bettlerin stand eine goldhaarige Fee vor ihm.

„Fürchte dich nicht, Yann, ich sehe, daß du ein gutes Herz hast, und will dir zu deinem Glück verhelfen. Ich weiß, wo die sieben Kühe sind, die von der Weide verschwunden sind. Wenn du sie zurückbringst, wird es auf dem Hof wieder aufwärts gehen. Der Bauer und die Bäuerin werden genesen und ebenso ihre hübsche Tochter. Alles wird wieder sein wie einst, ehe die Wasserfrau sie mit ihrer Rache verfolgte, weil sie die einzige Tochter nicht dem Wasserdrachen, ihrem Sohn, geben wollten."

Dann riet sie ihm, sich auf dem Hof eine große Keule zu suchen und damit an der Flußbiegung, wo das Wasser sehr tief ist, auf die Wasserfrau zu warten.

„Sie wird dich freundlich ansprechen, dir dieses und jenes zeigen wollen und dabei unbemerkt hinter dich treten. In dem Augenblick stößt sie dich in den wilden Strudel. Du aber mußt sie ergreifen und ins Wasser stoßen, denn dann ist sie machtlos. Befiehl ihr, dir den Weg zu ihrem Sohn zu zeigen, dem Drachen, der die Kühe von der Weide getrieben hat. Den Drachen mußt du mit deiner Keule überwinden und schnell die Kühe nach Hause treiben. Dann wirst du schon selber sehen, wie es weitergeht. Leb wohl, Yann!"

Und mit diesen Worten war die Fee verschwunden, als hätte es sie nie gegeben.

Yann suchte sich eine große Keule, warf sie sich über die Schulter und ging zum Fluß. Dort brauchte er gar nicht lange zu warten, da sprach ihn eine honigsüße Stimme an.

„Hallo, hübscher Burscher, was stehst du hier herum und rührst keinen Finger, wo doch drei Schritte weiter ein Schatz auf dich wartet. Sieh nur, wie das Gold im Wasser glitzert und funkelt", lockte die Wasserfrau. Yann warf einen Blick ins Wasser, ließ aber dabei die Wasserfrau nicht aus den Augen. Schon wollte sie hinter ihn treten, um ihn in den Strudel zu stoßen, da packte er sie schnell und warf sie selbst hinein. Als sie wieder auftauchte, rief sie:

„Was verlangst du von mir?"

„Wo ist dein Sohn, der Drache?" brüllte der Jüngling drohend.

Und die Wasserfrau beschrieb ihm den Weg zur Drachenhöhle. Yann ging in die angegebene Richtung, bis er in der Ferne den schwarzen Höhlenschlund entdeckte, von wo ihm lautes Fauchen entgegenklang. Er packte die Keule fest mit beiden Händen, schwang sie über dem Kopf und ging mutig auf den Drachen los. Es war kein leichter Kampf, aber schließlich hauchte das Ungeheuer doch seine schwarze Seele aus, und der Müllerbursche konnte die sieben Kühe aus der Höhle treiben. Es waren prächtige Tiere mit seidenweichem, glänzendem Fell.

Als Yann mit den Kühen zu dem Anwesen kam, da hätte er es kaum wiedererkannt, so sauber war alles. Vor der Tür begrüßte ihn der Bauer wie einen lieben Sohn. Die Bäuerin weinte Freudentränen, und das hübsche Mädchen an ihrer Seite wurde jedesmal blutrot, wenn er es anschaute. Yann hatte noch nie eine so schöne und liebliche Jungfrau gesehen.

Aus dem Dorf kamen die Leute Milch holen, und es war genug für alle. Freude zog wieder ein in der ganzen Gegend. Und noch mehr freuten sich alle, als Yann nach einiger Zeit die Bauerntochter heiratete und die jungen Leute den Hof übernahmen. Gemeinsam jagten sie Sorge und Not aus dem Haus und lebten in Glück und Frieden.

Drei Jahre vergingen wie im Flug, und der Tag nahte, an dem sich die Brüder verabredet hatten. Auch Yann machte sich auf den Weg. Schon von weitem sah er die Brüder auf ihn warten und lief schnell seinem Wagen voraus. Sie umarmten sich, schüttelten sich die Hände — und dann wollte ein jeder sich damit brüsten, wie weit er es in der Welt gebracht hatte. Der Älteste zog einen Lederbeutel aus der

Tasche und schüttelte ihn, daß die Goldstücke darin lustig klimperten.

„Wir werden die Mühle ausbessern, dies und jenes für die Wirtschaft kaufen und recht gut leben", sagte er stolz.

Auch der mittlere Bruder wollte nicht zurückstehen und zog einen Beutel voll blinkender Silberlinge hervor.

„Und du?" fragten sie den Jüngsten, als dieser weder Gold noch Silber vorzeigte. „Kommst du mit leeren Händen zurück?"

Da wies Yann auf den beladenen Wagen und die junge, hübsche Frau daneben. Um sie herum weidete eine Herde junger Kühe, wie die Müllerburschen noch keine gesehen hatten. Und als sie erst erfuhren, wie der jüngste Bruder zu Frau und Reichtum gekommen war, da staunten sie noch mehr, und das Fragen nahm kein Ende.

Seit jenem Tag trennten sich die Brüder nicht mehr. Sie zogen zusammen mit dem Vater auf Yanns Gut, bewirtschafteten dort gemeinsam den Hof und die neue Mühle, und es ging ihnen so gut, daß Wein und Braten nie ausgingen.

Die Äpfel aus dem Garten von Vleago

Es war einmal ein irischer König, der hatte drei Söhne. Aber das war auch seine einzige Freude, denn der Arme siechte an einer schweren Krankheit dahin. Ärzte von nah und fern wechselten sich an seinem Lager ab, probierten allerlei Heilmittel aus, aber nichts half. Bis eines Tages ein weiser Mann ins Schloß kam und sagte, der König könne nur genesen, wenn er sich dreimal an Äpfeln aus dem Garten von Vleago satt äße. Mehr konnte auch er nicht sagen, und so wußte niemand, woher man dieses kostbare Obst holen sollte.

Da ließ der König die Prinzen, drei stattliche Jünglinge, zu sich rufen und sprach zu ihnen: „Meine lieben Söhne, ich habe gehört, daß nur Äpfel aus dem Garten von Vleago mich wieder gesundmachen können. In jenem Garten sollen heilkräftige Früchte wachsen, aber wo dieses Vleago liegt, wo man es suchen soll, das weiß niemand zu sagen. Wenn euch mein Leben lieb und teuer ist, so reitet

in die weite Welt hinaus und sucht den Garten von Vleago und bringt von dort so viele Äpfel, daß ich mich dreimal daran satt essen kann. Ihr solltet so bald als möglich aufbrechen, damit ihr auf Jahr und Tag wieder zurück seid."

Die drei Königssöhne nahmen am nächsten Morgen Abschied von Vater und Mutter und zogen in die Welt hinaus. Als sie nach langem Ritt an eine Stelle kamen, wo sich der Weg teilte, beschlossen sie, sich zu trennen und jeder in anderer Richtung weiterzuziehen. Sie gelobten, sich in einem Jahr wieder an dieser Stelle zu treffen, um gemeinsam ins väterliche Schloß zurückzukehren.

Der älteste Prinz wählte den linken Weg, denn er sah dort in der Ferne eine große Stadt liegen, und dort wollte er nach dem Garten Vleago fragen.

Der mittlere Bruder ritt nach rechts, denn dort lagen in der Ferne Felder und Gärten.

Für den jüngsten Prinzen blieb nur der mittlere Weg übrig, der durch ein langes, schmales Tal führte, wo er überhaupt nichts sah. Der Prinz ritt immer am Wasser entlang, und am Abend kam er zu einem abgelegenen Haus, vor dem ein unheimlich großer Kerl stand, ein Riese. Der jüngste Königssohn grüßte den Riesen höflich und fragte ihn, ob er nicht bei ihm übernachten könne.

„Komm ruhig herein, mein Sohn, du bist mir ein willkommener Gast."

Der Riese führte erst das Pferd des Prinzen in den Stall und versorgte es, und dann bewirtete er den Jüngling. Der Tisch war reich gedeckt, nichts fehlte. Nur daß der Riese seinem Gast den Wein nicht in ein Trinkhorn einschenkte, sondern in ein irdenes Töpfchen. Da sagte sich der Prinz verwundert: ‚Das ist aber seltsam, der Riese hat in seinem abgelegenen Haus alles in Hülle und Fülle, ganz wie am Königshof, aber ein Trinkhorn scheint er nicht zu besitzen.' Aber er ließ sich seine Verwunderung nicht anmerken, aß sich tüchtig satt und schlief dann tief und fest.

Am Morgen wollte der Königssohn weiterziehen und fragte den Riesen, ob er nicht wisse, wo der Garten von Vleago liege.

„Vleago? Hm, von einem solchen Ort habe ich noch nie gehört und bin doch schon weit in der Welt herumgekommen. Aber sei deshalb nicht traurig, noch ist nichts verloren. Bis zum Abend kommst du zu meinem Bruder, vielleicht weiß der mehr."

Der Prinz bedankte sich bei dem Riesen und ritt weiter. Er folgte wieder dem Bach, und am Abend kam er wirklich zum Haus des zweiten Riesen. Der war noch größer als sein Bruder, aber auch ein gutmütiger Kerl, der den Gast freundlich aufnahm und ihn reich bewirtete. Nichts fehlte auf dem gedeckten Tisch, nur ein Käsemesser vermißte der Prinz, ließ sich aber nichts anmerken. Am Morgen fragte er den Riesen nach dem Garten von Vleago.

„Vleago? Hm, ich bin weit in der Welt herumgekommen, aber von einem solchen Ort habe ich noch nie gehört."

Der Prinz machte ein betrübtes Gesicht.

„Na, Kopf hoch, Söhnchen, noch ist nichts verloren. Reite weiter den Bach entlang, und gegen Abend kommst du zu meinem ältesten Bruder. Der kennt die ganze Welt, und außerdem gehorchen ihm die Vögel in der Luft und die Fische im Wasser. Wenn er Vleago kennt, wird er es dir gewiß sagen. Und wenn nicht, wird er alle Vögel und alle Fische zusammenrufen und sie fragen, ob sie etwas wissen."

Der Königssohn bedankte sich bei dem Riesen für alles und ritt weiter. Gegen Abend kam er zum Haus des dritten Riesen. Diesmal wunderte er sich gar nicht mehr, daß er so freundlich aufgenommen und bewirtet wurde, bemerkte nur bei sich, daß auf dem Tisch kein Käse zu finden war.

Am Morgen stand der Prinz zeitig auf, bedankte sich bei dem Riesen und fragte ihn, ob er ihm nicht den Weg nach dem Garten von Vleago zeigen könne.

„Hm, ich bin kreuz und quer durch die ganze Welt gezogen, aber von einem Ort dieses Namens habe ich noch nie gehört. Aber verlier nicht den Mut", fügte er hinzu, als er sah, wie sein Gast betrübt den Kopf hängen ließ. „Ich werde meine treuen Untertanen, die Vögel und Fische fragen, vielleicht kennen sie Vleago."

Er pfiff auf einer Pfeife, da kamen alle Fische aus den Weltmeeren geschwommen, und der Riese fragte sie: „Weiß einer von euch, wo der Garten von Vleago liegt?"

Die Fische schwiegen, kein einziger hatte je von einem solchen Garten gehört.

„Das macht nichts", tröstete der Riese den Prinzen, „gleich werde ich die Vögel herbeirufen."

Er pfiff zweimal, und da ertönte ein gewaltiges Rauschen. Das waren die Vögel, die von allen Seiten geflogen kamen. Und einen jeden von ihnen fragte der Riese nach dem Garten von Vleago. Aber alle schüttelten den Kopf, keiner wußte etwas.

„Und der alte Rabe, wo ist der?" fragte der Riese streng. Er schaute sich um, und da er von nirgendwo Antwort erhielt, pfiff er ein drittes Mal. Da rauschte es noch einmal gewaltig; ein riesiger Rabe kam geflogen und setzte sich auf seinen Platz.

„Weißt du, wo der Garten von Vleago liegt?" fragte der Riese auch ihn.

„Das weiß ich wohl", meinte der Rabe und nickte dazu. „Er ist weit, weit von hier, hinter vielen Ländern und vielen Meeren. Aber was in dem Garten ist, das weiß ich nicht, denn er wird von bis an die Zähne bewaffneten Riesen und Ungeheuern bewacht. Nur einmal in sieben Jahren schlafen sie um die Mittagsstunde tief ein, dann ist der Garten unbewacht. Gerade morgen sind die sieben Jahre wieder einmal um."

„Gut", lobte der Riese den Raben. „Und nun hör zu: Du wirst weder Speise noch Trank zu dir nehmen, bis du diesen Jüngling hier nicht zu jenem Garten getragen hast. Dort wartest du auf ihn, bringst ihn wieder zurück und setzt ihn vor meinem Haus ab!"

Der Prinz bedankte sich bei dem Riesen und kletterte auf den Raben wie auf einen Rappen. Der Rabe breitete seine schwarzen Flügel aus und schwang sich in die Höhe. Sie flogen über viele Länder und Meere. Schon nahte der nächste Mittag, da kreiste der Rabe über einem herrlichen Garten.

„Wir sind da", sprach er. „Beeile dich, wenn dir dein Leben lieb ist. Öffne das Tor, nimm dir aus dem Garten, was du brauchst, und komme schnell zurück. Wenn du dich verspätest, sind wir beide verloren."

Der Königssohn sah überall schlafende Riesen und Ungeheuer. Sie lagen ausgestreckt auf der Erde und schnarchten laut. Da lief er schnell in den Garten hinein und pflückte dort so viel rote Äpfel, wie er in seinem Bündel tragen konnte.

Als er schnell wieder zurücklaufen wollte, sah er am Weg ein Haus, dessen Tür nur angelehnt war. Da warf er einen Blick hinein. In der Diele stand ein großer Tisch, und auf dem lagen ein Trinkhorn, ein Käsemesser und ein großer Laib Käse. Sofort fielen ihm die Riesen ein, und er band alles schnell zusammen. Dann schaute er auch noch in den nächsten Raum, in dem ein junges Mädchen

schlief, und die war so wunderschön, daß es ihm den Atem nahm.

Da schrieb er schnell auf ein Blatt Papier, daß der irische jüngste Prinz hier gewesen sei, ein paar Äpfel für den todkranken Vater gepflückt hätte, ihren goldenen Gürtel mitgenommen habe und als Geschenk für seine Freunde Trinkhorn, Käse und Käsemesser. Den Brief ließ er auf dem Tisch zurück, steckte den goldenen Gürtel der schönen Schläferin in sein Wams und rannte eilends zu dem Raben zurück. Der nahm ihn auf seinen Rücken, und im nächsten Augenblick waren sie schon hoch in den Wolken.

„Schau dich um!" gebot der Rabe dem Prinzen. Unten im Garten erwachten gerade die Riesen und Ungeheuer aus ihrem Schlaf, sprangen auf die Füße und schrien und tobten fürchterlich, weil ihnen der Dieb mit den schönen Äpfeln entkommen war.

Der Rabe flog noch höher, flog über viele Länder und Meere, ohne auch nur einen Bissen oder einen Schluck Wasser zu sich zu nehmen, bis sie das Haus des Herrn der Fische und Vögel erreicht hatten. Dort übernachtete der Prinz wieder und ließ am nächsten Morgen den Käselaib auf dem Tisch zurück. Noch einmal bedankte er sich herzlich bei dem Riesen, stieg auf seinen ausgeruhten Rappen und ritt schnell davon. Gegen Abend kam er zum Haus des mittleren Riesen, wo er sich stärkte und bis zum Morgen schlief. Als die Sonne in das tiefe Tal fiel, legte er das Käsemesser zu dem Käse auf den Tisch, stieg auf seinen Rappen und ritt weiter. Im Hause des dritten Riesen ließ er das Trinkhorn zurück und eilte dann geradewegs zu dem Kreuzweg, wo er sich von den Brüdern damals getrennt hatte.

Müde und erschöpft kam er schließlich dort an, und da die Brüder noch nicht da waren, band er den Rappen an einen Baum, streckte sich im Gras aus und bettete den Kopf auf das Bündel mit den Äpfeln. Als bald darauf die beiden älteren Brüder eintrafen, da schlief er so tief und fest, daß er gar nicht merkte, wie sie ihm das Bündel unterm Kopf wegzogen.

Die beiden staunten nicht schlecht, als sie es aufbanden. Das waren andere Früchte als ihre Galläpfel! Und es wollte ihnen ganz und gar nicht gefallen, daß der Bruder mehr Erfolg gehabt hatte als sie.

„Jetzt wird der Vater ihn noch lieber haben als vorher", ärgerte sich der älteste Prinz. „Du wirst schon sehen, daß unser Bruder alle um den Finger wickelt und von uns keiner mehr etwas wissen will."

Das ging auch dem mittleren Bruder gegen den Strich, und so

wurden sie sich schnell einig, sich die herrlichen roten Äpfel zu teilen und dem Jüngsten ihre Galläpfel unterzuschieben. Im Nu war der böse Plan in die Tat umgesetzt, und dann weckten sie den Schläfer und ritten gemeinsam nach Hause.

Im Schloß angekommen, trat der älteste Prinz vor den Vater und reichte ihm sein Bündel mit roten Äpfeln. Als der König in den ersten Apfel biß, da spürte er schon, wie er langsam wieder zu Kräften kam. Und als er auch die Äpfel des zweiten Prinzen aufgegessen hatte, da war er genesen.

„Und du, hast du mir keine Äpfel mitgebracht?" fragte der glückliche König den jüngsten Sohn.

„Doch, lieber Vater", antwortete der und band sein Bündel auf. Alle starrten entsetzt auf den Haufen grüner Galläpfel.

„Pfui, was hast du da gebracht!" fuhr der älteste Bruder den jüngsten an. „Diese Äpfel hätten den Vater bestimmt getötet. Die kann man ja nicht einmal den Schweinen vorwerfen." Und er rief einen Diener herbei und befahl ihm, die Äpfel in den Schweinetrog zu schütten.

Bald darauf erhob sich unten im Hof ein großes Geschrei. Die Schweine hatten sich über die Galläpfel hergemacht, alle viere von sich gestreckt und waren tot.

Der König war außer sich vor Zorn. Er ließ augenblicklich seinen Burgvogt kommen und befahl diesem, den jüngsten Prinzen in den tiefen Wald zu führen und ihn dort zu töten.

Der gute Mann erschrak zu Tode über diesen Befehl, denn er konnte den jüngsten Prinzen gut leiden. Er flehte den König an, doch wenigstens bis zum Morgen zu warten, denn der Zorn sei ein schlechter Ratgeber, und vielleicht würde sich bis morgen alles aufklären.

„Wenn du nicht augenblicklich gehorchst, geht es auch dir an den Kragen!“ schrie der König ihn an.

„Hoffentlich mußt du deinen Entschluß nicht eines Tages bereuen!“ sprach der Burgvogt mutig, ehe er den Prinzen in den tiefen Wald führte.

„Ich fürchte den Tod nicht“, sagte der Königssohn, als sie dort ankamen. „Ich schaue ihm tapfer in die Augen, aber es schmerzt mich über alles, daß mein guter Vater mich für einen Betrüger hält. Dabei war ich im Garten von Vleago und habe dort die prächtigen roten Äpfel für ihn gepflückt. Noch auf dem Rückweg trug ich sie in meinem Bündel. Irgend jemand muß sie mit den abscheulichen Galläpfeln vertauscht haben. Das ist die Wahrheit, das schwöre ich!“ In diesem Augenblick brach aus dem Dickicht ein wilder Eber hervor und wollte sich auf den Burgvogt stürzen. Und er hätte ihn gewiß mit seinen Hauern durchbohrt, wenn der Prinz sich nicht geistesgegenwärtig dazwischen geworfen und dem Eber sein Messer ins Herz gestoßen hätte.

„Ich danke dir, daß du mir das Leben gerettet hast“, sprach der Vogt, als er sich von dem Schreck erholt hatte. „Ich glaube dir, daß du die Wahrheit gesprochen hast, und will dein junges Leben schonen. Aber du mußt mir versprechen, im tiefen Wald zu leben und dich niemandem zu zeigen. Zieh dein Hemd aus, ich werde es in das Blut des Ebers tauchen und dem König bringen als Beweis, daß ich seinen Befehl ausgeführt habe. Verzweifle nicht, sicher wird sich bald alles zum Guten wenden.“

Am nächsten Morgen trat der Burgvogt vor seinen König hin und reichte ihm das blutige Hemd des Prinzen.

„Ich fürchte, du hast deinem jüngsten Sohn Unrecht getan und wirst es eines Tages bitter bereuen!“

„Das laß nicht deine Sorge sein!“ wies ihn der König zurecht.

Ein ganzes Jahr war vergangen seit jenem Tag, da der jüngste Königssohn im Garten von Vleago gewesen war. Nun hatte es aber mit der schlafenden Schönen, die er dort gesehen hatte, eine besondere Bewandtnis. Es war eine junge Königin, die hatte ein böser Zauberer in langen, tiefen Schlaf sinken lassen, aus dem sie nur ein Jüngling reinen Herzens erlösen konnte, wenn er die Riesen und Ungeheuer, die Tag und Nacht den Garten bewachten, überwandt und die schlafende Königin fand. Aber auch dann sollte es noch ein ganzes Jahr dauern, ehe der Fluch des Zauberers seine Macht verloren hatte und sie aus ihrem tiefen Schlaf erwachte.

Und diese Jahr war nun um.

Als die junge Königin die Augen aufschlug und den Brief auf dem Tisch fand, da beschloß sie augenblicklich, nach Irland zu reisen und ihren Retter zu suchen. Unterwegs kehrte sie kurz bei ihren Brüdern, den drei Riesen ein, um auch sie zu erlösen. Kaum hatte sie die drei berührt, da verwandelten sie sich wieder in die jungen, stattlichen Königssöhne, die sie gewesen, ehe der Zauberer sie zusammen mit der Schwester verwunschen hatte.

Sie weinten vor Freude, umarmten einander vor Glück, aber viel Zeit ließ ihnen die Schwester nicht, ihre Rettung zu feiern.

„Wir müssen geschwind nach Irland, den Prinzen suchen, der im Garten von Vleago Äpfel gepflückt und uns erlöst hat. Wer weiß, ob er jetzt nicht unsere Hilfe braucht.“

Die Königin und ihre drei Brüder stiegen auf schnelle Pferde und zogen mit großem Gefolge nach Irland. Dort traten sie mit vielen wertvollen Geschenken vor den König, verneigten sich vor ihm, und der älteste Königssohn sprach im Namen seiner Geschwister:

„König von Irland, dein Sohn hat aus dem Garten von Vleago Äpfel geholt und uns vier und unser Land von einem bösen Zauber erlöst. Wir sind gekommen, uns bei ihm zu bedanken.“

Der König rief seinen ältesten Sohn, und der behauptete auch gleich, daß er es gewesen sei, der die Äpfel geholt hätte.

„Wir danken dir, lieber Prinz“, sagte die junge Königin freundlich. „Aber wir hätten gern von dir gehört, was du dort alles gesehen hast.“ Ja, da war nun guter Rat teuer. Der älteste Prinz phantasierte alles mögliche zusammen, aber die schöne fremde Königin machte zu seinen Worten eine immer finstere Miene und fuhr ihn schließlich zornig an:

„Geh mir aus den Augen, Betrüger! Du taugst nicht mal zum Schafehüten!“

Beschämt schlich sich der älteste Prinz davon, und dann dachte sich der zweite Bruder die unmöglichsten Dinge aus, die er im Garten von Vleago gesehen und erlebt haben wollte. Aber auch ihn ließ die Königin gar nicht erst ausreden.

„Geh mir aus den Augen, Betrüger!“ fiel sie ihm ins Wort. „Du bist es nicht wert, die Schweine zu hüten!“

Der König von Irland wäre am liebsten vor Scham in die Erde versunken, doch wußte er selbst nicht, was er von allem halten sollte. Da wandte sich die Königin ihm zu und erklärte:

„Wenn der wahre Retter Vleagos nicht in drei Tagen vor mir steht, wird unser Heer dein Land verwüsten und niederbrennen. Wie das Meer werden wir dein Reich von Lügnern und Betrügern überschwemmen und alle Männer töten!“

Der verzweifelte König wußte nicht aus noch ein. Alle im Land erstarrten vor Grauen, denn die Kunde von dem drohenden Unheil verbreitete sich mit Windeseile. Natürlich erfuhr auch der Burgvogt davon und ließ sich bei seinem Gebieter melden.

„Mein König, habe ich dir nicht gesagt, daß du deinem jüngsten Sohn Unrecht getan und es eines Tages bitter bereuen würdest? Doch jetzt ist nicht Zeit für Vorwürfe. Zu deinem und unser aller Glück habe ich damals deinen Befehl nicht ausgeführt, weil ich wußte, daß er ungerecht war. Ich habe deinen Sohn nicht getötet, denn er hat mir das Leben gerettet. Er lebt weit weg vom Schloß im tiefsten Waldesdickicht. Vielleicht kann ich ihn in drei Tagen finden und zurückholen.“

„Geh und hole ihn, so schnell du kannst!“ stöhnte der unglückliche irische König.

Nach zwei Tagen fand der Burgvogt den jüngsten Prinzen im tiefen Wald und geleitete ihn heim. Und nachdem die Diener ihn gebadet und ihm prunkvolle Kleider angelegt hatten, erschien der Jüngling am dritten Tag vor der jungen Königin aus dem Garten von Vleago.

„Du warst es also, der die Äpfel im Garten von Vleago gepflückt hat?“ fragte die Königin freundlich.

„Verzeih mir, edle Herrin, aber ich brauchte die Äpfel für meinen todkranken Vater.“

„Du hast wohl getan, wenn du wirklich dort warst", sagte die Königin. „Doch möchte ich gern hören, was du dabei gesehen und erlebt hast."

Der jüngste Prinz berichtete alles von Anfang an: Wie er durch das tiefe, schmale Tal geritten war und die drei Riesen ihn freundlich aufgenommen und bewirtet hatten, wie der dritte Riese den Raben gerufen und dieser ihn bis vor den Garten von Vleago und auch wieder zurück gebracht hatte. Alles erzählte der Prinz, und er ließ auch nicht aus, welch böses Schicksal ihm beschieden war, als man dann in seinem Bündel nur saure Galläpfel gefunden hatte, an denen die Schweine verendet waren.

„Aber ein Andenken an den Garten von Vleago habe ich doch noch", schloß er seinen Bericht und zeigte der Königin den goldenen Gürtel.

„Das ist er, das ist mein Gürtel!" rief die Königin überglücklich und umarmte freudig ihren Retter. Und dann traten auch die drei fremden Königssöhne zu ihm und dankten ihm überschwenglich für ihre Erlösung.

„In dieser Gestalt kennst du uns nicht", sprach der Älteste von ihnen. „Wir waren in Riesen verzaubert und haben dir geholfen, weil wir sahen, daß du ein gutes Herz hast. Du hast dir nichts anmerken lassen, als du auf unseren Tischen Trinkhorn, Käse und Käsemesser vermißtest, aber du hast uns auch im Garten von Vleago nicht vergessen."

„Und nun komm", sprach die Königin. „Wir wollen zu deinem Vater gehen und ihm sagen, daß dem irischen Königreich keine Gefahr mehr droht, weil sein Sohn unser Retter ist. Und nun höre gut zu: Wenn deine Mutter dich küßt, bitte sie, diesen Ring hier von dir als Geschenk anzunehmen. Und sobald sie ihn ansteckt, befiehl dem Ring, ihr so lange den Finger zusammenzuschnüren, bis sie sagt, wer deine Brüder sind. Hab keine Angst, der Ring wird sie nicht verletzen, und du hilfst der Wahrheit ans Licht."

Der Prinz befolgte ihren Rat, und als die Mutter den Ring angesteckt hatte, rief er: „Ringlein, schnüre ihr den Finger zusammen, bis sie sagt, wer meine Brüder sind!"

Da weinte die Mutter bitterlich und erzählte schluchzend, was sich vor langer Zeit zugetragen hatte:

„Verzeih mir, mein lieber Gemahl, was ich im Unglück getan,

aber glaube mir, ich tat es nur, um dich vor großem Kummer und Leid zu bewahren. Sicher erinnerst du dich, daß du damals, als unser erstes Kind geboren wurde, gerade im Krieg warst. Ich brachte einen Sohn zur Welt, aber am dritten Tag starb er, und mir brach vor Weh und Herzeleid fast das Herz. Da wollte ich wenigstens dich vor so schrecklichem Schmerz bewahren. Ich wußte, daß die Frau unseres Schafhirten am gleichen Tag einen gesunden, kräftigen Knaben geboren hatte. Also schickte ich meine treue Dienerin zu der Frau, sie mit Gold, Silber und guten Worten zu überreden, daß sie mir ihren Sohn überläßt und den toten Prinzen als ihr eigenes Kind zu Grabe tragen läßt. Erst wollte die gute Frau nichts davon hören, aber dann sagte sie sich, daß es ihr Söhnchen im Schloß ja viel, viel besser haben würde als in der armseligen Schäferhütte, und schweren Herzens vertraute sie meiner Dienerin das Neugeborene an. Und so lebte der Schäferssohn im Schloß wie ein Prinz. Nach zwei Jahren kam ich wieder nieder, aber auch unser zweiter Sohn starb kurz nach der Geburt. Noch in der gleichen Nacht tauschte ich das tote Kind gegen ein lebendes aus. Die Frau des Schweinehirten hatte zur gleichen Zeit einem gesunden, kräftigen Knaben das Leben geschenkt. Und so lebte denn auch der Sohn des Schweinehirten als falscher Prinz im Schloß. Nach weiteren drei Jahren wurde unser jüngster Sohn geboren. Er blieb als einziges von unseren Kindern am Leben, und ich schwöre bei allem, was mir heilig ist, er ist dein und mein Sohn!"

Der König hätte sich lieber fünf Klafter tief unter der Erde gesehen als im Thronsaal. Wie von Sinnen sprang er auf und zog sein Schwert aus der Scheide. Doch da fiel ihm sein Sohn in den Arm.

„Mein Vater, strafe nicht ohne Urteil Schuldlose zusammen mit den Schuldigen!"

„Es sei!" rief der König. „So hört denn mein Urteil: Jagt die beiden falschen Prinzen aus dem Land. Wenn sie es wagen sollten, je wieder die Grenze meines Königreiches zu überschreiten, lasse ich sie von wilden Ebern zerreißen! Die Königin aber bindet und werft sie in den Kerker. Morgen soll sie auf dem Scheiterhaufen büßen für all das, was sie durch ihre Lügen über mich gebracht hat!"

„Nein, so nicht, mein Vater!" fiel ihm wieder der Prinz ins Wort. „Vergiß nicht, sie ist meine liebe Mutter! Verzeih ihr, daß sie dich täuschte, tat sie es doch nur, um dir Kummer und Schmerz zu ersparen. Und sie hat für ihre Tat schon mit großem Herzeleid gebüßt. Vergiß das Böse, da sich doch alles zum Guten gewandelt!"

Da ließ sich der König erweichen, und das fiel ihm auch gar nicht schwer, sah er doch, welch guter, tapferer und weiser König sein Sohn dereinst werden würde.

Und dann herrschte im Schloß eitel Freude. Der irische Prinz heiratete die erlöste Königin aus dem Garten von Vleago, ihre Brüder fanden auch bald liebe, gute Frauen, und alle lebten sie glücklich und zufrieden bis ans Ende ihrer Tage.

Die Gowanschlucht

Vor vielen, vielen Jahren brach eine schreckliche Trockenheit über das Land und versengte die Erde. Wiesen und Felder waren dürr und braun wie altes Leder, und der geringste Wind wirbelte von ihnen Staub auf, wie er sonst nur auf Feldwegen hinter schweren Wagen aufsteigt. Alles Grün war längst verwelkt, die Menschen verzweifelten, und Hunger und Durst rafften das Vieh dahin, denn in den Bächen und Brunnen war kaum noch ein Tropfen Wasser mehr zu finden.

Schon viele Monate hatte kein Regen die verdurstende Erde gelabt. Kühe und Schafe waren verendet, so mancher Bauer hatte alles

verloren und war an den Bettelstab gekommen. Die Elfen halfen den Menschen, wo sie nur konnten, überließen ihnen ihre stillen Bergwiesen und -lichtungen als Viehweiden; aber wie gut das auch gemeint war, was half es schon? Das frische Grün, auf dem sich sonst die guten Geister vom Frühjahr bis zum Spätherbst vergnügt hatten, ohne auch nur einen Grashalm zu knicken, das weideten die hungrigen Kühe und Schafe in einem halben Tag ab, und die Elfen rangen dann in ihren unterirdischen Höhlen genauso die Hände wie die Menschen oben auf der Erde.

„Was soll nur aus uns werden? Hier wächst so schnell kein Gras mehr."

Und so beschlossen sie, nur noch solchen Menschen beizustehen, die ihnen nie etwas zuleide getan, sondern sie stets geachtet und ihnen so manches Mal selbst geholfen hatten.

Am meisten hatten die Elfen den Bauern Sandy ins Herz geschlossen. Und das war auch kein Wunder, denn einen gutmütigeren und hilfsbereiteren Mann gab es weit und breit nicht. Den letzten Sechser gab er her, wenn er damit jemandem helfen konnte, und kein Bettler ging mit leerem Magen von seiner Schwelle.

Die Dürre ließ auch Sandy nicht ungeschoren. Eines Tages lagen die beiden Milchkühe, die seine Familie bisher ernährt hatten, tot im Stall.

Sandys Frau und Kinder weinten sich in den Schlaf, nur der Bauer konnte kein Auge zutun. Bis Mitternacht saß er am Küchenfeuer, starrte in die erloschene Glut und zerbrach sich den Kopf, wie er seine Familie vor dem Hungerstod bewahren sollte. Da fuhr er auf einmal zusammen, denn er hatte ein Rascheln gehört.

„Wer ist da?" fragte er erschrocken. Da fiel plötzlich ein schwerer Geldbeutel durch die Esse herab und plumpste klirrend aufs Küchenpflaster. Sandy öffnete ihn und fand darin einen Haufen Goldstücke und einen Zettel, auf dem stand: „Wie du uns, so wir dir. Nimm das Geld und kaufe dir neue Kühe!"

Sandy wußte zunächst nicht recht, ob er an sein Glück glauben sollte, oder ob alles nur ein Trugbild sei. Noch vor Sonnenaufgang verließ er das Haus, ging über den Berg nach Kinross und kaufte dort von einem reichen Bauern zwei gesunde, schöne Kühe. Doch als er sie nach Hause trieb, machte er sich schon wieder Sorgen: Wo sollte er das Futter für die Tiere hernehmen?

Die Bäuerin und die Kinder jubelten vor Freude und machten sogleich den Stall sauber, denn die neuen Hausgenossen sollten sich wohl bei ihnen fühlen. Sie schleppten das letzte Heu herbei und auch das letzte Wasser, das eigentlich für die ganze Familie bestimmt war. Lieber wollten sie selbst Durst leiden, als daß ihre Ernährerinnen wieder verdursteten.

Unterdessen irrte Sandy in der ganzen Gegend umher, streifte über Wiesen und Hügel, ob er nicht irgendwo ein grünes Fleckchen fände. Da hörte er plötzlich ein zartes Stimmchen aus den Büschen:

„Treib die Kühe in die Gowanschlucht!"

Der Bauer schüttelte ungläubig den Kopf, da hörte er wieder die gleiche Stimme.

„Mach dir nicht länger Sorgen, sondern treibe die Kühe noch heute in die Gowanschlucht! Es wird dein Schaden nicht sein."

Sandys Verwunderung war verständlich, denn jeder in der Gegend wußte, daß in der Gowanschlucht nichts außer Disteln, Kletten und Dornensträuchern wuchs. Nicht einmal eine Ziege hätte sich dort satt weiden können, geschweige denn zwei Kühe! Sandy hätte den unsichtbaren Ratgeber am liebsten laut ausgelacht, aber er wollte die Elfen, die ihm ja geholfen hatten, nicht beleidigen. Also ging er nach Hause, band die beiden Kühe los und trieb sie an jene Stelle, die die Elfen ihm geraten hatten.

‚Heute haben sie ja genug Heu und Wasser bekommen', sagte er sich. ‚Da ist es nicht so schlimm, wenn sie nichts mehr finden. Und bis morgen wird mir schon was einfallen.'

Als er zu der Schlucht kam, blieb er überrascht stehen. Er rieb sich die Augen und jauchzte laut, als er dort keine einzige Distel und Klette, keinen einzigen Dornenstrauch sah. Es war, als hätte jemand alles Unkraut ausgerupft. Die ganze Schlucht bedeckte ein frischer Grasteppich, und vom Berghang sprudelte ein klarer Quell herab.

Er ließ die Kühe weiden, labte sich aus der Quelle und legte sich dann zufrieden und glücklich ins Gras.

Jeden Tag trieb Sandy seine Kühe nun zu jenem Ort, und jeden Morgen war die Gowanschlucht frisch und grün, als hätte es über Nacht geregnet. Die beiden Kühe gaben so viel Milch, daß die Bäuerin täglich alle Eimer und Bütten voll molk. Es langte nicht nur für die Familie, sondern auch noch für die Kinder der Nachbarn, und dabei blieb immer noch genug Milch für Butter und

Quark übrig. Und die Butter von Sandys Hof schmeckte so vorzüglich, daß die Herrschaften in der Stadt keine andere mehr kaufen wollten.

Mit der Zeit wurden die Nachbarn neidisch auf Sandy, obwohl er ihnen doch immer geholfen und für seine Hilfe keinen Grashalm von ihnen verlangt hatte. Sie kamen zu ihm, aber nicht wie gute Nachbarn, sondern als Feinde.

„Sandy, bei uns herrscht überall Hunger und Not, du aber lebst wie ein Herr, scheffelst ein Goldstück nach dem anderen. Damit du Bescheid weißt, morgen treiben wir unsere Kühe auch in die Gowanschlucht.“

Sandy schaute die Nachbarn bekümmert an.

„Seid doch vernünftig, dort finden ja zwei Kühe kaum genug Futter“, sagte er leise.

Die Nachbarn aber wollten das nicht einsehen. Am nächsten Morgen trieben sie alle ihre Kühe in die Gowanschlucht, und es waren ihrer so viele, daß es in der Schlucht aussah wie auf dem Viehmarkt. Doch dann geschah ein Wunder: Sandys Kühe grasten ruhig wie eh und je, die übrigen aber konnten keinen Grashalm abrupfen und keinen Schluck Wasser schlürfen — es war, als hätten sie steife Hälse. Als die Bäuerinnen sie am Abend melken wollten, da gaben sie keinen Tropfen Milch.

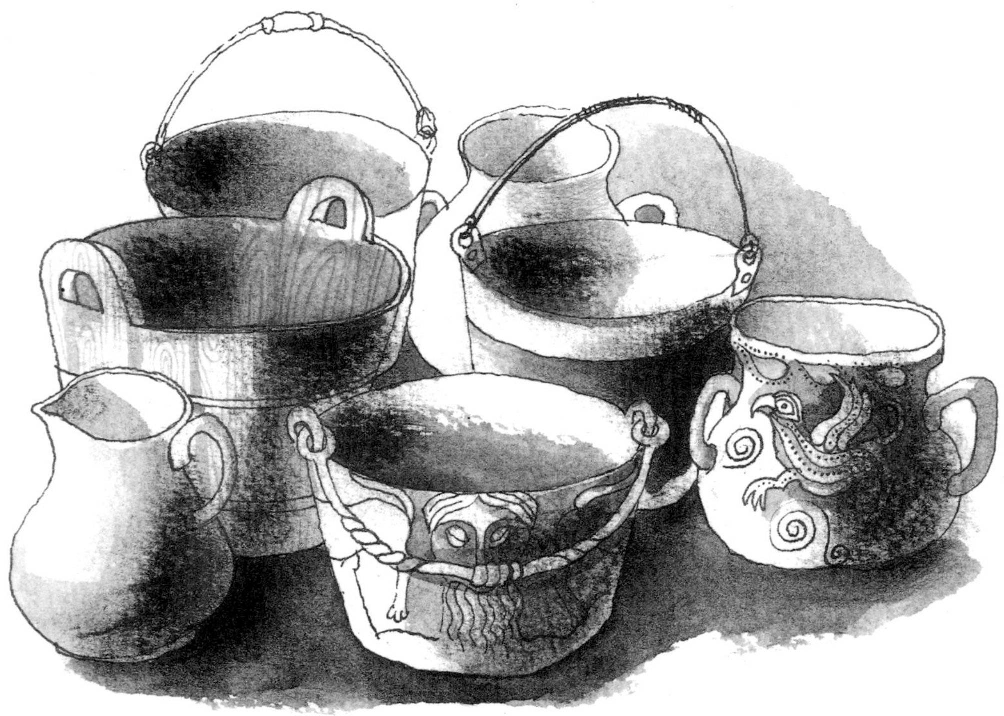

Zum Glück machte noch in der gleichen Nacht ein Gewitter der Dürre ein Ende, und der Regen tränkte die durstende Erde. Die Wiesen wurden wieder grün, die Menschen lebten auf und gingen mit neuem Mut an die Arbeit. Und mit dem Glück fanden sie auch den Verstand wieder und vergaßen schnell ihren Haß und Neid.

Sandy ging es von Tag zu Tag besser, und als er dann alt wurde, lebte seine Familie ohne Sorgen. Aber nicht nur das, auch sein Rat war im ganzen Land geschätzt.

In der Gowanschlucht aber wächst bis heute selbst in den trokkensten Sommern stets frisches, grünes Gras.

Wie Finn in jungen Jahren berühmt wurde

Vor langen, langen Jahren, als Irland noch Eria heiß und die tapferen irischen Krieger, deren Pflicht und Aufgabe es war, Land und Gesetz zu schützen vor allen Feinden, lebte ein mächtiger Fianenhäuptling namens Cumaill. Er genoß solches Ansehen im ganzen Land, daß er an der königlichen Tafel zur Seite des Königs saß, und alle achteten und ehrten ihn — nur einer nicht: Goll aus dem Geschlecht der Mornas, dem Haß und Neid am Herzen fraßen, sobald nur der Name Cumaill fiel. Doch solange sich der Häuptling im Kreis seiner Fianen befand, konnte ihm keiner etwas anhaben.

Einmal aber gelang es Golls Mannen, den Häuptling in Begleitung seiner hübschen jungen Gemahlin Muirna und einer Handvoll Getreuer am Fluß zu überraschen. Sie umzingelten sie heimlich und griffen dann wie der Blitz aus heiterem Himmel an. Die Fianen schlugen sich tapfer, doch die Feinde waren in zehnfacher Übermacht, und so lichteten sich die Reihen der tapferen Männer um Cumaill mehr und mehr, einer nach dem anderen sank leblos nieder, und als letzter fiel der Häuptling selbst.

Zwei treue Mägde hatten Cumaills Gemahlin unbemerkt vom Kamfplatz weggeführt, und als sie sahen, daß es schlimm stand um ihren Herrn, flohen sie mit ihr in die Sümpfe, wohin ihnen die Mornas in der einbrechenden Dunkelheit nicht nachsetzen konnten.

In jener Nacht gebar Muirna einen prächtigen Sohn mit honigblondem Haar und gab ihm den Namen Demne. Noch vor wenigen Stunden war sie die glücklichste Frau unter der Sonne gewesen, jetzt aber weinte sie bittere Tränen, als sie den vaterlosen Knaben an ihr Herz drückte.

Am Morgen verriet ihnen nahendes Hundegebell, daß die Feinde ihnen auf den Fersen waren. Die Mägde begannen zu weinen, Muirna aber sprach tapfer zu ihnen: „Schlagt euch durch die Büsche und bringt mein Kind in Sicherheit. Lebt mit ihm in Abgeschiedenheit in den tiefen Wäldern und unterrichtet ihn dort in allem, was der Sohn des Häuptlings der Fianen wissen und können muß, um dereinst Goll Mac Morna zu strafen für seine ruchlose Tat!"

Muirna umarmte die treuen Frauen, küßte ihr Söhnchen und schritt dann auf den Pfad zurück, um die Männer abzulenken von dem Knaben, von dem diese ja nichts wußten.

Über Schleichwege und mit Hilfe guter Leute gelangten die beiden Frauen aus den Sümpfen in eine entlegene, öde Berglandschaft, wo sie sich eine Hütte bauten und dort Cumaills Sohn aufzogen. Sobald er laufen konnte, lehrten sie ihn, das Wild zu jagen und Fische zu fangen. Schon als Kind traf er mit seiner Schleuder jeden Vogel im Flug und überholte sogar den schnellen Hirsch im Lauf. Einen besseren Jäger konnte es weit und breit nicht geben.

Einmal entfernte sich der junge Bursche auf der Jagd weit von der Hütte, in der er aufgewachsen war, und kam auf eine große Wiese am Fuße der Fürstenburg, wo eine Schar junger Männer mit Stökken einem Ball nachjagte.

Die Jünglinge luden den fremden Zuschauer ein mitzuspielen. Sie gaben ihm einen Stock und erklärten ihm die Spielregeln. Und dann kamen sie aus dem Staunen nicht mehr heraus, denn Demne war so schnell und geschickt, daß er jedem Spieler den Ball abnahm. Als das der Burgherr erfuhr, ließ er den fremden Jüngling zu sich rufen.

„Du gefällst mir, Finn-Goldkopf! Komm doch morgen mit uns auf die Jagd. Ich möchte gern wissen, ob du dich auch dort so geschickt anstellst."

Von dem Tag an riefen alle den unbekannten Jüngling Finn, denn wo immer sein Blondschopf auftauchte, da machten die Jäger gute Beute. Auch Goll Mac Morna, der neue Häuptling der Fianen, hörte von ihm und schloß sich der fürstlichen Jagdgesellschaft an. Und er ahnte sofort, wen er da vor sich hatte, so sehr glich Finn seinem Vater.

Während sich der heimtückische Goll den Kopf zerbrach, wie er den Jüngling in eine Falle locken könnte, ohne daß jemand erfuhr, wer ihn aus dem Wege geschafft hatte, kehrte Finn in die Hütte zu seinen Ziehmüttern zurück. Mornas Männer aber folgten seiner Spur.

„Die Söhne des Goll Mac Morna, der deinen Vater ermorden ließ, suchen dich überall", warnten die beiden klugen Frauen Finn

und erzählten ihm, was sich am Tage seiner Geburt zugetragen hatte. Und sie rieten ihm, in die dichten Wälder im Norden zu ziehen, wo der Bruder seines Vaters, Crimnal, leben sollte.

Finn nahm Pfeil und Bogen, Schleuder und Speer, verabschiedete sich von seinen Ziehmüttern, und ging davon.

Lange wanderte Finn durchs weite Land, schloß sich hier einer Jagdgesellschaft an, dort einer Burgwache, sobald er sich irgendwo länger aufgehalten hatte, warnte ihn eine innere Stimme: Sei auf der Hut, Finn! Mächtige Feinde spüren dir nach!

Deshalb zog der Jüngling von einem Ende des Landes zum anderen und war überall gern gesehen.

Nachdem Finn in seine Heimat zurückgekehrt war, beschloß er, nun endlich in die öden Berge des Nordens aufzubrechen, um den Oheim zu suchen, von dem er gehört hatte, er lebe dort mit ein paar Tapferen aus dem Gefolge seines Vaters. Eines Tages kam Finn zu einer aus groben Zweigen geflochtenen Hütte. Indem traten aus der Hütte finster dreinblickende Greise, in Felle gehüllt und mit alten Waffen in der Hand.

‚Ich bin am Ziel', sagte sich Finn, als er die Männer sah, die drohend näherkamen, denn sie glaubten, einer von Goll Mac Mornas Leuten habe sie aufgespürt.

„Wer von euch ist Crimnal, Cumaills Bruder?" rief er.

„Ich bin Crimnal", antwortete ein hochgewachsener Greis und schaute dem Jüngling scharf ins Auge. Da spürten beide, daß sie einander nahestanden, und Finn neigte den Kopf tief vor dem Oheim. Dem alten Crimnal aber fielen die Tränen auf sein ledernes Wams.

„Mein Sohn, du hast den Weg zu uns gefunden, und mein Herz sagt mir, daß du bald der Stolz unseres Geschlechts und der Häuptling der Fianen sein wirst!"

Nachdem sich der Jüngling bei den Greisen ausgeruht hatte, rieten ihm diese: „Ziehe gen Osten und suche den weisen Finnegas auf, um bei ihm in die Lehre zu gehen; denn wer Häuptling der Fianen werden will, der muß nicht nur zu kämpfen und zu siegen verstehen, sondern auch viele alte Sagen kennen und selbst Lieder dichten und singen können."

Der berühmte Barde Finnegas lebte am Ufer eines tiefen Flusses, wo er schon sieben Jahre lang vergeblich versuchte, einen großen Lachs zu fangen; denn einer alten Legende nach sollte an jener Stelle zwischen den Wurzeln einer riesigen Eiche der Lachs der Erkenntnis hausen, und wer von diesem Fisch auch nur ein Stückchen aß, dem wurde alle Weisheit der Welt zuteil.

Der Alte nahm den blonden Jüngling gern in die Lehre. Tagsüber sang er mit ihm und lehrte ihn Reime schmieden, am Abend erzählte er ihm alte Sagen und Legenden, und am frühen Morgen schickte er ihn zum Fluß auf Lachsfang. Und eines Tages gelang es Finn tatsächlich, den Lachs zu fangen. Der alte Finnegas strahlte vor Freude und befahl Finn: „Brate ihn auf dem Rost, aber gib acht, daß auch kein Stück verlorengeht. Und wage ja nicht, davon zu kosten!"

Finn wunderte sich über die Worte des Meisters, denn er wußte ja nicht, was es mit dem Lachs auf sich hatte. Als der Fisch fertig war, brachte er ihn dem Barden, und da entdeckte Finnegas in den Augen des Jünglings Funken der Weisheit.

„Du hast von dem Lachs gegessen!" rief er zornig.

„Nein, es fehlt kein einziges Stückchen!" wehrte sich Finn. „Ich habe mir nur den Finger abgeleckt, den ich mir beim Wenden des Fisches verbrannt hatte."

Finnegas aß den ersten Bissen, und da flüsterte ihm die Eingebung zu, auch seinem Lehrjungen davon abzugeben und ihn so Weisheiten erfahren zu lassen, wie nicht einmal die Alten sie kennen.

Danach nahmen Meister und Schüler Abschied voneinander.

Finn zog, von einer inneren Stimme getrieben, geradewegs nach Norden, und je länger er unterwegs war, um so mehr Menschen traf er, zu Pferd und zu Wagen, Könige und Königinnen, Fürsten und Fürstinnen. Sie alle eilten zu der großen Versammlung, die der oberste König Cormac jedes Jahr in seiner Residenz in Tara einberief.

Als die Gäste spätabends in dem Festsaal an der königlichen Tafel saßen, trat ein hochgewachsener Jüngling mit honigblondem Haar ein, verbeugte sich, legte die Waffen ab und setzte sich ans untere Ende der Tafel. Der König, dem der Bursche auf den ersten Blick gefiel, ließ ihm einen Becher voll Wein reichen.

Der Jüngling erhob sich und sprach mit heller Stimme: „Ich danke dir, König! Nimm mich in dein Gefolge und ich werde tapfer kämpfen gegen die Feinde und das Gesetz schützen, so wie es einst mein Vater Cumaill tat, der Häuptling der irischen Fianen."

„Wenn du Cumaills Sohn bist, so bist du der Sohn meines guten

Freundes und des besten Fianenhäuptlings, den ich je hatte. Ach, wenn dein tapferer Vater noch lebte, so müßten wir nicht in Angst und Sorge hier zusammensitzen, denn er hätte es sicher mit dem schrecklichen Zauberer Feueratem aufgenommen, der jedes Jahr Tara niederbrennt. So aber gibt es keinen mehr, der den Kampf wagt."

Finn hatte schon unterwegs davon gehört, daß in der Nähe der Königsburg auf dem Zauberwall der böse Geist Aillen-Feueratem hauste und jedes Jahr Tara niederbrannte. Er kam immer des Nachts und spielte dabei wunderbar auf einer silbernen Harfe. Seine zauberhaft süße Musik hatte bisher noch jeden eingeschläfert, der sie vernommen.

Und wenn die Menschen dann am Morgen erwachten, lag alles um sie herum in Schutt und Asche.

Der Jüngling hob stolz den Kopf und antwortete dem König: „Wenn es mir, Finn Mac Cumaill, gelingt, Tara zu befreien von dem mächtigen Zauberer, der es jedes Jahr niederbrennt, vertraust du mir dann zum Lohn die Führung der Fianen an, die Goll Mac Morna durch Verrat an sich gerissen, indem er meinen Vater ermorden ließ?"

Die Gäste an der Tafel verstummten, damit ihnen kein Wort entging von der Antwort des Königs.

„Finn, wenn du uns von der Plage erlöst, die jedes Jahr Tara vernichtet, so sollst du von Stund an der Häuptling der Fianen sein. Noch keiner hat eine solche Heldentat vollbracht!"

Vor Mitternacht erhob sich Finn von der Tafel, nahm seine Waffen und ging hinaus auf die Burgmauern, um von hier aus Tara vor dem mächtigen Zauberer zu beschützen.

Unter den Wachen des Königs war auch Fiach, ein alter Freund von Finns Vater. Der ging dem Jüngling nach und reichte ihm einen Speer.

„Nimm diese Waffe, Finn! Dein Vater hat sie mir einst geschenkt, und heute soll sie dir im Kampf helfen. In ihr sind die Wärme der Sonne und die Kühle des Mondenscheins eingeschmiedet. Wenn du aus der Ferne die silberne Harfe singen hörst, so drücke den kühlen Stahl an deine Stirn, und der Schlaf wird dich nicht übermannen."

Finn bedankte sich und schritt mit der Waffe in der Hand die Burgzinnen ab. Plötzlich hörte er von fern das leise Flüstern silberner Saiten. Sie klangen immer heller und lockender — wie der Sommerwind in den Baumkronen, wie das Schlagen der Nachtigallen, wie das leise Rauschen des Meeres. Finn wußte nicht, wie ihm geschah. Er blieb wie gebannt auf der Stelle stehen und starrte ins weite Land hinaus. Da sah er den Zauberer Aillen herbeifliegen mit feuerspeiendem Maul und mit der silbernen Harfe, und er riß sich los aus der Erstarrung und preßte den kühlen Stahl des Speers an seine Stirn. Indem atmete Aillen tief ein und blies einen Feuerstrahl auf die Mauern, aber Finn riß sich den langen Wollumhang von der Schulter und erstickte damit die Flammen. Als der Zauberer im Schein des Feuers den stählernen Speer aufblitzen sah, wandte er sich entsetzt um und wollte fliehen. Doch Finn warf ihm mit mächtigem Schwung die Waffe nach und erstickte so für immer Aillens Feueratem.

Am Morgen rieben sich alle im Schloß die Augen, als sie sahen, daß das Feuer diese Nacht Tara verschont hatte. Der König selbst lief mit seinem Gefolge auf die Mauern, umarmte Finn und sprach also: „Tapfere Fianen, ihr habt gestern mein königliches Wort gehört. Der Sieger über den Zauberer Aillen-Feueratem ist von nun an euer Häuptling, so wie es einst sein Vater war, und ihr werdet ihm gehorchen wie ihr einst seinem Vater gehorcht habt!“

Da gelobten alle der Reihe nach vor dem König, ihrem neuen Anführer, Treue und Gehorsam. Und so wurde der blonde Finn in jungen Jahren zum Häuptling aller Fianen, der tapferen Krieger im alten irischen Königreich.

Liam Donn

Es war einmal ein mächtiger irischer König, der hatte zwölf Söhne. Nicht einmal der König und die Königin selbst hätten sagen können, wer von ihnen der Klügste, Beste, Geschickteste sei. Und sie brauchten sich auch darüber nicht den Kopf zerbrechen, denn die zwölf waren ein Herz und eine Seele, halfen sich gegenseitig und lernten einer vom anderen nur Gutes.

Einmal saß der König mit einem weisen Propheten zusammen und beriet sich mit ihm über alles mögliche. Da sprach der weise Mann plötzlich: „Mein König, das Glück wird sich von euch abwenden, wenn du nicht einen deiner Söhne in die Welt hinaus schickst. Befiehl ihm, nicht eher zurückzukehren, bis er nicht eine Heldentat vollbracht hat wie vor ihm noch keiner. Erst dann soll er nach Hause zurückkehren, wenn die ganze Welt mit Bewunderung und Achtung von ihm spricht.“

„Was sagst du da?“ rief der König erschrocken. „Es würde den Jungen ja vielleicht wirklich nicht schaden, wenn sie sich ein wenig in der Welt umtun. Aber wie könnte ich jemals vor einem von ihnen mein Tor verschließen und von ihm verlangen, eine Tat zu vollbringen wie noch keiner vor ihm? Das hieße ja, den eigenen Sohn in den sicheren Tod schicken!“

„Glaube mir, mein König, wenn du es nicht tust, werdet ihr alle vom Unglück verfolgt werden“, erwiderte der Prophet. Der irische König vertraute ihm, und so beschloß er schweren Herzens, seinen Rat zu befolgen. Er ging nach Hause, um sich mit seiner Frau zu beraten, welchen von den Söhnen er aus dem Haus und in die weite Welt hinaus schicken sollte. Die Königin brach in Tränen aus und wußte auch keinen Rat. Schließlich kamen sie überein, die Entscheidung dem Zufall zu überlassen. Das Los sollte denjenigen Prinzen treffen, der heute als letzter von der Jagd heimkehrte. Den wollten sie sogleich in die Welt schicken, eine Heldentat zu vollbringen, wie noch keiner vor ihm.

Der König und die Königin standen im Tor, als ihre Söhne von der Jagd heimkamen. Der Jüngste blieb ein kleines Stück zurück und ritt als letzter in den Hof ein. Der Königin wollte schier das Herz brechen, denn obwohl sie alle ihre Söhne gleichermaßen liebte, hing sie an Liam Donn, dem Jüngsten, doch am meisten. Und auch der König brachte es nicht übers Herz, ausgerechnet vor dem Jüngsten das Tor zu verschließen.

„Warten wir noch bis morgen“, entschied er schließlich seufzend.

Aber am nächsten Tag blieb der jüngste Prinz noch weiter zurück, und die anderen waren längst zu Hause, als er in die väterliche Burg eintrat.

„Warte noch einen Tag“, bat die Königin, und der König gab auch diesmal nach.

Als aber Liam Donn auch am dritten Tag lange nach seinen Brüdern heimkehrte, da blieb dem König nichts anderes übrig, als vor dem Jüngsten das Tor zu verschließen.

„Mein Sohn, ich sehe, daß das Schicksal dich ausersehen hat, in die weite Welt zu ziehen“, sprach der König. „Dieses Tor wird sich erst wieder für dich auftun, wenn du eine Heldentat vollbracht hast, wie sie noch keiner vor dir gewagt, und wenn die ganze Welt mit Bewunderung und Achtung von dir sprechen wird. Glaube mir, es bricht mir fast das Herz, daß ich dich in die Welt hinaus schicken muß, aber ich kann nicht anders, denn sonst würden wir alle vom Unglück verfolgt."

„Sorge dich nicht um mich, lieber Vater, ich werde schon nicht untergehen in der Welt. Du hast uns ja gelehrt, immer und überall unseren Mann zu stehen. Doch sage mir, welche Tat soll ich vollbringen?"

„Deine Rede gefällt mir, mein Sohn, so höre denn, was du vollbringen sollst: Mein Freund, der griechische König, hat zwölf Töchter, so wie ich zwölf Söhne habe. Die Jüngste, Una Weißhändchen, ist vor kurzem verschwunden, und wenn niemand sie rettet, wird ihr Vater sie für immer verlieren. Geh, Liam Donn, geh und suche sie! Und komme erst wieder, wenn du sie gefunden und gerettet hast."

„Gleich ziehe ich los, aber erst will ich noch den Brüdern Lebewohl sagen, erst mir noch von der Mutter den Segen holen." Und nach diesen Worten nahm Liam Donn Anlauf und sprang über die hohe Burgmauer. Er ließ sich auf den Schemel vor dem Kamin fallen und seufzte tief. Da erzitterten die Burgmauern in ihren Festen, und der eiserne Schemel sank tief in den Steinboden ein.

„Ich lasse dich ungern scheiden, mein Sohn, denn ich sehe, daß du ein wahrer Recke wirst", sprach der König.

Inzwischen knetete die Mutter Teig zu drei Broten. In den ersten rührte sie etwas Muttermilch, in den zweiten Met und in den dritten ein paar Tropfen Blut.

„Liam, ich gebe dir auf den Weg den mütterlichen Segen mit und diese drei Brote. Wisse, in ihnen ist meine ganze Kraft. Wem du damit einen Schlag versetzt, der fällt tot um."

Der jüngste Prinz bedankte sich bei der Mutter, verabschiedete sich von dem Vater und den Brüdern und schritt zum Tor hinaus, in der weiten Welt Una Weißhändchen zu suchen.

Von Sonnenaufgang bis Sonnenuntergang wanderte er immer der Nase nach, bis er am Abend in dem tiefen Tal vor sich ein einsames Licht blinken sah. Und als er dem Licht nachging, kam er zu einem Haus, in dem er ein wunderschönes Mädchen fand. Sie hatte einen goldenen Stern auf der Stirn und kämmte gerade mit einem goldenen Kamm ihr Haar.

Liam Donn grüßte höflich und fragte, ob er nicht hier übernachten könne.

„Fliehe, so schnell du kannst, wenn dir dein Leben lieb ist!" rief das Mädchen. „Gleich wird der grausame Riese heimkommen, und wenn er dich hier findet, zerreißt er dich in Stücke."

„Ich denke gar nicht daran, vor irgend jemandem auszureißen", erklärte Liam Donn. „Und in Stücke laß ich mich schon gleich gar nicht zerreißen."

Indem kam der Riese ins Haus gestürmt.

„Pfui! Pfui! Pfui!" brüllte er, daß die Wände wackelten. „Ich rieche irisches Diebesgesindel! Aha, da haben wir dich ja. Für einen Bissen zuviel, für zwei zuwenig — soll ich dich nun in den Kessel werfen oder zu Schnupftabak zerreiben?"

„Halt die Luft an, du Knirps, und blas dich nicht so auf!" gab der Prinz zurück. „Zeige lieber, was du kannst. Wir werden ja sehen, wer wem überlegen ist!"

Wild umklammerten sie einander und maßen ihre Kräfte. Sie rangen lange, und mal war der Riese oben und mal der Prinz. Schließlich aber wäre Liam Donn wohl doch unterlegen, aber da fiel ihm zum Glück das Brot der Mutter ein. Mit letzter Kraft zog er einen Laib heran und schlug damit auf den Riesen ein. Da ließ der Riese von ihm ab und sank kraftlos zurück.Doch gelang es ihm noch, in das Brot zu beißen. Und kaum hatte er das getan, da schlug er die Augen wieder auf und sprach freundlich: „Sei gegrüßt, Sohn meiner einzigen Schwester. An dem Brot habe ich dich erkannt. So ein Brot kann niemand auf der Welt backen, nur deine Mutter. Ich werde dir helfen, aber erst mußt du mir das Brot auf die Wunde legen."

Liam Donn wußte nicht, ob er ihm trauen sollte, doch er gehorchte und drückte das Brot auf des Riesen Brust. Im gleichen Augenblick schrumpfte der Riese zusammen, bis er so groß war wie ein normaler Mensch, sprang auf und umarmte Liam. Dann setzten sie sich an den Tisch, und der Oheim erzählte, daß er lange Jahre in dieser Wildnis als Riese hatte leben müssen und nur der Sohn seiner einzigen Schwester ihn erlösen konnte, wenn der ihn im Kampf besiegte.

„Liam, sag, kann ich dir irgendwie helfen?" fragte er schließlich.

„Ich brauche einen guten Rat, das ist das einzige, was mir helfen kann", erwiderte der Prinz. „Ich muß wissen, wo Una Weißhändchen ist, die Tochter des griechischen Königs."

„Das kann ich dir leider nicht sagen, denn ich weiß es auch nicht.

Aber vielleicht kann dir unser mittlerer Bruder helfen. Hier hast du rote Zügel, wenn du sie schüttelst, kommt aus dem Stall ein roter Hengst gelaufen und bringt dich auf kürzestem Weg direkt zu seinem Haus. Du mußt ihn im Kampf besiegen und ihn so erlösen. Dann wird er dir helfen."

Liam Donn bedankte sich, und gegen Abend stand er wieder vor einem einsam gelegenen Haus. Dort besiegte er auch den zweiten Riesen und gab ihm so seine menschliche Gestalt zurück. Der mittlere Bruder schickte ihn dann zu dem jüngsten, denn er wußte auch nichts von Una Weißhändchen.

Gerade als der Abendnebel in das Tal sank, kam der Prinz zum Haus des jüngsten Riesen. Auch dort fand er eine hübsche junge Frau mit einem goldenen Stern auf der Stirn und einem goldenen Kamm in der Hand vor. Sie erschrak zutiefst, als sie den Jüngling in der Tür stehen sah.

„Reiß aus, wenn dir dein Leben lieb ist!" rief sie statt eines Grußes. „Jeden Augenblick kommt der schreckliche Riese heim, und dann ist es um dich geschehen."

„Ich habe nicht gelernt, vor irgend jemandem auszureißen, ganz gleich, ob es ein Riese ist oder ein Zwerg. Ich werde schon mit ihm fertig werden!"

„Sieh nur, schon setzt er über die Berge, schreitet mit einem Schritt über zwei Täler!" warnte die Frau händeringend.

Da war der Riese auch schon da.

„Pfui! Pfui! Pfui!" brüllte er schon von weitem, daß die Wände wackelten. „Ich rieche irisches Diebesgesindel! Aha, hier steckst du. Für einen Bissen zuviel, für zwei zuwenig. Soll ich dich nun mit einem Atemzug in die Östliche Welt blasen oder mit zwei in die Westliche?"

Als Liam den fünfköpfigen Riesen sah, erschrak er doch ein bißchen, aber er ließ sich nichts anmerken.

„Halt die Luft an, du Knirps, und blas dich nicht so auf!" gab er zurück. „Zeig lieber, was du kannst! Wir werden ja sehen, wer wem überlegen ist."

Wie zwei wilde Eber stürzten sie aufeinander los. An der Stelle, wo sie miteinander rangen, da stampften sie die Erde zu Stein, wo sie hinfielen, da blieb eine Grube zurück, daß eine Fuhre Steine nicht gelangt hätte, sie zu füllen.

Lange dauerte der Kampf, da packte Liam Donn plötzlich unheimliche Wut. Er umspannte den Riesen mit aller Kraft, hob ihn hoch und stieß ihn bis an die Knie in die Erde. Der Riese sprang heraus, aber der Prinz stemmte ihn wieder hinein, diesmal bis zur Hüfte, und dann ein drittes Mal bis zum Hals.

„Wenn ich je auf meine Mutter gehört habe, so nie mit solchem Vergnügen wie jetzt!" rief der Prinz, nahm das letzte Brot und schlug damit auf den Kopf des Riesen ein. Der aber biß schnell in das Brot und wurde sogleich zahm.

„Sei mir gegrüßt, Sohn meiner einzigen Schwester! Schenk mir das Leben, und lege schnell das Brot auf meinen Kopf, es wird dein Schaden nicht sein!"

So gab Liam Donn auch dem dritten Riesen seine menschliche Gestalt zurück, und als er ihm und dessen Frau erzählte, daß er auch schon die beiden älteren Brüder erlöst hatte, wollte die Freude kein Ende nehmen.

„Wie kann ich dir nur danken?" fragte der Onkel.

„Nichts leichter als das, du brauchst mir nur zu sagen, wo ich Una Weißhändchen finde, die Tochter des griechischen Königs, und welche Gefahr ihr droht. Ich darf nicht eher nach Hause zurückkehren, bis ich sie befreit habe."

„Dir zu sagen, wo Una Weißhändchen ist, das ist ein Kinderspiel. Schwerer schon wird es sein, sie und dich aus großer Gefahr zu retten. Bleib bis zum Morgen hier, dann werde ich dich auf den richtigen Weg schicken. Aber wisse, was du dir vorgenommen hast, ist nicht leicht, denn um die griechische Prinzessin zu befreien, mußt du einen schrecklichen Drachen besiegen."

Dann saßen Liam Donn und der Onkel gemütlich beisammen, aßen und tranken und erzählten sich Geschichten von dem tapferen Helden Finn.

Als der Tag anbrach, sprang Liam Donn auf und gürtete sein scharfes Schwert aus gehärtetem Stahl um. „Warte, ich gebe dir einen Zügel, und mein Pferd wird dich zu dem tiefen Fluß tragen, an dessen Ufer Una Weißhändchen sitzt", sprach der Onkel zu ihm. „Alle um sie herum jammern und weinen, denn es naht die Stunde, da der schreckliche Drache geschwommen kommt, um sie zu holen. Bis zum Fluß haben gute Menschen ihr das Geleit gegeben, aber nun kann ihr keiner mehr helfen, wenn du sie nicht rettest."

Liam Donn bedankte sich und wollte sich verabschieden.

„Warte, du weißt noch nicht, was dich unterwegs alles erwartet. Du wirst zu drei Berge kommen, einem Stahlberg, einem Feuerberg und einem Werwolfberg. Hier hast du eine Heilsalbe, die heb gut auf. Ganz gleich, ob du dich stichst, verbrennst oder vergiftest, die Wunde heilt augenblicklich zu, sobald du die Salbe darauf streichst."

Kaum hatte der Prinz draußen den Zügel geschüttelt, da kam ein Grauschimmel gelaufen, ließ den Reiter aufsitzen und schlug von ganz allein den Weg zum Fluß ein, wo Una Weißhändchen saß. Das Pferd flog so schnell dahin, daß seine Hufe kaum den Boden berührten, und im Nu waren sie vor dem stählernen Berg angelangt, der dicht mit langen, spitzen Nadeln bestanden war. Dort nahm es Anlauf und sprang mit einem gewaltigen Satz so hoch über den Berg hinweg, daß weder Liam Donn noch es selbst von den Nadeln gestochen wurde und sie ihren Weg fortsetzen konnten. Schon von weitem sahen sie den Feuerberg, von dem hohe Flammen aufloderten.

„Spring, mein Pferdchen, spring!" spornte der Prinz seinen Grauschimmel an, und mit einem gewaltigen Sprung ließen sie den Berg hinter sich. Weder Liam Donn noch dem Pferd hatten die Flammen etwas anhaben können. Nun hatten sie nur noch ein einziges Hindernis zu überwinden, aber das war das schwerste — der Werwolfberg, auf dem Tausende Werwölfe lebten, deren giftige Bisse alles Leben töteten.

Der Schimmel nahm Anlauf und trug seinen Reiter mit einem Riesensprung über den Berg und auf der anderen Seite wieder hinab. Aber auch die Werwölfe sprangen hoch, heulten und winselten und verspritzten ihr Gift. Und einem von ihnen gelang es tatsächlich, dem Pferd seine giftigen Zähne ins Bein zu schlagen. Das arme Tier wäre gewiß gleich nach dem Aufsprung verendet, hätte Liam Donn nicht die Heilsalbe bei sich gehabt.

„Gleich wird alles wieder gut, mein Pferd", beruhigte er den Hengst, während er ihm die Wunde bestrich. Und die Salbe wirkte so schnell, daß sie gleich ihren Weg fortsetzen konnten. Nach einer Weile legten sie eine Rast ein, um sich zu stärken und den Durst zu löschen. Liam Donn wusch und striegelte das Pferd gründlich, damit kein Tropfen Gift zurückblieb, und dann warf er auch sein schweres Schuhwerk weg, das die Werwölfe begeifert hatten. Er zog statt dessen leichte hirschlederne Schuhe an und ritt weiter.

Bald sah er in der Ferne einen breiten Fluß glitzern. Hochauf ragte das nackte, steinige Ufer, und dort war Una Weißhändchen mit Ketten an einen vorspringenden Felsen geschmiedet und weinte bitterlich.

Am Fuße des Felsen war eine riesige Menschenmenge versammelt, und die Erde war aufgeweicht von ihren Tränen. Aber keiner hatte gewagt, sich dem Befehl des Ungeheuers zu widersetzen, als es verlangt hatte, die Prinzessin, noch bevor die Sonne den Zenit erreicht hat, an den Felsen über dem Fluß zu schmieden und sie dort allein zurückzulassen.

Der Grauschimmel sprang über den breiten Fluß, als sei es nur eine schmale Bachrinne, und er hatte kaum die Hufe aufgesetzt, da rief Liam Donn auch schon: „Ihr guten Leute, was weint ihr, daß die Erde all eure Tränen nicht zu trinken vermag? Und du, schöne Jungfrau, warum jammerst du und klagst, daß es selbst einen Stein erweichen muß ?“

„Einen Stein vielleicht, den schrecklichen Drachen aber nie und nimmer. Wie sollte ich nicht jammern und mein Schicksal beklagen, wenn ich mit Ketten an den Felsen geschmiedet und für das Ungeheuer bestimmt bin? Es hat gedroht, das ganze Land zu verwüsten, wenn es Una Weißhändchen nicht bekommt.“

„Fürchte dich nicht, Una“, sprach da Liam Donn. „Der Drache wird dich nicht bekomnen. Ich werde mit ihm kämpfen und dich und das Land retten, bin ich doch nur deshalb aus Irland kreuz und quer durch die Welt geritten.“

Vielen wurde es leichter ums Herz bei diesen Worten, Una Weißhändchen aber hörte sie kaum. Sie schüttelte den Kopf und erwiderte leise: „Ich danke dir, tapferer Jüngling, für deinen guten Willen, aber den Drachen kann niemand besiegen. Viele gute Menschen hat er schon verschlungen, und auch ich bin dem Tod geweiht. Darum rette wenigstens du dein junges Leben!“

Indem schäumte das Wasser im Fluß wild auf, und aus den Fluten tauchte ein abscheuliches dreiköpfiges Ungeheuer. Mit seinem Schwanz peitschte es das Wasser, daß die Wellen weit über die Ufer brandeten. Und dann wälzte es sich schwerfällig an Land.

„He, du Unhold, rühr nicht an, was dir nicht gehört!“ schrie Liam
 Donn und stellte sich dem Drachen in den Weg. Er riß das stählerne

Schwert aus der Scheide und griff tapfer das Ungeheuer an. Bis zum Abend tobte der schreckliche Kampf, ehe es dem Prinzen gelang, dem Drachen einen Kopf abzuschlagen, und dieser sich, vor Schmerz aufbrüllend, in den Fluß stürzte.

„Morgen komme ich wieder, und wehe dem ganzen Land, wenn ich Una Weißhändchen nicht an den Felsen geschmiedet finde!" schrie er noch, ehe er in den Fluten verschwand.

„Wenn du dich morgen wieder blicken läßt, kommst du auch noch um den zweiten Kopf!" rief Liam Donn ihm nach.

Am nächsten Morgen erwartete der Prinz das Ungeheuer schon am Ufer. Auch diesmal schäumte das Wasser wild, und die Wellen brandeten über die Ufer, als sich der Drache an Land wälzte. Liam zog sein Schwert, und wieder begann ein wütender Kampf. Die Sonne wollte schon hinter die Berge tauchen, und noch immer war nichts entschieden. Als Liam sah, daß der Abend nahte und das Untier immer noch lebte, preßte sich ihm das Herz zusammen. In seiner Verzweiflung drang er noch ungestümer auf den Drachen ein und schlug ihm schließlich auch den zweiten Kopf ab. Der Drache brüllte schrecklich auf und fiel wie ein Stein in den Fluß zurück.

„Morgen komme ich wieder und zerreiße dich in Stücke!" schrie er drohend, ehe er ganz in den Fluten verschwand. „Und wehe dem ganzen Land, wenn dann Una Weißhändchen nicht an den Felsen geschmiedet ist!"

Auch am dritten Tag war Liam Donn schon am frühen Morgen am Fluß. Una Weißhändchen preßte sich mehr tot als lebendig an den Felsen und rang die Hände. Aber diesmal bangte sie nicht mehr so sehr um ihr eigenes Leben, fürchtete nicht den grausamen Tod, sie zitterte um das Leben des tapferen irischen Jünglings.

Im ganzen Land hatte es sich mit Windeseile herumgesprochen, daß ein unbekannter Held schon zweimal die Prinzessin gerettet und dem Drachen zwei Köpfe abgeschlagen hatte, und so hatte sich diesmal am Fluß eine solche Menschenmenge versammelt, daß das ganze Ufer schwarz war. Jeder wollte dabei sein, wenn der tapfere Recke mit dem Drachen kämpfte.

Sie brauchten nicht lange zu warten, da brodelte und zischte das Wasser beim Nahen des Ungeheuers. Der Drache wälzte sich aus dem Fluß, und als er Liam Donn mit dem Schwert in der Hand sah, da brüllte er, daß die Felsen am Ufer barsten. Er wand und bäumte sich und wehrte kraftvoll Liams Schläge ab. Die Sonne wollte schon hinter die Berge tauchen, und noch immer war der Kampf nicht entschieden. Da packte den Prinzen ungeheure Wut. Mit aller Kraft schwang er sein Schwert, und der letzte Drachenkopf rollte in den Fluß.

Die Menschen auf dem Ufer schrien erleichtert auf, umarmten einander, jubelten, sangen, tanzten und feierten die Rettung der Prinzessin Una Weißhändchen. Viele kletterten auf den Felsen, rissen die Ketten aus dem Gestein und trugen Una hinab. Dort brach ein solcher Jubel aus, daß es weithin schallte und man sein eigenes Wort nicht verstehen konnte.

Auch Liam Donn versuchte, zu der Prinzessin vorzudringen, aber das Gewimmel war so groß, daß er sie aus den Augen verlor. Dann sah er sie wieder, wie sie ihm liebevoll zulächelte. Er war schon fast bei ihr, da schallte es laut: „Platz! Macht Platz für den griechischen König!"

Der Prinz wurde von der neugierigen Menge zurückgedrängt und verlor in dem Gedränge sogar einen Schuh. Jeder wollte den König sehen, wie er die gerettete Tochter in die Arme schloß. Den irischen Jüngling aber beachtete in diesem Augenblick keiner. Leise drückte sich Liam Donn aus der Menge und schritt langsam davon. Als der Abendnebel aus dem Fluß stieg, kam er zu einer einsam stehenden Hütte und bat dort um ein Nachtlager. Er wurde freundlich aufgenommen, zu Tisch gebeten und mit frisch gebackenem Brot und Lammfleisch bewirtet.

Unterdessen hatte der Triumphzug, der der Prinzessin das Geleit gab, das Schloß erreicht, wo der König ein Freudenfest gab. Mit Tanz und Gesang feierten die vielen vornehmen Gäste ihre Rettung. Der König und Una Weißhändchen suchten vergebens unter den Anwesenden den Retter, sie konnten ihn nicht entdecken, weder an der Tafel noch unter den Tänzern. Der tapfere Jüngling war verschwunden, als hätte ihn die Erde verschluckt. Nur seinen hirschledernen Schuh fand man.

„Mein lieber Vater, wenn du mich glücklich und fröhlich sehen willst, so laß den suchen, dem dieser Schuh paßt", bat Una.

Gegen Morgen kamen die Soldaten des Königs auch zu der Hütte, in der Liam Donn übernachtete, denn sie hatten Befehl, überall nach dem Jüngling zu suchen, dem der Schuh gehörte. Noch ganz verschlafen streckte ihnen Liam seinen Fuß hin, und siehe — der Schuh paßte wie angegossen.

Am Königshof herrschte ungeheurer Jubel, als Liam Donn eintraf. Der König selbst schritt ihm entgegen, umarmte ihn wie einen Sohn und überschüttete ihn mit Dankesworten.

„Auch ich danke dir, mein Retter“, begrüßte ihn Una Weißhändchen und lächelte so lieblich, daß ihm ganz warm uns Herz wurde.

Bald darauf wurde im Schloß Hochzeit gefeiert — sieben Tage und sieben Nächte lang. Der Honigwein floß in Strömen, und jedes Gericht, das auf den Tisch kam, übertraf das vorangegangene. Doch so unbeschreiblich groß auch die Freude des griechischen Königs war, daß Liam Donn seine jüngste Tochter gerettet hatte, noch mehr

freute sich der irische König, als er von der Heldentat seines jüngsten Sohnes erfuhr. Vor dem offenen Tor seiner Burg schloß er Liam Donn in die Arme.

Sieben Tage und sieben Nächte feierten alle Iren, ganz gleich, ob jung oder alt, und die königliche Tafel bog sich unter der Last der auserwählten Speisen und Getränke. Selbst die Hunde in Irland dachten noch lange an den Festschmaus — sieben Tage und sieben Nächte knabberten sie die Knochen ab. Auch ich bin dort gewesen, hab' mir den Bauch vollgeschlagen und bin dann in Butterstiefeln davongeeilt, überall zu erzählen, was sich zugetragen, von Anfang bis Ende.

Wie die Stadt Is im Meer versank

Vor langen, langen Zeiten herrschte in der Bretagne, in dem alten Königreich Cornouaille, der mächtige König Grallon. Nicht nur seine Untertanen, sondern jeder, der ihn kannte, sagte von ihm, er sei der beste König auf der ganzen Welt. An seiner Tafel fand sich immer Platz für einen müden Wanderer, auch wenn er nicht von edlem Geblüt war. Der König selbst setzte sich am liebsten zu den Sängern und Dichtern, die gar viel zu berichten wußten aus der weiten Welt und von Vergangenem und Zukünftigem sangen, von Liebe und Leid, von berühmten Helden und ruhmreichen Taten.

In allem war dem König das Glück hold — und doch, wenn er

sich in seine stillen Burggemächer zurückzog, da überkam ihn so manches Mal die Trauer. Die Königin war jung gestorben und hatte ihm zwei Töchter hinterlassen — beide schön wie die Sonne. Die ältere war lieb und gut zu jedermann, und so war es kein Wunder, daß der Nachbarkönig um ihre Hand anhielt. Der Prinzessin gefiel der junge König derart, daß sie von keinem anderen Freier hören wollte, und so ließ König Grallon der Tochter eine Hochzeit ausrüsten, auf der sich alt und jung aus neun Königreichen vergnügten und selbst der König noch einmal das Tanzbein schwang wie in jungen Jahren.

Die zweite Königstochter, Prinzessin Dahut, war das ganze Gegenteil ihrer Schwester und hatte so gar nichts von deren liebem Wesen. Sie strotzte vor Hochmut und Stolz. Von Tag zu Tag quälte sie ihren Vater und dessen Räte und Freunde ärger, machte sich über jeden lustig, überschüttete alle mit Hohn und Spott. Doch es war seltsam — je boshafter sie war, um so schöner wurde sie auch, so daß sie an jedem Finger zehn Bewerber hatte. Aber keiner war ihr gut genug; sie spielte einen gegen den anderen aus und stichelte sie gegeneinander auf. Nur dann strahlten ihre Augen, wenn zwei ihretwegen im Zorn auseinandergingen. Die Prinzen, Fürsten und vornehmen Herren waren schließlich froh, wenn sie der Burg den Rücken kehrten, in der Prinzessin Dahut mit ihren Hofdamen lebte. Die Prinzessin wollte sich dann jedesmal ausschütten vor Lachen, und wenn sie den Abziehenden lange genug nachgelacht hatte, ging sie wieder zu ihren Zauberbüchern zurück, aus denen sie von Tag zu Tag schlimmere Hexenkünste lernte, um allen noch böser mitspielen zu können.

„Jugend kennt keine Tugend“, seufzte König Grallon, wenn er hörte, was für eine Bosheit sich seine Tochter wieder mal ausgedacht hatte. „Mit der Zeit wird sie schon noch Vernunft annehmen und sich bessern.“

Diese Hoffnung war sein einziger Trost.

Einmal ging der König nur mit kleinem Gefolge auf die Jagd, um seine Sorgen zu vergessen. Nachdem die Jäger lange durch den dichten Wald gestreift waren, merkten sie, daß sie sich verirrt hatten. Nach langem Suchen kamen sie schließlich auf einen schmalen Pfad, der sie zu einer Einsiedelei führte. Auf der Schwelle begrüßte ein schmächtiger Greis den König wie einen alten Bekannten.

 „Verrate uns, wer du bist und ob du uns den Weg in die Hauptstadt zeigen kannst. Wir sind lange durch so dichten Wald geirrt, daß wir nicht einmal den Himmel über unseren Köpfen sehen konnten", sprach der Ratgeber des Königs.

„Meinen Namen kennt die Welt heute wohl kaum noch — ich heiße Corentin und werde euch gern den Weg in die Stadt weisen. Doch erst ruht euch aus und stärkt euch, denn ihr müßt müde und hungrig sein, wenn ihr seit dem Morgen im Walde umherirrt."

Der König lauschte mit Freuden diesen Worten, hatte er doch einst viel gehört von dem weisen Einsiedler Corentin, sein Gefolge aber rümpfte die Nase über die armselige Hütte, in der weder etwas zu essen noch Platz genug war für alle.

Als hätte der Alte erraten, warum die Herren die Stirn krausten, sagte er, der königliche Koch solle sein Küchengerät auspacken und den edlen Herren, die ja sicher hungrig waren, das Abendessen kochen. Er führte ihn zum Brunnen und hieß ihn dort Wasser in den goldenen Kessel schöpfen. Dann fischte er selbst mit der Hand ein Fischlein aus der Quelle, warf ein kleines Stück davon in den Kessel und den Rest ins Wasser zurück. Da schwamm das Fischlein gesund und munter weiter. Der königliche Koch aber machte ein immer grimmigeres Gesicht.

„Wir sind doch keine Bettler, daß wir von so einem Krümelchen satt werden! Wie soll ich daraus etwas kochen?" schimpfte er.

Der Einsiedler lächelte nur.

„Tu ruhig, was ich dir sage, und du wirst es nicht bereuen. Glaube mir, es wird reichen für alle. Und schöpfe auch noch die Krüge voll, damit ihr euch erfrischen könnt."

Der Koch gehorchte, denn es blieb ihm ja nichts anderes übrig — und o Wunder: Bald schon zog über die Lichtung der Duft einer solch vorzüglichen Fischsuppe, wie der Koch sein Lebtag noch keine gekocht hatte, und alle labten sich aus den Krügen an einem lieblichen Wein.

Der König ließ sich die Fischsuppe schmecken, erfrischte sich mit Wein und Schlaf und bat dann den Einsiedler: „Komm mit mir in die Königsstadt Quimpera. Vielleicht lernt meine Tochter von dir Weisheit und Bescheidenheit, hast du doch einst viele Menschen gelehrt, ehrsam und in Eintracht zu leben."

Corentin wollte zunächst nichts davon hören, in die Stadt zurückzukehren, die er vor vielen, vielen Jahren verlassen hatte, aber

schließlich ließ er sich doch umstimmen. Der König überließ ihm noch am gleichen Tage seine Burg mit allen Schätzen und übersiedelte ans Meer in die Stadt Is. Diese Hafenstadt war so schön, daß ihr keine andere gleichkam. Hohe Dämme schützten die Stadt vor der Meeresbrandung, und nur die Königstochter Dahut, die von Zeit zu Zeit in der Stadt Aufenthalt nahm, öffnete und verschloß ihre Tore mit einem silbernen Schlüssel, den sie stets um den Hals trug. Sie hatte ihn einst mit Hilfe ihrer Zauberkünste dem König der Meeresdrachen abgerungen.

„Von nun an gehört er dir und wird dir zusammen mit meinen Untertanen dienen", hatte damals der Drachenkönig gesagt. „Aber wehe dir und der Stadt, wenn der Schlüssel je in andere Hände gerät. Merke dir, in dem Augenblick wird das Meer euch verschlingen!"

Von jener Zeit an konnte Prinzessin Dahut über die Meeresdrachen gebieten, und auf ihr Geheiß kamen Nacht für Nacht die Korigane — ein Zwergenvolk — auf die Erde herauf. Viele Dienste erwiesen sie ihr und der Stadt. Sie schmiedeten für die Stadt Is mächtige Tore, eiserne Gitter und starke Brücken, die sie zudem noch vergoldeten, so daß man geblendet die Augen schließen mußte, wenn die Sonne darauf schien. Sie legten sogar die Ställe der Prinzessin mit weißem, rotem und schwarzem Marmor aus — je nach der Farbe der Pferde, die darin standen. Und die Korigane pflegten und hegten zudem die Tiere so gut, daß kein König solche Pferde in seinen Ställen hatte.

Im Morgengrauen fütterten die Korigane die Meeresdrachen, die dann aus dem Hafen ins weite Meer hinausschwammen bis an ferne Gestade, dort alle Kostbarkeiten von gestrandeten Schiffen sammelten und auf dem Heimweg auch noch Besatzungen feindlicher Schiffe mit all ihrem Besitz gefangennahmen. Auf diese Weise gelangte die Stadt Is zu unerhörtem Reichtum. Die Bürger der Stadt wurden stolz und hochmütig, aßen nur noch von silbernen Tellern und tranken aus goldenen Bechern, kleideten sich in Samt und Seide und ließen keine Gelegenheit aus zu Tanz und Vergnügen. Jeden Armen aber ließen sie mit Stöcken von den Stadttoren wegjagen. Und wäre der König selbst im leinernen Wams in die Stadt gekommen statt in golddurchwirktem Brokat, sie hätten ihn nicht eingelassen.

König Grallon bekümmerte es gar sehr, als er sah, daß weder er noch der weise Corentin etwas ausrichten konnten gegen die stolze, hochmütige Stadt, und so zog er sich schließlich ganz in seine stillen Gemächer zurück und übertrat deren Schwelle nie mehr. In der Stadt Is wußte man gar nicht mehr, ob ihr König überhaupt noch lebte.

Eines Tages kam aus einem fernen Land ein fremder Fürst in die Stadt. Stolz saß er auf seinem Rappen, von Kopf bis Fuß in goldbestickte Seide gekleidet.

Vom Augenblick an, da Prinzessin Dahut den Gast sah, war sie wie gebannt von seiner Persönlichkeit.

Der fremde Fürst trat in den Thronsaal, verneigte sich vor der Königstochter und sprach: „Ich lege dir meine Verehrung zu Füßen, edle Prinzessin. Erweise mir die Gnade, in der schönsten Stadt, die ich je gesehen, verweilen zu dürfen.“

Dann breiteten seine Gefolgsleute vor ihr seidene Vorhänge von unglaublicher Schönheit aus, die der Fremde ihr zum Geschenk machte, und der ganze Saal strahlte wider von der leuchtenden Pracht. Und noch weitere Kostbarkeiten legte man zu Füßen der

Prinzessin nieder: Ketten aus pflaumengroßen Perlen und Edelsteine wie rote Äpfel, kostbaren Schmuck, wie ihn selbst die Prinzessin noch nicht gesehen hatte.

Die Prinzessin schenkte dem Gast ein freundliches Lächeln, hatte den ganzen Abend nur Augen für ihn und tanzte mit keinem anderen. Als es Mitternacht schlug, stimmten die Musikanten plötzlich ein gar wundersames Lied an, schneller und schneller, zu dem sich die Prinzessin und alle ihre Gäste wie im Zwang immer geschwinder drehen mußten und nicht einhalten konnten.

Da streckte der Fürst plötzlich die Hand nach dem silbernen Schlüssel aus und riß ihn Dahut vom Hals.

„Mein bist du, Prinzessin, von nun an bist du mein und Fürstin der Hölle. Und auch die stolze Stadt Is ist mein, für immer werden die Wellen des Meeres sie unter sich begraben, und kein Mensch wird sie je wieder zu Gesicht bekommen!"

In einem vergessenen Winkel des Schlosses schreckte König Grallon aus dem Schlaf auf. In der Tür stand der alte Corentin.

„Schnell, König, beeile dich! Auf dem Hof steht für dich ein gesatteltes Pferd bereit. Steig auf und fliehe aus der Stadt! Frage jetzt nichts, und sieh dich auch nicht um, sonst bist du verloren!"

Schlaftrunken gehorchte der König seinem weisen Ratgeber und meinte noch immer, alles nur zu träumen.

Indem öffnete der Höllenfürst auch schon die Deichtore, und die Meeresfluten stürzten von allen Seiten in die Stadt. Das Pferd des Königs scheute vor Schreck, wieherte laut auf, stieß sich machtvoll ab und sprang mit einem einzigen Satz auf den hohen Felsen hinter der Stadt. Noch heute kann man dort den Abdruck sehen, den sein Huf dabei in den harten Stein schlug. So wurde der gerechte König Grallon gerettet, die berühmte Stadt Is und ihre Bewohner aber wurden für immer von den Meeresfluten verschlungen. Nur die kostbaren Schmuckstücke, die die Wellen manchmal nach starken Stürmen an den Strand spülen, zeugen noch heute von ihrem einstigen Reichtum, und hin und wieder sieht ein Fischer in der Tiefe die mächtigen Mauern, die an den vergangenen Ruhm der versunkenen Stadt Is und den Hochmut ihrer Bürger erinnern.

Die Fischersfrau und die Elfenkönigin

Einst saß eine junge Fischersfrau an der Wiege ihres Söhnchens. Es war Winter. Draußen heulte der Wind, das Meer tobte, die Wellen zerschlugen sich brausend an den Felsen, und die Fischersfrau weinte heiße Tränen.

„Ach, mein Söhnchen, meine helle Sonne", flüsterte sie leise, „was sollen wir allein anfangen, wovon sollen wir leben, wo uns das Meer den Ernährer genommen hat?"

Indem fuhr die arme Frau zusammen, denn sie hatte an der Tür ein schwaches Pochen gehört.

‚Wer klopft da so zaghaft an die Tür, wer mag das sein?' überlegte sie und öffnete ängstlich die Tür einen Spaltbreit. Da sah sie in dem schmalen Lichtstreifen, den das Feuer nach draußen warf, eine zierliche Frauengestalt, weiß wie eine Wand, mit einem Kind im Arm stehen. Die Fremde war so schwach, daß sie sich kaum über die Schwelle schleppen konnte.

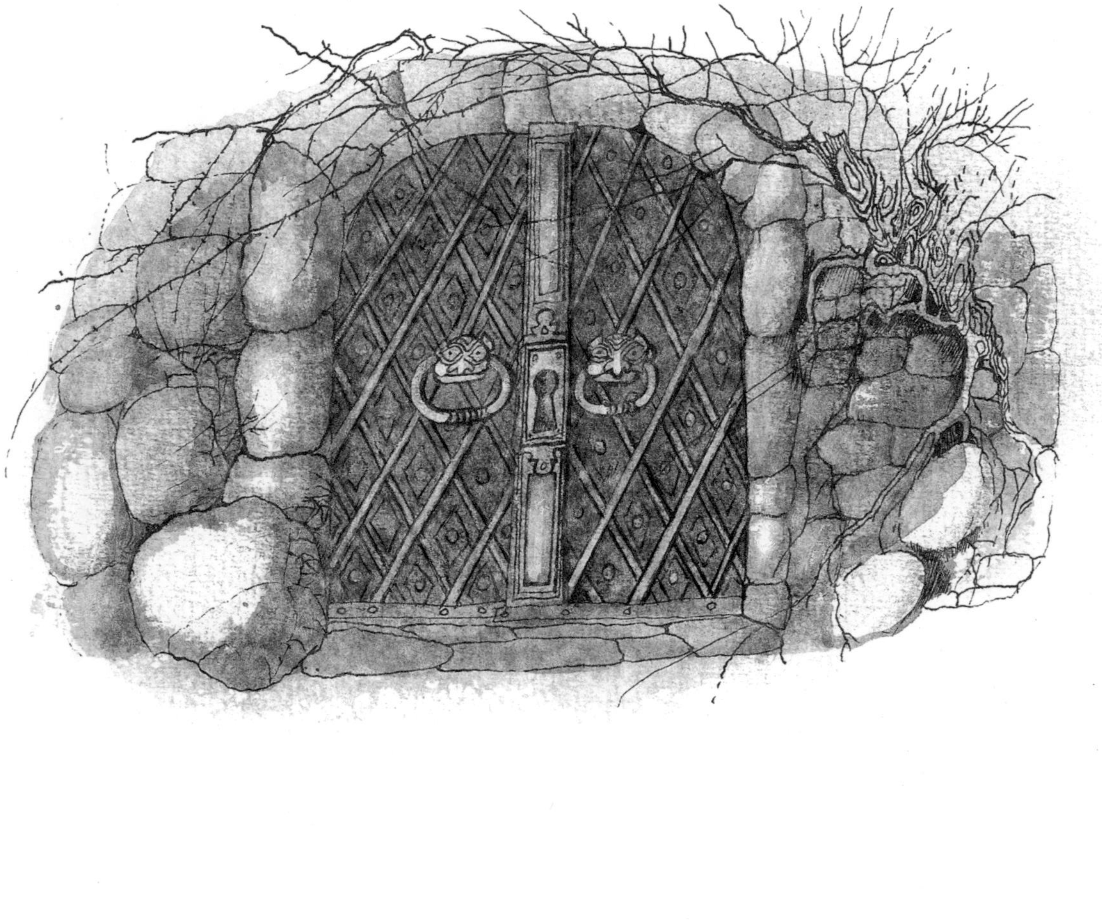

„Hilf mir, gute Frau“, flehte sie. „Ich bin krank und schwach und kann ohne deine Hilfe mein Kind nicht am Leben erhalten.“

Die Fischerin überlegte nicht lange. Sie nahm das zarte Mädchen im grünen Seidentuch in den Arm, stillte es wie ihr eigenes und legte es in die Wiege zu ihrem Söhnchen. Dann schürte sie das Feuer, schüttete ein wenig von dem letzten Mehl, das sie noch hatte, in den Kessel, gab auch ein Stück Fisch und Gemüse hinzu, und bald stand auf dem Tisch eine duftende, schmackhafte Fischsuppe. Schließlich machte sie der Fremden das Bett, und dann wurde es still in der Fischerkate, denn alle waren eingeschlafen.

Am Morgen wurde die junge Frau vom Weinen der Kinder munter. Sie schaute zu dem anderen Bett hinüber und erschrak — von der Fremden keine Spur, als wäre sie nie hier gewesen. Hätte nicht in der Wiege das kleine Mädchen geschrien, die Fischersfrau hätte meinen müssen, alles nur geträumt zu haben. Sie seufzte tief, hob die beiden Kinder aus der Wiege, stillte sie wie Zwillinge, und als die Kleinen wieder zufrieden eingeschlafen waren, ließ sie ihren Blick durch die Hütte schweifen und überlegte, was nun werden sollte. Da entdeckte sie auf dem Tisch eine volle Schüssel vom weißesten Mehl, einen großen Brotlaib, duftende frische Butter und Honig, so süß, wie sie ihn noch nie gegessen hatte. An dem Haken hing ein geräucherter Lachs und duftete so verlockend, daß der Fischersfrau das Wasser im Munde zusammenlief. Und auf der Bank lagen neue Kleider und seidene und wollene Decken, federleicht.

‚Nur eine Elfenkönigin kann sich derart erkenntlich zeigen‘, dachte die junge Frau bei sich.

Von Stund an herrschte in der Fischerkate keine Not mehr. Das fremde kleine Mädchen lebte unter der Fürsorge der Fischersfrau auf — die bleichen Wangen wurden rot, und die grünen Augen strahlten wie ein tiefer See.

Eines Frühsommerabends, als die Fischerin gerade die Kinder mit einem Wiegenlied in den Schlaf sang, klopfte es wieder zaghaft an die Tür. Die Witwe öffnete, und wieder stand die zierliche Frau im grünen Seidengewand draußen.

Sie lächelte freundlich, und ihre grünen Augen leuchteten wie die Sterne am Himmel.

„Ich bin gekommen, um dir zu danken, daß du mir und meinem Kind das Leben gerettet hast. Ich will mein Töchterchen holen, denn nun bin ich wieder in der Lage, es selbst aufziehen zu können. Ich bitte dich sehr, komm mit mir. Du brauchst keine Angst zu haben, morgen seid ihr wieder zu Hause."

Auch diesmal überlegte die Fischersfrau nicht lange. Sie warf sich ein Tuch über, wickelte den Sohn warm ein, und beide Frauen schritten mit den Kindern den nahen Bergen zu. Sie wanderten durch einen schwarzen Wald und blieben schließlich am Berghang stehen. Das dichte Gebüsch gab einen schmalen Durchgang frei, und dort tat sich vor ihnen eine schmiedeeiserne Tür auf. Kaum waren sie hindurchgegangen, da schloß sich das Gebüsch undurchdringlich hinter ihnen, die geknickten Grashalme erhoben sich wieder, und alles sah aus wie vorher. Die Elfenkönigin führte die Fischersfrau in ein blühendes Tal, wo Bäume wuchsen mit Früchten, so süß, daß duftender Honig von ihnen herabtropfte. Auf den Feldern reifte Getreide, höher als ein kräftiger Fischer, und die Ähren, die sich im Winde wiegten, waren länger als ein Pferdekopf.

Im Königsschloß spielte Musik bald beschwingt, bald leise und ernst, und die Elfen tanzten dazu im Reigen. Die Fischersfrau wußte gar nicht, wohin sie zuerst schauen und was sie mehr bewundern sollte: die Vorhänge und Teppiche, weich wie der Schaum auf den Meereswellen, oder den kostbaren Schmuck überall. Indem führte die Elfenkönigin sie zur Tafel und ließ Speisen und Getränke auftragen, wie die Witwe sie noch nie gegessen hatte. Ja, nicht einmal am Hofe des schottischen Königs hatte man je köstlicher gespeist. Die Kinder schliefen inzwischen zufrieden in einer goldenen Wiege, die war mit Edelsteinen verziert und mit Seide ausgelegt. Sicher träumten sie etwas Wunderschönes, denn beide lächelten selig im Schlaf.

Am Morgen bedankte sich die Elfenkönigin noch einmal bei ihrem Gast.

„Wir müssen uns nun trennen", sagte sie, „aber ich werde dir deine gute Tat nie vergessen. Und damit auch du mich stets in guter Erinnerung behältst, soll von nun an deine Schüssel nie leer werden, und du und dein Sohn, ihr sollt nie Hunger leiden müssen. Und noch etwas will ich euch schenken — es sind seltene Heilsalben und -kräuter, wie die Menschen sie nicht kennen. Sie heilen schwerste Krankheiten und Wunden. Doch für euch selbst werdet ihr sie nie brauchen. Und nun lebt wohl in Glück und Frieden!"

 Indem verschwand das Schloß der Elfenkönigin vor den staunenden Augen der Fischersfrau, und das Dickicht schloß sich hinter ihr. Sie stand mit ihrem Söhnchen im dunklen Wald und eilte auf kürzestem Wege nach Hause.

Die Kunde von den Heilkünsten der Fischersfrau, von ihren wundertätigen Salben und Kräutern, verbreitete sich mit Windeseile im ganzen Land. Von nah und fern kamen Kranke und Verwundete herbei und fanden bei der Witwe Genesung und, wenn es nottat, auch Speise und Trank. So manchen holte die Witwe ins Leben zurück, der schon auf der Schwelle des Todes war, und so manchen fütterte sie vom eigenen Tisch satt. Doch soviel sie auch verbrauchte von den Arzneien und vom Essen, beides ging ihr nie aus. Und so lebten die Fischersfrau und ihr Sohn, dessen Kinder und Kindeskinder glücklich und zufrieden bis ins hohe Alter.

Meister Goban

In uralten Zeiten lebte in Irland der berühmte Meister Goban Saor. Niemand in ganz Irland verstand wie er, Holz zu zimmern, glühendes Eisen zu schmieden und den rohen Stein zu behauen. Einen besseren Baumeister hatte die Welt noch nicht gesehen. Es gab keine schöneren und festeren Burgen als die, die er gebaut hatte, und wenn feindliche Horden sie nicht niedergerissen oder niedergebrannt haben, so stehen sie mit ihren Türmen und Zinnen wohl noch heute.

Goban hatte zwei Töchter und einen Sohn. Der Erziehung des Sohnes widmete er besondere Sorgfalt, weihte ihn in sein Handwerk ein und unterwies ihn in allem, was er selber konnte. Erst nach Jahren erfuhr er, daß es gar nicht sein leiblicher Sohn war, aber er brachte ihm deshalb nicht weniger Liebe entgegen.

Das alles hatte sich folgendermaßen zugetragen:
Gobans nächster Nachbar war Frannach, reich und mächtig, aber ein brutaler Rohling ohnegleichen. Goban ließ er seltsamerweise in Frieden, überschritt nie den Fluß, der zwischen ihren Häusern floß. Die übrigen Nachbarn aber lebten in ständiger Angst vor ihm, mit allen lag der alte Wüterich in Streit, und er und seine neun Söhne hatten schon so manchem arg mitgespielt.

Am schlimmsten wurde es mit ihm, als seine Frau das zehnte Kind erwartete. Über den neunten Sohn hatte sich Frannach noch gefreut, aber nun wollte er unbedingt eine Tochter haben und hatte bei der Sonne und dem Mond geschworen, die Frau und das Neugeborene umzubringen, wenn es auch diesmal ein Junge würde.

Zur gleichen Zeit erwartete man auch bei Goban Saor Familienzuwachs. Töchter hatten sie schon, und so war es kein Wunder, daß Goban sich einen Sohn wünschte, der dereinst in seine Fußstapfen treten sollte.

Nun gebar aber Gobans Frau in der Nacht eine Tochter und Frannachs Frau eine Stunde früher einen Sohn. Die kluge alte Wehmutter log Frannach vor, er habe eine Tochter bekommen, und während der alte Hitzkopf in der Stube einen Freudentanz vollführte, ein Glas nach dem anderen in sich hineingoß und jedem die frohe Nachricht verkündete, wickelt die gute Frau sein Söhnchen in ein Wolltuch und schaffte es zu Gobans Frau, um es erst einmal vor Frannach in Sicherheit zu bringen.

„Ach, wenn mir doch auch so ein hübscher Knabe beschert würde, ein größeres Glück könnte ich mir gar nicht vorstellen", seufzte die Frau.

Kurz danach brachte sie ein gesundes Mädchen zur Welt.

„Weißt du was, wir tauschen die Kinder aus", flüsterte ihr die Wehmutter zu. „Bei Frannachs wird man die ersehnte Tochter hegen und verwöhnen, und dein Goban Saor springt vor Freude an die Decke, wenn wir ihm den prächtigen Sohn zeigen. Aber unser Geheimnis muß für immer unter uns bleiben, damit niemand etwas davon erfährt. Dann wird alles gut sein."

Die kluge Alte beschwatzte die junge Frau so lange, bis diese schließlich einwilligte und ihr gestattete, das Mädchen in ein Wolltuch zu wickeln und in Frannachs Haus zu tragen. Der Knabe aber blieb für immer unter Gobans Dach.

Die beiden Kinder wuchsen zur Freude ihrer Eltern heran, und der alte Frannach wurde in Gegenwart der Tochter ganz zahm, sobald er aber die Schwelle seines Hauses überschritt, da war er um nichts besser als eh und je. Das Mädchen war bald in der ganzen Gegend beliebt, und überall pries man ihr freundliches Wesen und ihre Klugheit. Selbst erfahrene alte Leute wußten lange nicht so viel wie Aina Frannach. So mancher stattliche Jüngling hatte ein Auge auf sie geworfen, viele hätten gern um ihre Hand angehalten, aber wer den alten Frannach kannte, der ließ solche Gedanken schnell wieder fahren.

Inzwischen erlernte Gobans Sohn bei seinem Vater dessen Handwerk und war dem Meister bald ein guter Gehilfe. So manche Burg bauten sie gemeinsam. Beide waren zufrieden und stets guter Laune, und so wäre es sicher noch lange geblieben, wenn Gobans Frau nicht eines Tages schwer erkrankt wäre. Mit jedem Tag ging es ihr schlechter, wochenlang war sie ans Bett gefesselt, und die Hausarbeit blieb liegen. Die Töchter waren längst verheiratet und hatten ihren eigenen Haushalt, und in Gobans Haus fehlte eine geschickte Frauenhand.

„Du solltest heiraten“, sagte eines Abends Goban zu seinem Sohn. „Aber sieh zu, daß du eine kluge, geschickte und umsichtige Frau bekommst, selbst wenn sie arm ist wie eine Kirchenmaus. So eine ist mir tausendmal lieber als eine dumme Trine mit einem Batzen Gold als Mitgift.“

„Ganz wie du meinst, Vater“, erwiderte der junge Mann. „Es ist noch nie zu meinem Schaden gewesen, wenn ich auf dich gehört habe.“

Goban nickte schweigend und verlor kein Wort mehr darüber. Erst als in der nächsten Woche in der Stadt Jahrmarkt sein sollte, rief er seinen Sohn zu sich, gab ihm ein großes Schafsfell und riet ihm, sich damit auf dem Markt an eine günstige Stelle zu setzen, wo recht viele Leute vorbeikommen. Dann sollte er sich um nichts kümmern, was immer auch geschehe, und nur immerzu ausrufen: „Wer gibt den Preis und das Fell zurück?“ Wenn sich auf dem Markt eine Frau fände, die für das Fell den verlangten Preis bezahle, ihm dann das Fell zurückgäbe und dennoch nicht leer ausgehe, die sollte er dann an der Hand nehmen und schnurstracks mit nach Hause bringen. Hier würde sich schon herausstellen, ob es die Richtige sei.

Der Jüngling wunderte sich zwar, aber er fragte den Vater nur, welchen Preis er verlangen sollte.

„Ganze drei Pence", antwortete der Meister.

Am frühen Morgen ging der junge Goban in die Stadt auf den Markt. Wie ihm der Vater geheißen, so tat er auch. Er suchte sich einen günstigen Platz aus, setzte sich hin und rief aus: „Wer gibt mir den Preis und das Fell zurück?"

Die Marktgänger wollten sich halbtot lachen, meinten nicht anders, als daß der junge Handwerker ein wenig zu tief ins Glas geguckt habe.

Am Abend kehrte er heim, und der Vater fragte zugleich: „Nun, wie war es, mein Sohn?"

„Nichts, Vater. Wie ich losgegangen, so bin ich auch zurückgekommen, nur daß ich ein bißchen heiser geworden bin von dem Ausrufen und die Leute mich ausgelacht haben."

„Wenn du erst dein Glück gemacht hast, wird ihnen das Lachen schon vergehen. Morgen gehst du wieder auf den Jahrmarkt."

Auch diesmal erging es dem jungen Goban nicht besser, eher schlechter, denn viele meinten, er habe den Verstand verloren. Als er auch am dritten Tag auf dem Markt erschien und wieder ausrief: „Wer gibt mir den Preis und das Fell zurück?", da erwägte man schon ernstlich, ihn in Ketten zu legen, denn man fürchtete, ein solcher Irrer könne gemeingefährlich werden, wenn die Leute ihn auslachten. Gerade als die klugen Bürger noch darüber berieten, wie man mit dem jungen Goban verfahren sollte, kam Aina Frannach auf den Markt.

Sie hatte vor kurzem ihre Eltern verloren, lebte mit ihren Brüdern zusammen und hatte kein leichtes Leben mit ihnen. Bis auf den Jüngsten waren alle schon verheiratet, und Aina hatte von den Schwägerinnen allerhand auszustehen. Als sie den jungen Goban ausrufen hörte, blieb sie bei ihm stehen, hörte eine Weile zu und lächelte ihn dann an.

„Wieviel verlangst du denn für das Fell?" fragte sie.

„Ganze drei Pence, aber das Fell will ich zurück."

Die Umstehenden brüllten vor Lachen, aber Aina hatte sich schon entschieden.

„Wenn du mir das Fell für drei Pence gibst, bringe ich es dir in einer Weile zurück", versprach sie. „Du mußt nur ein wenig warten."

„Gut", meinte der junge Goban und wartete geduldig.

Aina ging ins nächste Haus, lieh sich dort einen großen Kessel mit kochendem Wasser und eine Schere. Über dem heißen Dampf wurde das Fell weich, und das Mädchen rupfte die Wolle in ihre Schürze. Das nackte Fell gab sie dann dem Burschen zurück und hatte für drei Pence einen ganzen Berg Wolle.

Der junge Goban sprang sogleich fröhlich auf.

„Komm mit mir!" rief er und nahm sie an der Hand.

„Wohin?"

„Zu uns nach Hause. Du bist ganz bestimmt die Richtige. Dich hat der Vater gemeint, als er sagte, er wolle sich mit einem klugen Mädchen unterhalten."

Aina schüttelte den Kopf, aber da der stattliche Jüngling ihr gefiel, ging sie mit ihm.

Der alte Goban begrüßte sie herzlich, als er erfuhr, was sein Sohn auf dem Jahrmarkt erlebt hatte. Schnell fand der Meister heraus, daß er noch nie mit einer so klugen Frau gesprochen hatte. Nach einer Weile führte er sie zu einem Tisch, auf dem ein Häufchen Goldstücke lag. „Was sagst du dazu?" fragte er sie.

„Was soll ich dazu sagen? So ein Häufchen ist eine gute Sache, vor allem, wenn es zunimmt. Auf jeden Fall ist es besser, als wenn nichts auf dem Tisch liegt."

Meister Goban gefiel die Antwort.

Dann führte er Aina in den Garten und zeigte ihr die Mauer darum und auch die neuen Anbauten.

„Was sagst du zu unserer Arbeit? Meinst du, daß das jemand besser machen kann?"

„Selbst wenn du alles einreißt, niemand könnte es je so wieder aufbauen. Aber was fragst du mich?" erwiderte Aina mißbilligend. „Du weißt doch genau so gut wie ich, daß ein geschickter Meister sein Werk nicht preisen braucht, denn es lobt sich selbst. Eigenlob paßt nicht zu dir."

Meister Goban lachte zufrieden. Er war nun überzeugt, daß er auf der ganzen Welt kaum eine bessere Schwiegertochter finden könne, und so hielt er für seinen Sohn um ihre Hand an.

Die beiden jungen Leute waren überglücklich, aber noch glücklicher war Gobans Frau, als sie erfuhr, wen sich der Sohn ins Haus geholt hatte.

Der geachtete Meister Goban hatte noch nie zu klagen gehabt, denn er war unter einem guten Stern geboren, hatte geschickte Hände, einen klugen Kopf und ein gutes Herz. Und bei einem solchen Vater hatte auch dem jungen Goban stets die Sonne gelacht. Aber so gut wie jetzt, da Aina unter ihrem Dach wohnte, war es ihnen noch nie gegangen, erst mit ihr schien das wahre Glück bei ihnen eingezogen zu sein. Sogar der alte Meister Goban konnte noch so manches von ihr lernen.

Goban und sein Sohn hatten viel Aufträge, konnten kaum alles schaffen, überall riß man sich um sie, denn weit und breit gab es keine geschickteren Baumeister. Und doch konnte ihnen Aina einmal bei einem Turmbau einen guten Ratschlag geben. Sie hatte ihnen das Essen gebracht und eine Weile zugeschaut, wie sie nach jedem Stein von neuem sorgfältig die Mauer vermaßen.

„Sei mir nicht böse, mein lieber Mann“, bat Aina leise, „sicher ist es töricht von mir, dir in deine Arbeit hineinreden zu wollen, aber wäre es nicht einfacher, nur die Ecken genau auszumessen und zwischen ihnen einen Strick als Richtschnur zu spannen? Dann ginge euch die Arbeit sicher schneller von der Hand.“

„Ach Mädchen! Mädchen!“ rief der alte Goban. Aber er zürnte ihr ganz und gar nicht wegen ihrer Dreistigkeit, wie Aina gefürchtet hatte, im Gegenteil, er konnte ihre Klugheit nicht genug bewundern. Vater und Sohn befolgten ihren Rat und schafften an diesem Tag so viel wie sonst in einer ganzen Woche.

Wenn die beiden Gobans schon vorher weithin bekannt waren, so verbreitete sich ihr Ruhm nun noch siebenmal weiter, denn sie verrichteten an einem Tag die Arbeit von zwölf guten Maurern. Sogar überm Meer, im fernen England, kannte man ihren Namen. Dort lebte zu jener Zeit ein mächtiger Lord, der setzte sich eines Tages in den Kopf, sich das schönste Schloß auf der ganzen Welt bauen zu lassen. Und er wollte keine anderen Baumeister als die Gobans. Von Stund an konnte er an nichts anderes mehr denken, als wie er sie nach England locken könnte. Er schickte seine Leute zu ihnen und versprach ihnen eine ungeheure Summe, wenn sie die Arbeit zu seiner Zufriedenheit ausführen würden. Wo er das viele Geld hernehmen sollte, darüber machte er sich kein Kopfzerbrechen, denn er plante schwärzesten Verrat.

Als die beiden Gobans erfuhren, sie sollten dem mächtigen Lord in England das schönste Schloß der Welt bauen und für ihre Arbeit einen Lohn erhalten wie noch nie zuvor, überlegten sie nicht lange. Aina packte ihnen alles für die Reise zusammen und gab dann ihrem Mann einen guten Rat.

„Mein lieber Mann, stelle dich gut mit der Dienerschaft dort. Singe, tanze und spaße mit ihnen, spendiere auch hin und wieder mal ein Bier, und halte dabei immer die Ohren offen. Nur so wirst du rechtzeitig erfahren, wenn man im Hause irgend etwas gegen euch im Schilde führt. Man sagt, daß viele gute Baumeister übers Meer gehen, um dort zu arbeiten, aber nur wenige kommen zurück. Sie sind verschollen, und niemand weiß, was mit ihnen geschah."

„Gut, Aina, ich will zu dir zurückkehren, und deshalb werde ich nicht nur die Ohren, sondern auch die Augen offenhalten."

Am nächsten Morgen machte sich der Meister Goban mit dem Sohn auf die lange Reise. Sie schritten kräftig aus, gingen lange, aber der Weg wollte kein Ende nehmen.

„Mach, daß der Weg schneller vergeht!" befahl der Vater dem Sohn.

Da machte der junge Goban noch größere Schritte, aber der alte hielt ihn auf.

„Wenn du nichts besseres weißt, so laß uns lieber umkehren!“

Der Sohn schüttelte zwar den Kopf, doch wagte er keinen Einwand. Am Abend waren sie wieder zu Hause. Aina wunderte sich, sagte aber kein Wort, wärmte nur schnell Wasser, damit sie den Reisestaub abwaschen konnten, und setzte ihnen ein gutes Abendessen vor. Erst als sie in der Nacht mit ihrem Mann allein war, ließ sie sich erzählen, warum sie umgekehrt waren, und als sie alles erfahren hatte, meinte sie lachend: „Und warum hast du dem Vater nicht eine amüsante Geschichte erzählt? Da wäre euch der Weg bestimmt schneller vergangen.“

Am dritten Morgen brachen sie noch früher auf. Der junge Goban erzählte allerlei Geschichten, und dabei kam auch dem Meister so manche Erinnerung, die er dem Sohn mitteilen wollte. Auf diese Weise verging ihnen der Weg so schnell, daß sie ganz erstaunt waren, als sie plötzlich am Meer standen. Sie ließen sich nach England übersetzen und machten sich dort ans Werk. Noch war das Schloß erst zu einem Drittel fertig, da waren schon alle des Lobes voll, daß sie einen solchen Meister wie den alten Goban noch nie gesehen hätten und einen so fröhlichen, gefälligen Jüngling, wie es der junge Goban sei, auch nicht. Als der Bau seinem Ende zuging, gab es im Schloß nichts, wovon der junge Meister nichts wußte.

Eines Abends kam eine junge Magd atemlos zu ihm gelaufen.

„Goban, ich kann nicht ruhig schlafen, ehe ich dich nicht gewarnt habe vor der Gefahr, die dir und deinem Vater droht. Aber du darfst mich nicht verraten, denn sonst würde der Lord mich bestimmt umbringen. Ich habe gehört, wie er zu meiner Herrin sagte, er wolle euch nach Fertigstellung der Arbeiten in den tiefsten Kerker werfen lassen, damit er keinen Lohn zahlen muß und niemand ein noch schöneres Schloß bekommt.“

Der junge Goban dankte der Magd und versicherte ihr, daß, solange er und sein Vater leben würden, niemand erfahren sollte, daß sie ihn gewarnt hatte.

„Es ist gut, mein Sohn, daß wir wissen, wie uns der Lord zu entlohnen gedenkt“, sagte Goban, als der Sohn ihm berichtete, was er von der Magd erfahren hatte. „Aber ich denke, wenn wir auf der Hut sind, werden wir auch mit dieser Niedertracht fertigwerden.“

Die beiden Gobans wußten sich in Sicherheit, solange das Schloß noch nicht fertig war, und so bauten sie ruhig und gut weiter.

Als sie ihr Werk vollendet hatten, besichtigte der Lord das Schloß von den tiefen Kellern bis zu den hohen Dächern, und alles gefiel ihm über die Maßen.

„Schön ist mein Schloß, wunderschön“, erklärte er zufrieden.

„Das ist es wahrlich“, stimmte Meister Goban zu.

„Sag ehrlich, Meister, hast du je ein schöneres Schloß als dieses gesehen oder von einem solchen gehört?“ wollte der Lord wissen.

„Um die Wahrheit zu sagen, Herr, dein Schloß ist wirklich das schönste auf der Welt. Nirgends sah ich je ein schöneres, hab auch von keinem gehört. Aber ... “

„Was aber? Heraus mit der Sprache!“ fuhr der Lord ihn an.

„Ich wollte es dir ja gerade sagen, aber du hast mich unterbrochen. In Leinster ist ein Königsschloß, und das hat einen schöneren und höheren Turm als das deine.“

„Und könntest du mir nicht auch noch einen Turm bauen, der den von Leinster an Schönheit und Höhe übertrifft?“

„Warum nicht?“ antwortete Meister Goban. „Das Schloß ist fertig, gib uns also den versprochenen Lohn, und wir werden nach Hause reisen, das nötige Handwerkszeug für den Turmbau zu holen. Dann kommen wir wieder und bauen dir den Turm.“

„Nein, nein, die Reise wäre zu anstrengend für euch, und ihr würdet viele Tage verlieren, ehe ihr euch davon erholt habt und wieder arbeiten könnt. Bleibt hier, eßt und trinkt und ruht euch aus von der Arbeit. Ich werde unterdessen meinen Sohn mit Dienern zu euch nach Hause schicken, das nötige Handwerkszeug zu holen.“

„Wer weiß, ob sie damit zurande kommen“, wandte Goban ein.

„Du mußt nur genau sagen, was du brauchst“, behauptete der Lord.

„Also gut. Dein Sohn soll in mein Haus gehen und dort die junge Hausfrau aufsuchen. Sie kennt sich in allem aus, denn meine Frau ist schon lange krank.“

Bald darauf stand der junge Herr reisefertig vor dem alten Goban.

„Also, Meister, was soll ich mitbringen?“ verlangte er zu wissen.

„Laß dir von der jungen Hausfrau Lugwidertrug und Kniffwiderschlich geben!“

 „Eine wunderliche Sprache habt ihr Iren“, meinte der junge Herr.

„Das mußt du mir nochmal wiederholen."

„Lugwidertrug und Kniffwiderschlich. Wirst du dir das merken?"

„Gewiß", versicherte der junge Herr und reiste nach Irland. Er fuhr übers Meer, fand Gobans Haus und ließ sich zu Aina führen.

„Der alte Meister Goban und sein Sohn lassen dich grüßen. Das Schloß ist fertig, und nun sollen sie noch einen Turm bauen. Mein Vater will, daß er schöner wird und größer als der Königsturm zu Leinster, und deshalb soll ich das notwendige Handwerkszeug für den Turmbau holen. Goban sagt, du sollst mir Lugwidertrug und Kniffwiderschlich geben."

Als Aina dies hörte, war ihr sogleich klar, daß ihr Mann und ihr Schwiegervater in England in großer Gefahr schwebten, wenn sie Lug wider Trug und Kniff wider Schlich schicken sollte. Sie lächelte dem jungen Herrn freundlich zu, bat ihn zu Tisch, bewirtete ihn vorzüglich und ließ auch seine Diener gut versorgen. Nach dem Essen sagte sie: „Gobas Werkzeug ist dort in der großen Truhe ganz rechts unten. Du mußt auf einen Stuhl steigen, damit du es herausholen kannst."

Aina öffnete die riesige Truhe, der Sohn des Lords beugte sich weit hinein, um bis in die hintere rechte Ecke zu langen, und indem stieß ihn Aina hinein und schlug den Deckel zu. Dann schloß sie das Tor ab, öffnete das Fenster und rief den englischen Dienern zu: „Kehrt zu eurem Herrn zurück und richtet ihm aus, daß der junge Herr hierbleibt. Es wird ihm kein Haar gekrümmt werden, wenn Meister Goban mit seinem Sohn und dem versprochenen Lohn nach Hause zurückkehrt. Dann lasse ich ihn frei. Aber solange euer Herr meine Forderung nicht erfüllt, sieht er seinen Sohn nicht wieder!"

Als die Bediensteten mit dieser Nachricht nach England zurückkamen, tobte der Lord vor Wut. Aber er mußte schließlich einsehen, daß ihm nichts anderes übrigblieb, als die Gobans zu entlohnen und in Frieden ziehen zu lassen. Er knirschte mit den Zähnen, als er die Goldstücke abzählte, aber das Leben seines einzigen Sohnes war ihm doch noch teurer.

So kehrten die beiden Baumeister mit Ainas Hilfe nach Irland zurück. Seit jener Zeit liebten alle Aina noch mehr, und der alte Goban meinte so manches Mal bei sich, wie seltsam es doch sei, daß ausgerechnet die Tochter des wilden Frannach ein so liebes und außerordentlich kluges Geschöpf war, wie es wohl auf der ganzen Welt kein zweites gab. Und wie er wieder einmal vor seinem kranken Weib laut solche Überlegungen anstellte, da brach die arme Kranke in Tränen aus und berichtete ihm alles von Anfang bis Ende.

Meister Goban sprang auf und umarmte seine Frau.

„Ach, meine Liebe, du kannst dir ja gar nicht vorstellen, wie stolz ich bin, daß die klügste Frau auf Erden meine Tochter ist! Und ist nicht auch der jüngste Sohn des wilden Frannach in unserem Haus zu einem tüchtigen Handwerker geworden und nicht zu einem Räuber und Strolch wie seine Brüder? Ich meine, das ist ein noch besseres Werk, als den schönsten Turm auf der Welt zu bauen.“

Und so lebten die Gobans glücklich und zufrieden bis an ihr Ende.

Wie die schöne Elen Königin wurde

Vor langen, langen Zeiten herrschte in Rom ein junger, stattlicher König. Er war nicht nur klug und fröhlicher Natur, sondern hatte auch schon so mancher Gefahr tapfer ins Auge gesehen und war doch brav und herzensgut geblieben. Kein Wunder, daß alle ihn nur „unser Macsen“ nannten, obwohl er ein mächtiger Regent war, der über viele Reiche herrschte.

Einmal begab sich der junge König mit seinem Gefolge auf die Jagd. Um die Mittagsstunde, als die Sonne hoch über den Bergen stand, machte die Jagdgesellschaft auf einer Lichtung Rast, denn alle stöhnten schon unter der brennenden Hitze. Dem König wurden die Lider schwer, und die Augen fielen ihm zu. Er ließ den Kopf auf den Jagdmantel sinken und war im gleichen Augenblick tief und fest eingeschlafen. Und da hatte er einen seltsamen Traum:

Er sah sich selbst aufs Pferd steigen und immer bachaufwärts reiten bis zu der Quelle hoch in den Bergen. Von hier aus stieg der Weg steil an in schwindelerregende Höhe und führte dann weiter über den abschüssigen Sattel zwischen den schneebedeckten Berggipfeln. Schwer und mühselig war der Aufstieg, und der König verlor schon die Hoffnung, je wieder aus dem Gletscherirrgarten herauszufinden. Als er endlich glücklich auf der anderen Seite ins Tal gelangte, sah er vor sich ein weites Land mit fruchtbaren Feldern, schönen Dörfern, reichen Städten und stolzen Burgen. Dort, wo ein breiter Fluß ins Meer mündete, war ein Hafen emporgewachsen, in dem eine ganze Flotte vor Anker lag. Das größte Schiff hatte ein goldenes Deck mit silberner Reling, der Landesteg war aus Edelholz und sein Geländer kunstvoll aus Elfenbein geschnitzt.

Nirgends auf dem Schiff konnte der König einen Menschen entdecken, den er hätte fragen können, wem diese Schiffe gehörten und wohin ihre Fahrt gehen sollte. Er sprang vom Pferd und ging, von Neugier getrieben, über den Landesteg an Deck. Im gleichen Augenblick blähte der Wind die Segel, das Schiff legte ab und segelte aufs offene Meer hinaus. Im Traum wunderte sich der König nicht einmal darüber.

Nach einiger Zeit legte das Schiff vor einer solch zauberhaften Landschaft an, wie der römische König sie noch nie gesehen hatte. Am fernen Horizont ragten hohe Berge auf und schützten das Land wie einen Garten. Soweit das Auge reichte, erstreckten sich liebliche Hügel, und ein gewaltiger Fluß durchschnitt ein Tal, so grün wie ein kostbarer Edelstein. Auf einer Anhöhe erhob sich ein traumhaft schönes Schloß. Die Tore taten sich vor König Macsen von ganz allein auf, und er schritt durch den Schloßhof, bis er in einen großen Saal kam. An den Wänden hingen wertvolle Teppiche, und auf dem mit Edelsteinen ausgelegten Fußboden standen goldene Stühle an silbernen Tischchen. An einem saßen zwei junge Männer, starrten auf ein mit Gold und Silber ausgelegtes Schachbrett und waren so ins Spiel vertieft, daß sie den Gast gar nicht bemerkten. Da trat eine liebliche Jungrau in weißem Kleid in den Saal. Goldenes Haar umspielte ihr hübsches Gesicht, und sie war tausendmal schöner und anmutiger als die hübschesten römischen Frauen. Sie sah den Gast sogleich.

„Sei gegrüßt, mein Teurer!" rief sie mit glockenheller Stimme, lief lachend auf den König zu und warf sich an seine Brust, als hätte sie schon lange sehnsüchtig auf ihn gewartet.

Indem bellten die Hunde, die Pferde wieherten, und der König schrak aus dem Traum auf. Er mußte sich erst die Augen reiben, ehe er begriff, daß er wirklich auf der Lichtung lag, umgeben von seinem Jagdgefolge. Noch eben war er so glücklich gewesen wie noch nie in seinem Leben, und nun war er ganz verzweifelt, daß der Traum sich verflüchtigt hatte wie der Morgennebel. Er stieg auf sein Pferd, doch gab er ihm nicht die Sporen, sondern ritt langsam, Schritt für Schritt, in die Stadt zurück.

Seit dem Tag, da der König auf der Lichtung geträumt hatte, war er wie umgewandelt. Früher war er der Fröhlichste gewesen in froher Runde, jetzt ließ er sich kaum noch unter seinen Gästen sehen. Wenn alle zechten und sangen und sich vergnügten, da saß der König nur bedrückt herum und zog sich bald zurück. Er hoffte, wenigstens im Traum die schöne Jungfrau wiederzusehen, nach der er sich so sehr verzehrte, daß er Tag und Nacht nur noch an sie denken konnte. Doch er hatte ja keine Ahnung, wo das Land lag, zu dem ihn das Schiff gebracht hatte, wußte nicht, wo er sie suchen sollte. Dabei war er überzeugt, daß ihm ein so lebendiger Traum nicht ohne Grund erschienen war, und wartete auf ein Zeichen, das ihm sagen würde, wohin er sich wenden sollte.

Nach einiger Zeit sprach den König sein ältester Ratgeber an, der schon ein Vertrauter seines Vaters gewesen war.

„Mein König, uns alle bekümmert, daß du seit einiger Zeit so lustlos und traurig bist; du siehst weder Gutes noch Böses, bist unter uns und doch abwesend. Sage mir, was für eine Krankheit dich plagt, dann wird sich gewiß eine Arznei finden lassen."

„Ich bin nicht krank, und selbst wenn, gegen diese Krankheit gibt es kein Mittel."

„Woher willst du das wissen, mein Herr und Gebieter? In Rom

gibt es viele gute Ärzte, die können gewiß auch dein Leiden heilen. Du mußt uns nur sagen, was dich quält."

„Also gut! Rufe alle meine weisen Ratgeber aus dem ganzen Land zusammen, wir werden ja sehen, ob sie für mich eine Arznei finden, die mich wieder froh stimmt."

Als sich dann alle die weisen Männer von nah und fern im Thronsaal versammelt hatten, sprach der König sie also an: „Ihr habt mich immer gut beraten, so hört denn, was ich euch nun anvertraue! Auf der Jagd neulich träumte ich einen so lebendigen Traum, daß er einfach wahr sein muß." Und er erzählte von der wunderschönen Jungfrau in dem goldenen Schloß, die ihn wie den teuersten Menschen auf Erden begrüßt hatte, und fügte schließlich hinzu: „Solange ich sie nicht gefunden habe, komme ich nicht zur Ruhe, weder bei Tag, noch in der Nacht, kann ich weder Herrscher sein meinem Lande noch meinen Gefährten Freund."

Die weisen Männer berieten sich lange, wiegten bedenklich die Köpfe, und schließlich trat wieder der Älteste vor den König hin.

„Mein König, du wolltest unseren Rat hören. Nun denn, wir meinen, es wäre das beste, wenn du Boten in alle Himmelsrichtungen ausschickst; sie sollen ein Jahr lang nach dem goldenen Schloß in dem unbekannten Land suchen, in dem du im Traum gewesen. Da jederzeit einer der Boten mit froher Kunde zurückkommen kann, wird schon die Hoffnung dich ein wenig aufmuntern."

Der König befolgte den Rat, und schon bald zogen seine Boten in alle vier Himmelsrichtungen davon. Doch vergeblich war die Hoffnung gewesen, nach einem Jahr kehrten sie alle entmutigt und mit hängenden Köpfen zurück. Viele Länder hatten sie durchstreift, das Schloß und die blonde Jungfrau aber nirgends gefunden. Der König wurde krank vor Kummer und verlor alle Lust am Leben.

Und wieder war es der alte Ratgeber, der ihn tröstete.

„Mein König, warum gleich verzweifeln, weil der erste Versuch nicht den erwünschten Erfolg gebracht hat? Die Welt ist groß, und unsere Boten haben gewiß so manches nicht gewußt, was sie den richtigen Weg hätte finden lassen. Du solltest mit ihnen an jenen Ort gehen, wo du damals den lebendigen Traum geträumt hast. Bestimmt fällt dir dort wieder ein, was alles du gesehen hast, und deine Worte werden ihnen Wegweiser sein."

Der König war einverstanden. Er schöpfte wieder Hoffnung und damit auch neue Kraft und zog an der Spitze seines Gefolges zur Jagd. Sie fanden auch die Lichtung im Wald, wo der König damals geschlafen hatte, und ganz in der Nähe einen Bach.

„Vielleicht ist mir diesmal das Glück hold", seufzte der König. „Von dieser Stelle aus ritt ich bachaufwärts bis zur Quelle hoch oben in den Bergen. Genau über ihr ragt steil ein hoher Sattel zwischen schneebedeckten Gipfeln auf. Nur dort führt ein Pfad zwischen den Gletschern hindurch." Und so beschrieb er ihnen den ganzen Weg, den er im Traum zurückgelegt hatte, bis zu dem Hang, auf dem das goldene Schloß stand.

Bald darauf zog eine neue Gesandtschaft mit dem ältesten Ratgeber des Königs an der Spitze aus, immer bachaufwärts. Glücklich gelangten sie über das hohe Gebirge bis ins französische Königreich, und dort lag am Strand ein Schiff, ganz so, wie es ihnen König Macsen beschrieben hatte. Kaum war der letzte Mann an Bord gegangen, da blähten sich die Segel im Wind, und das Schiff segelte aufs offene Meer hinaus. Wie ein Pfeil flog es durch die Wellen bis in den Hafen in der Nähe des goldenen Schlosses. Nun konnten sich die Römer mit eigenen Augen überzeugen, was ihr König im Traum gesehen hatte. Sie gingen ins Schloß und blieben auf der Schwelle eines großen Saales stehen. Auch diesmal standen auf dem Fußboden aus edlen Steinen goldene Stühle an silbernen Tischen. An einem saßen zwei junge Spieler, ganz ins Spiel vertieft, und unweit von ihnen saß auf einem goldenen Thron der alte König und hämmerte kunstvolle Ornamente in weiches, rotes Gold. Zu seinen Füßen saß eine Jungfrau mit goldenem Haar, frisch wie der Morgentau und schön wie die Sonne. Als der älteste Ratgeber sie sah, da konnte er wohl verstehen, daß sein König ihretwegen den Kopf verloren hatte und Tag und Nacht nur noch an sie denken konnte.

Die Gesandten verneigten sich tief.

„Wir bringen euch unseren Gruß dar, edle Herren, und auch dich grüßen wir, künftige römische Königin", sprach der alte Ratgeber.

„Ich sehe, daß ihr Gesandte seid aus einem fernen Land", erwiderte die schöne Jungfrau. „Wir möchten euch gern empfangen, wie es sich gebührt. Aber erst sagt, warum ihr euch über mich lustig macht."

„Verzeih, edle Herrin, wir würden es nie wagen, uns über dich lustig zu machen. Wir sind durch die halbe Welt gereist, denn unser

Herr, der römische König, hat uns zu dir geschickt. Er hat dich im Traum gesehen, schöne Jungfrau, und seitdem findet er keine Ruhe mehr, kann ohne dich nicht leben. Darum sage, willst du uns nach Rom begleiten, um dort römische Königin zu werden, oder soll König Macsen zu dir kommen in diese ferne Land?"

„Ihr Herren, ich sehe nun, daß ihr mit ernsthaften Absichten gekommen seid. Aber ihr wißt ja selbst, der Traum ist wie ein Hauch, er entflieht schneller als ein Schmetterling. Wer weiß, ob euer König mich noch so liebt, wenn er mich wirklich sieht. Wenn alles so ist, wie ihr sagt, so wird er auch den weiten Weg nicht scheuen."

Die Gesandten ruhten sich in dem goldenen Schloß von der langen Reise aus und erfuhren dabei, daß es das Schloß König Eudavs von Wales sei, der überall seiner Weisheit und Tapferkeit wegen hoch geschätzt sei. Die blonde Jungfrau war seine Tochter Elen, und die beiden Schachspieler waren seine Söhne Kynan und Edeon, die noch nicht lange heimgekehrt waren.

Am anderen Tage empfahlen sich die königlichen Gesandten und eilten nach Hause. Sie gönnten sich keine Rast, weder bei Tag noch bei Nacht, bis sie endlich in der Ferne ihre Hauptstadt erblickten, die sich von einem Horizont zum anderen erstreckte.

König Macsen erwartete sie schon ungeduldig.

„Ich danke euch für eure Dienste", begrüßte er sie, als sie in den Thronsaal traten. „Geschwind, berichtet, ob ihr die Schöne im fernen Land gefunden habt und was sie und ihr Vater mir ausrichten lassen. Und zögert nicht, auch den Lohn zu nennen, den ihr für eure Mühe verlangt. Wenn ihr sie aber nicht gefunden habt, so laßt mich schlafen, vielleicht erscheint sie mir im Traum."

„Wir haben sie gefunden, mein König", antwortete der alte Ratgeber. „Sobald du wünschst, begleiten wir dich zu ihr, ziehen mit dir über Berg und Tal und das weite Meer, denn so lautet der Wille der Königstochter Elen aus Wales. Wir wünschen nichts sehnlicher, als sie an deiner Seite zu sehen, denn wir können uns keine würdigere römische Königin vorstellen."

Was Wunder, daß nach diesen Worten König Macsen aufsprang und sogleich alles zur Reise rüsten ließ. Aus seiner Schatzkammer wählte er die schönsten Juwelen, kostbare Stoffe, Getränke und Bücher, beaufsichtigte persönlich das Beladen der Packpferde. Und dann setzte sich ein langer, prächtiger Zug in Bewegung. Als sie in

Frankreich ankamen, da wartete dort schon im Hafen das Schiff mit dem goldenen Deck und der silbernen Reling und trug sie mit Windeseile hin zur Küste des Inselkönigreiches.

König Macsen weinte Freudentränen, als er auf dem Hang die Dächer des goldenen Schlosses in der Sonne funkeln sah.

„Das ist das Land, das ich im Traum geschaut!" rief er überglücklich und konnte es gar nicht erwarten, in den Thronsaal zu treten. Dort war alles genauso wie damals im Traum: Auf dem Fußboden aus Edelsteinen standen goldene Stühle an silbernen Tischen, und an einem saßen zwei junge Männer, ganz ins Schachspiel vertieft, und der alte König fertigte wieder kostbaren Schmuck. Die Prinzessin zu seinen Füßen hob den Kopf und lächelte den Eintretenden freundlich zu.

„Ich grüße dich, römische Königin, und auch euch bringe ich meinen Gruß dar, edle Herren", sprach König Macsen leise.

Die Jungfrau erhob sich, lief ihm entgegen und umarmte ihn, und Macsen wußte nicht, träumte er wieder oder war es Wirklichkeit.

Am nächsten Tag sprach König Eudav zu seinem künftigen Schwiegersohn: „Mein Sohn, ich habe eine Bitte. Ich bin alt, und meine Söhne sind noch halbe Knaben. Ich würde es begrüßen, wenn ihr noch einige Zeit hierbleibt und nach der Hochzeit unser Land bereist, um euch mit eigenen Augen zu überzeugen, wo noch mehr tapfere und kluge Männer vonnöten sind, damit überall Ruhe und Ordnung herrscht und die Menschen in Frieden und Eintracht leben können. Während du diese schwere Aufgabe ausführst, können meine Söhne von dir alles lernen, was ein guter König wissen muß. Dann werde ich die Gewißheit haben, dereinst mit leichtem Herzen Abschied nehmen zu können von dieser Welt, und du kannst nach Rom zurückkehren. Dort wirst du nicht so nötig gebraucht wie hier."

Auch darauf ging König Macsen ein, und sieben Jahre zog er landauf, landab durch ganz Wales, kämpfte hier mit seinen Mannen gegen den Feind, führte so manche Neuheit ein und lernte selbst auch vieles hinzu.

Oft saß er im Kreise weiser Ratgeber, dann wieder ging er auf die Jagd, und so vergingen ihm an der Seite der schönen Elen die Monate schneller als einst in Rom die Tage.

Als König Macsen so lange nicht nach Rom zurückkehrte, setzte man dort einen neuen König ein. Und der neue Herrscher schrieb sogleich eine Botschaft an den alten. Darin stand nur, der ehemalige König sollte sich nicht unterstehen, je wieder nach Rom zurückzukehren, sonst erginge es ihm schlecht! Die Botschaft schickte der neue König mit einem schnellen Boten nach Wales. Als König Macsen sie las, lief er rot an vor Zorn und zerriß das Schreiben.

Noch am gleichen Tag versammelte König Macsen seine Getreuen um sich, nahm Königin Elen an der Hand, verabschiedete sich von dem alten König und seinen Schwägern und bestieg das Schiff nach Frankreich. Von dort eilte er über Berg und Tal, bis er schließlich vor den festen Mauern Roms sein Lager aufschlug. In der Stadt herrschte Angst, niemand wagte, König Macsen die Tore zu öffnen und ihn so zu begrüßen, wie es sich gehört, wenn der Herrscher von langer Reise heimkehrt. Fast ein Jahr belagerte Macsen Rom, denn er wollte, daß seine Römer ihm selbst die Tore öffneten, wollte kein Blutvergießen, keinen Bruderkampf. Die Kunde davon drang bis nach Wales, und von Stund an fanden die jungen Prinzen Kynan und Edeon nicht eher Ruhe, als bis sie mit ihren besten Soldaten dem Schwager zu Hilfe eilen konnten.

Eines Abends wuchsen in der Nähe vom Feldlager König Macsens Soldatenzelte empor wie Pilze nach dem Regen.

„Was soll denn das bedeuten?“ sorgte sich der König.

„Ich glaube, meine Brüder sind uns zu Hilfe gekommen“, beruhigte ihn die Königin. Im Morgengrauen nahm sie ein schnelles Pferd und ritt hin, um sich zu überzeugen. Man kann gar nicht beschreiben, wie sehr sich die Brüder freuten, als sie ihre Schwester gesund und munter wiedersahen.

„Schwager, führ uns an eine Stelle, von wo aus wir unbemerkt die römischen Soldaten und das Leben in der Stadt beobachten können“, baten sie Macsen, als sie sich begrüßt hatten.

Am Abend kehrten die beiden Prinzen so vergnügt ins Lager zurück, als hätten sie bereits eine Schlacht gewonnen. In der Nacht maßen sie die Mauern um die Stadt aus, schickten dann Holzfäller und Zimmerleute in den Wald und befahlen ihnen, für die Soldaten Leitern zu zimmern. Macsen schüttelte nur verwundert den Kopf.

„Weißt du Schwager“, erklärten die Prinzen, „wir haben da etwas Wunderliches gesehen, das uns sehr zupaß kommt. Gegen Mittag, wenn du und der andere, der sich selbst zum römischen König ernannt hat, euch mit Speise und Trank stärkt, verstummt alles Leben in der Stadt. Auch die Befehlshaber ruhen, und die Soldaten schlafen. Das ist unsere Stunde – und wir werden sie wahrlich nicht ungenutzt verstreichen lassen.“

Am Morgen stärkten sich die Waliser kräftig, und dann warteten sie nur noch. Als die Sonne am Himmel die Mittagsstunde anzeigte, zogen sich die Befehlshaber in der Stadt und auch in Macsens Feldlager an ein kühles Plätzchen zurück. Aller Trubel legte sich, und bald herrschte überall Ruhe, nur in den Schanzen vor der Stadtmauer nicht. Dort legten die Waliser Krieger leise ihre Leitern an und kletterten katzengleich hinüber. Ehe die verschlafenen römischen Soldaten überhaupt dazu kamen, nach den Waffen zu greifen oder sich mit ihren Schilden zu decken, da waren die Befestigungsanlagen schon in den Händen der Waliser, und bis zum Abend hatten diese die ganze Stadt genommen.

„Lieber Schwager und römischer König, wir übergeben dir deine Stadt, und du kannst wieder die Herrschaft antreten über dein mächtiges Reich“, verkündeten am nächsten Morgen die beiden Prinzen in Macsens Lager.

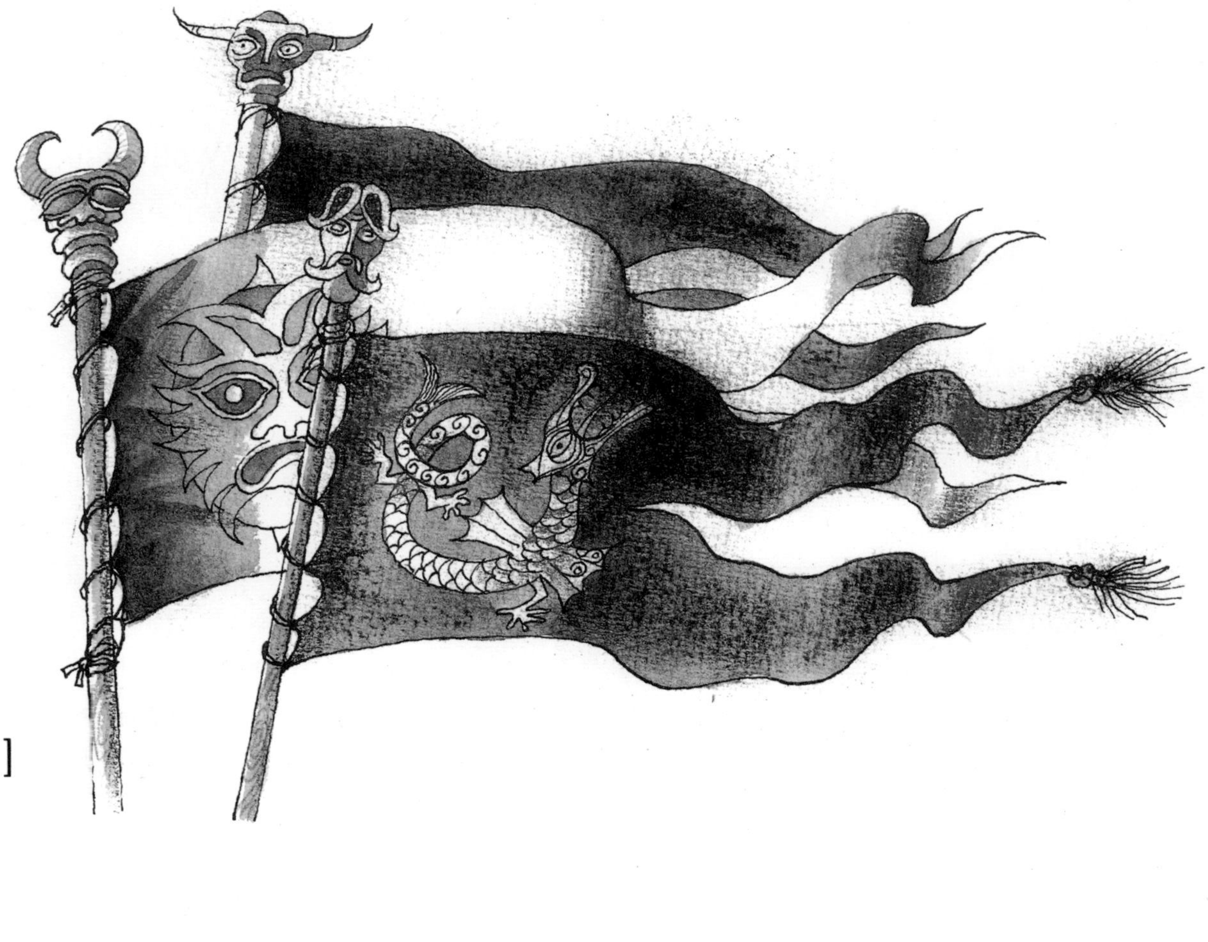

König Macsen und seine Frau dankten den jungen Prinzen von Herzen, und der Jubel in ihrem Lager wollte kein Ende nehmen. In der befreiten Stadt wurden sie mit Blumen empfangen, und der Wein floß in Strömen.

Als die königlichen Brüder von der Schwester und dem Schwager Abschied nahmen, fragte König Macsen sie: „Sagt mir ehrlich, meine Retter, warum seid ihr allein in den Kampf um die Stadt gezogen und habt mich im Lager ruhen lassen, als sei ich ein kraftloser Greis und wüßte nicht mit der Waffe umzugehen?"

„Nur deshalb, weil das keine Arbeit für dich war, sondern für die Waliser", antwortete Prinz Kynan. „Dir mußten sich die römischen Tore von innen auftun, und so geschah es auch. Die Stadt hat dich mit Gesang, Blumen und Wein empfangen, nicht mit Waffengeklirr."

„Ihr habt die Stadt befreit, und wir sind euch Dank schuldig", erklärte König Macsen. „Darum nehmt als Zeichen meiner Achtung und brüderlichen Liebe meine Leibgarde mit euch. Sie hat mir in der Fremde treue Dienste geleistet und wird auch euch aufrichtig dienen."

Lange, wer weiß wie lange, zogen die Prinzen Kynan und Edeon durch die Welt, das Leben in vielen Ländern kennenzulernen. Sie selbst zählten die Monate nicht, nur die guten Taten. So manches Unrecht rächten sie mit dem Schwert, halfen anderswo mit einem guten Wort, bis schließlich Edeon vom Heimweh übermannt wurde.

„Bruder, wir sind genug herumgewandert, haben die Welt kennengelernt und viel Gutes vollbracht, laß uns heimkehren!"

Kynan aber schüttelte den Kopf.

„Es geht uns hier doch gut, und nichts fehlt uns. Solange unser Vater noch gesund und kräftig ist, braucht man uns zu Hause noch nicht."

Zum ersten Mal im Leben nahmen die Brüder voneinander Abschied und trennten sich für lange Zeit. Edeon bestieg mit seinen Mannen ein Schiff und kehrte nach Hause zurück. Nach des Vaters Tod wurde er König von Wales, und unter seiner klugen Herrschaft war sein Land in der ganzen Welt geachtet. Kynan blieb für immer dort, wo es ihm am meisten gefiel, und seit der Zeit nennt man jene Gegend Bretagne. Und König Macsen lebte mit Königin Elen glücklich und zufrieden in Rom bis ans Ende seiner Tage. Keine Königin kam der schönen Elen aus Wales gleich, deren Schönheit und Güte strahlten wie ein Edelstein in goldener Fassung. Und solange König Macsen lebte, herrschte zwischen seinem Reich und Wales auf der fernen Insel Frieden und Eintracht, und wo immer Römer und Waliser aufeinander trafen, da blieben die Schwerter in der Scheide stecken.

Wie die Korigane ihre Schätze trockneten

In alten Zeiten kamen die Heinzelmännchen — die Korigane, wie man sie in der Bretagne nannte — des Nachts gern in die Häuser der Menschen, ja selbst in die stolzen Schlösser. Sie kletterten durch die Esse, schlüpften durch schmale Ritzen und Mauerspalten und halfen guten Leuten, die ihnen etwas zu essen und ein Schüsselchen Milch hinstellten. Aber sie spielten manchem auch einen Schabernack. So streuten sie hin und wieder über Nacht Gold aus ihren unterirdischen Schätzen am Strand aus. Am Morgen liefen die Menschen zusammen, sammelten mühselig alles bis zum letzten Stück auf — oft mußten sie dabei in unzugängliche Felsspalten klettern, wo nicht einmal die Vögel nisteten, oder sie gruben ganze Sanddünen um und freuten sich wie Kinder über jedes Körnchen Gold im Korb oder im Beutel. Ja, es konnte sogar geschehen, daß sie sich dabei in die Haare gerieten und zerschunden und zerschlagen nach Hause kamen, um Türen und Fenster dicht zu machen, damit niemand sehe, wieviel sie erbeutet hatten. Doch wenn sie dann über dem Tisch ihre Körbe oder Beutel leerten, da fielen nur nasse Kieselsteine und Meeressand heraus. In dem Augenblick konnte man mit Sicherheit aus der Esse ein Kichern hören — das waren die Heinzelmännchen, die sich ausschütten wollten vor Lachen.

Die enttäuschten Schatzsucher seufzten dann nur: „O weh, recht geschieht uns! Das Gold der Korigane taugt nichts!"

Aber guten Menschen, die auch in schlimmen Zeiten immer ein Stück Brot für sie übrig hatten und eher selbst gedarbt hätten, als ihre Kühe und Pferde hungern zu lassen, denen schenkten die Korigane auch echtes, klingendes Gold.

So lebten Korigane und Menschen einträchtig miteinander, bis einmal große Not über das ganze Land kam. Die Ärmeren hatten bald selbst nichts mehr zu essen, noch weniger für ihr Vieh. Die Reicheren verkauften die guten Kühe und Pferde auf dem Markt und kauften sich dafür Esel. So ein Langohr begnügte sich mit Unkraut und Disteln vom Feldrain und konnte dabei solche Lasten tragen,

daß es selbst darunter ganz verschwand und man von weitem glauben konnte, Reisighaufen oder volle Säcke wanderten allein über die Straße. Nun, dieserart konnten sich die reicheren Bauern wenigstens einigermaßen über Wasser halten. Die Korigane aber konnten — wer weiß warum — Esel nicht ausstehen, und dort, wo man welche hielt, ließen sie sich nicht mehr blicken. Sie halfen nicht mehr, die Kühe zu striegeln und zu versorgen, so daß diese immer weniger Milch gaben und alle über die schlimmen Zeiten jammerten. Am schlimmsten aber waren — wie immer — die Armen dran, wenn sie ihre einzige Kuh oder ihr Pferd für billiges Geld verkaufen mußten. Dann blieb ihnen bald nur noch der Bettelstab, wenn sie nicht verhungern wollten.

„Wir werden noch betteln gehen müssen!" seufzte der Bauer Calvez genauso wie seine Nachbarn. „Ich sehe keinen Ausweg mehr, wenn wir nicht morgen unsere Stute auf dem Markt verkaufen."

„Vater, irgendwie werden wir es schon schaffen, ohne die Stute zu verkaufen, ich treibe sie ja jede Nacht auf die Weide, und tagsüber kann ich sicher in der Mühle oder auf den großen Gütern ein paar Groschen verdienen. Ohne Pferd sind wir noch schlimmer dran als jetzt!" wandte der älteste Sohn ein.

Der Bauer stützte nur schwer den Kopf in die Hände, und der Bursche führte mit Kummer im Herzen das Pferd auf die Flur. Die ganze Nacht tat er kein Auge zu, suchte die ganze Gegend ab nach etwas Gras. Unterhalb des alten Schlosses blieb der Jüngling plötzlich wie angewurzelt stehen. Auf der Wiese, auf die schon die ersten Sonnenstrahlen fielen, glitzerte es von Gold, daß ihm die Augen brannten von all dem Glanz. Die Korigane waren gerade dabei, aus ihren unterirdischen Wohnungen ganze Säcke voll Gold heraufzutragen und es in der Morgensonne zu trocknen.

„Was willst du, was stehst du hier herum?" fuhr ihn da eines der kleinen Männchen an.

„Nichts, ich treibe nur die Stute von der Weide heim", antwortete der Bursche erschrocken. „Aber wenn ihr so gut sein wolltet, mir wenigstens ein einziges Goldstück zu schenken, damit wir unsere Stute nicht verkaufen müssen, glaubt mir, wir werden es euch nie vergessen."

Der Korigan maß ihn von Kopf bis Fuß.

„Von mir aus", sagte er nach einer Weile, „aber nicht, daß ihr dann die Stute verkauft und euch einen Esel in den Stall stellt!“

Mit einem kleinen Rechen harkte er geschickt ein Häuflein Goldstücke zusammen und schüttelte sie dem Burschen in seine Mütze.

In Calvez’ Haus weinte man Freudentränen, als der Sohn mit dem Geschenk der Korigane heimkam. Vater und Sohn gingen sogleich mit einem Goldstück zur Mühle, wo sie Mehl kaufen wollten, während die Bäuerin unterdessen den Backofen anheizte, um Brot zu backen.

Der Müller schüttelte erstaunt den Kopf, als er das Gold in Calvez’ Hand sah und auch die Stute vor der Mühle.

„Woher hast du das Geld, wenn du dein Pferd noch nicht verkauft hast?“ fuhr er den Bauern an. „Gib’s zu, du bist unter die Räuber gegangen!“

Calvez und sein Sohn hatten ja nichts zu verbergen, und so erzählte der Bursche dem Müller, wie er zu dem Gold gekommen war. Der Müller wiegte nur den Kopf und wartete, nachdem die beiden gegangen waren, ungeduldig auf die Nacht. Bei Morgengrauen, als der Hahn in der Mühle das dritte Mal krähte, lauerte der Müller schon unterhalb des alten Schlosses, ob sich die Korigane wieder mit ihren Schätzen zeigen würden. Er hatte ein Pferd mitgebracht und sich zwei große leere Säcke unter den Arm geklemmt. Und da kamen die Heinzelmännchen wirklich wie Ameisen aus ihren unterirdischen Gängen hervor und schleppten schwere Körbe und Säcke, unter deren Last sie fast zusammenbrachen. Der Müller muckste sich nicht, um sie nicht zu verscheuchen. Da blieben die kleinen Leutchen plötzlich stehen, und der Älteste, das Haar weiß wie Schnee, fuhr den Müller böse an: „Was hast du hier zu suchen, was stehst du hier herum, läßt uns nicht in Ruh!“

„Ach bitte, zürnt mir nicht“, tat der Müller zerknirscht, „ich wollte euch ja nur um ein bißchen Gold bitten, weil wir doch alle so schrecklich in Not sind.“

Da wurde der alte Korigan so zornig, daß seine Augen Funken sprühten.

„Wie kannst du es wagen, uns vorzulügen, daß du Not leidest? Warte nur, gleich bekommst du dein Gold, soviel du nur tragen kannst!“

Und ehe sich’s der Müller besann, da tanzten Stöcke auf seinem Rücken. Die Heinzelmännchen prügelten ihn windelweich. Dann führten sie sein Pferd weg, füllten die beiden Mehlsäcke mit schweren Steinen, luden sie ihm auf den Rücken und jagten ihn nach Hause.

Mehr tot als lebendig schleppte sich der Müller heim. Den ganzen Weg bis zur Mühle konnte er die schweren Säcke nicht abwerfen, als wären sie auf seinem Rücken festgewachsen. Eine ganze Woche mußte er das Bett hüten, und auch dann humpelte er nur in der Mühle herum.

In Calvez' Haus aber hielt von nun an nie wieder die Not Einkehr. Die Korigane führten jede Nacht die Stute auf die Weide, ritten sie zu und bürsteten und striegelten sie, daß ihr Fell glänzte wie rotes Gold. Erst dann tranken sie die Milch aus, die ihnen die Bäuerin jeden Abend hinstellte, und ließen sich das knusprige, frische Brot schmecken. Kein Wunder, daß bei solcher Hilfe der junge Calvez bald die besten Pferde weit und breit im Stall hatte und das Glück ihm aus jedem Winkel zulachte.

Fingerhut und die Elfen

In einem stillen Tal, ein Stück oberhalb des Dorfs, lebte einst ein armer junger Korbflechter. Daß er arm war, das machte ihm die wenigste Sorge, denn er hatte geschickte Hände und verstand sein Handwerk. Niemand weit und breit konnte so schöne Körbe, Wiegen, Stühle und Bienenstöcke flechten wie er. Viel mehr bekümmerte ihn, daß ihm, seit er als Kind eine hohe Treppe hinabgefallen war, auf dem Rücken ein Buckel wuchs. Die Kinder zeigten mit dem Fin-

ger auf ihn und schrien ihm „Fingerhut! Fingerhut!" hinterher, weil im Sommer stets ein Stengel blühenden Fingerhuts an seinem Hut steckte und die roten Blütenglöckchen lustig über seinem Kopf baumelten. Aber viele fürchteten den Buckligen auch, sagten, daß die Zwerge Fingerhutglöckchen als Kopfbedeckung trügen und daß man vor dem Korbflechter auf der Hut sein müsse, denn sicher hätten die Blumen an seinem Hut etwas zu bedeuten. Und damit tat man ihm zutiefst Unrecht, denn der gutmütige Bursche hätte keiner Fliege etwas zuleide tun können.

Den Korbflechter schmerzte der Hohn der Kinder so sehr, daß er, wenn er auf den Jahrmarkt mußte, immer schon im Morgengrauen aufbrach und erst am späten Abend zurückkehrte, wenn die kleinen Quälgeister schon schliefen.

So war er wieder einmal in der Nacht unterwegs vom Markt und bog ein Stück vor dem Dorf von der Straße in einen Feldweg ein. Von dem Trubel in der Stadt und dem langen Weg war er so müde geworden, daß er sich kaum noch auf den Beinen halten konnte, als er an einem ausgetrockneten Bach vorbeikam. Der Bach führte nur Wasser, wenn es regnete, dennoch wuchs hier stets hohes, saftiges Gras, selbst im trockensten Sommer. Kein Wunder, daß diese Stelle den Korbflechter zum Ausruhen verlockte. Er setzte sich hin, stützte das Kinn auf die Knie und sah traurig zu, wie der Mond aufging. Indem glaubte er eine leise Musik zu vernehmen. Erst meinte er, er habe sich getäuscht, aber dann hörte er ganz deutlich aus dem nahen Gebüsch ein lustiges Lied. Er lauschte aufmerksam, denn er hatte noch nie etwas derartiges gehört.

Es waren viele zarte Stimmchen, die da sangen, und alle wiederholten sie immer wieder die gleichen Worte:

„Montag, Dienstag,
Montag, Dienstag . . ."

Das sangen sie auf alle mögliche Weise, mal langsam, mal schneller, mal hoch und mal tief, bis sie für einen kurzen Augenblick verstummten, um wieder von vorn anzufangen.

Unser Bursche hielt den Atem an, um die Sänger nicht zu verscheuchen. Schließlich begann er leise mitzusummen, und als der Gesang kurz verstummte, da konnte er sich nicht mehr zurückhalten und fiel mit heller Stimme ein:

„. . . und Mittwoch,

und Donnerstag . . .“

Als die Elfen den jungen Korbflechter singen hörten, da waren sie ganz begeistert, daß er so harmonisch in ihren Gesang eingestimmt hatte. Sie kamen unter dem Gebüsch hervorgelaufen, umringten ihn, klatschten, tanzten und sprangen um ihn herum und zogen ihn schließlich mit sich unter die Erde, damit er sich mit ihnen vergnüge und sie mit seinem Lied erfreue. Der Bursche ließ alles mit sich geschehen, und im Nu war er in ihrem unterirdischen Palast. Ach, war das eine Pracht! Tausende Lichter brannten, und der ganze Palast strahlte von Gold und Silber, daß ihm die Augen übergingen von all dem Glanz. Die Elfen waren in rote Seide gekleidet und trugen rote Mützen auf dem Kopf, ganz wie die Blüten des Fingerhuts. Sie setzten den schüchternen Jüngling an den Tisch, bewirteten ihn vorzüglich, und als er sich ein wenig umgeschaut hatte und etwas wärmer geworden war, fingen sie wieder zu singen an. Immer, wenn sie mit ihrem „Montag, Dienstag“ zu Ende waren, fiel er mit heller Stimme ein: „. . . und Mittwoch, und Donnerstag.“ Ein solches Vergnügen hatten selbst die ältesten Elfen nicht erlebt. Schließlich dankte der Elfenkönig unserem Korbflechter für seinen Besuch bei ihnen und fragte ihn, ob er ihm nicht einen Wunsch erfüllen könne.

„Ich habe nur einen Herzenswunsch“, antwortete der junge Korbflechter. „Aber den kann mir niemand erfüllen.“

„Sprich ihn ruhig aus“, bedeutete ihm der Elfenkönig freundlich.

„Ich will keinen Buckel mehr haben!“

Der Elfenkönig schlug ihm auf den Buckel und danach auch alle Sänger im Palast. Nach jedem Schlag wurde ihm leichter, und als er sich erstaunt umblickte, da sah er auf der Erde zu seinen Füßen den Buckel liegen. Er blinzelte mit den Augen, denn er glaubte, das alles nur zu träumen, vor Glück wurde ihm schwindlig, und im gleichen Augenblick schlief er tief und fest ein.

Die helle Sonne weckte Fingerhut. Er schaute sich um und sprang auf, als er merkte, daß er im Gras eingeschlafen war. Ach, wie leicht sprang er auf ohne den häßlichen Buckel! Er jauchzte vor Freude, tanzte wie ein übermütiges Füllen über die Felder und konnte es noch immer nicht fassen, daß er gesund war und sein Rücken gerade wie ein Brett. Als die Leute im Dorf ihn sahen, wollten sie ihren Augen nicht trauen. Aus dem buckligen Korbflechter war ein stattlicher Jüngling geworden.

Die Nachricht von dem geheilten Buckligen hatte sich bald in der nahen und fernen Umgebung herumgesprochen. Bei Herren und Dienern, bei Arm und Reich, nirgends war von anderem mehr die Rede. Und viele mochten's gar nicht glauben.

Einmal saß der Korbflechter vor seiner Hütte bei der Arbeit und pfiff dabei vergnügt vor sich hin. Da blieb ein fremdes Weiblein vor ihm stehen und fragte ihn, ob er ihr nicht sagen könne, wo der Bursche wohne, der noch vor kurzem einen Buckel gehabt hätte.

„Hier", antwortete der Korbflechter. „Ich bin der, den du suchst."

Die Alte starrte ihn ungläubig an, maß den stattlichen, hübschen Burschen von Kopf bis Fuß und verriet ihm dann, warum sie ihn suchte: Der einzige Sohn ihrer Schwester sei auch bucklig, und das mache ihnen allen großen Kummer. Wenn der Korbflechter ihnen verraten würde, wie er seinen Buckel losgeworden sei, so würden sie ihm dafür gern alle ihre ersparten Silbergroschen geben.

„Ich brauche euer Geld nicht, ich sage es jedem, der es hören will!"

Und der gutmütige Bursche erzählte dem Tantchen alles von Anfang bis Ende. Die Frau bedankte sich und eilte geschwind nach Hause, um ihren Buckligen recht schnell an jenen Ort zu schicken, wo der Korbflechter den Gesang der Elfen gehört hatte.

Nun hatte aber dieser zweite Bucklige nicht nur eine verkrüppelte Gestalt, sondern auch eine verkrüppelte Seele. Als er hörte, daß er so weit gehen sollte, da schimpfte und jammerte er so lange, bis ihn die zwei Weiblein in einen Wagen setzten, sich selbst davorspannten und ihn direkt zu dem Bach fuhren. Und es machte ihm gar nichts aus, daß sie dabei vor Anstrengung fast umfielen. Er setzte sich ins Gras, stopfte sich mit Brot und Rauchfleisch voll, und als er keinen Gesang hörte, da schimpfte er vor sich hin, daß er mit seinem häßlichen Geschrei beinahe die Elfen verscheucht hätte. Schließlich verstummte er doch, und da hörte er aus der Erde leisen Gesang. Die Elfen sangen aber diesmal noch viel, viel schöner als damals, denn ihr Lied war ja viel länger.

Und es klang so:

„Montag,
Dienstag
und Mittwoch

und Donnerstag . . ."

Nach einer Weile sangen sie das Lied wieder von vorn, und dann noch einmal. Länger konnte der ungeduldige Bucklige es nicht mehr aushalten. Er gröhlte so laut, daß die Sträucher zitterten: „Freitag, Sonnabend, Sonntag!"

Vielleicht glaubte er, je lauter er sang und je mehr Worte er ihrem Lied hinzufügte, um so freigebiger würden die Elfen sein und ihm nicht nur einen geraden Rücken und einen neuen Anzug geben wie dem Korbflechter, sondern einen vollen Geldbeutel noch obendrein.

In dem Augenblick verstummte die Musik, als hätten die lauten Worte den Spielern alle Saiten zerrissen. Aus der Erde kamen Elfen gelaufen und umringten ihn. Doch sie luden ihn nicht ein, mit in ihren Palast zu kommen und sie mit seinem Lied zu erfreuen.

„Was suchst du hier, du Nichtsnutz? Was gröhlst du durch die Nacht und störst unser Fest?" schimpften die Elfen.

„Haltet den Mund!" fuhr der Bucklige sie an. „Ihr gröhlt, nicht ich! Wer soll sich denn euer ewiges Montag, Dienstag, Mittwoch und Donnerstag anhören?"

Nun wurden die Elfen erst recht zornig. Sie liefen unter die Erde zurück, schleppten den Buckel des Korbflechters herauf und klebten ihn dem erschrockenen Burschen auf den Rücken, so daß er nun statt eines Buckels zwei hatte.

Am Morgen fanden die beiden Weiblein ihn mehr tot als lebendig. Sie fuhren ihn nach Hause und schimpften den ganzen Weg über auf die Elfen und auch auf unseren Korbflechter Fingerhut. Aber das half auch nichts. Was geschehen war, war geschehen.

Wie Janet die Elfenkönigin besiegte

Einst lebten die Elfen nicht nur unter der Erde, von wo sie des Nachts heraufkamen, um auf abgelegenen Lichtungen zu singen und zu tanzen oder auch fröhliche Feste zu feiern, nein, vor langen, langen Zeiten hatten sie ihre eigenen Wälder und Wiesen, die kein fremder Fuß betreten durfte. Damit keiner ihre Ruhe und ihren Frieden störte, hatten die Elfen ihre eigenen Ritter, die sie gegen jede Gefahr schützten. Und vor diesen Rittern fürchteten sich die Menschen am meisten, denn sie straften jeden Ruhestörer hart. Sie setzten ihn im Sumpf aus, aus dem er erst nach Tagen herausfand, oder

in dichtem Dornengestrüpp, so daß er ganz zerkratzt und zerstochen nach Hause kam. Und niemand konnte wissen, was sich die Elfenritter das nächste Mal würden einfallen lassen, um alle abzuschrecken, die den Frieden der Gebieter der Unterwelt stören wollten. Die Elfen selbst ließen sich oft durch ein gutes Wort oder ein Lied erweichen, ihre Ritter aber sollten, so sagte man, ein hartes Herz haben.

Kein Wunder also, daß nur die Mutigsten der Mutigen sich in den Wald von Carteraugh wagten, denn es war ein beliebter Versammlungsort der Elfen von nah und fern.

Einmal verlief sich in diesen Wald auch die hübsche Janet vom nahen Schloß. Sie pflückte hier eine Glockenblume, dort einen Farnzweig und merkte gar nicht, wie sie immer weiter in den Wald hinein geriet, bis sich vor ihr eine Lichtung auftat, auf der ein blühender Schlehdorn stand. Sie lief zu dem Strauch hin und brach vorsichtig ein Zweiglein mit drei Blüten ab. Und dann erschrak sie fast zu Tode, als hinter ihr eine harte Stimme ertönte und jemand sie so streng anfuhr, wie noch keiner mit ihr geredet hatte:

„Wie kannst du es wagen, Mädchen, im Wald der Elfen Blumen zu pflücken!"

„Ach verzeih, ich wußte nicht, daß ich schon im Elfenwald bin."

„Ich bin der Wächter dieses Waldes und muß Tag und Nacht dafür sorgen, daß niemand seine Ruhe stört", sagte der junge Ritter in milderem Ton und konnte dabei den Blick nicht von Janet losreißen.

„Aber fürchte dich nicht, ich tue dir gewiß nichts zuleide", fügte er nach einer Weile hinzu, und wie zum Beweis brach er drei blühende Zweige ab und reichte sie dem Mädchen.

„Sag, wer bist du, und wie heißt du?" fragte Janet. „Du bist gar nicht so, wie man von den Rittern der Elfen erzählt."

„Ich heiße Tam und bin der Hüter dieses Waldes. Und wie heißt du?"

„Janet. Ich wollte nur etwas spazierengehen und habe gar nicht bemerkt, wie weit ich gegangen bin. Strafe mich nicht, Tam", bat das Mädchen, „ich habe ja nichts Böses getan. Ich habe schon von dir gehört, man sagt, du bist der berühmteste Ritter der Elfenkönigin."

Tam lachte plötzlich.

„Hab keine Angst, dir könnte ich nichts zuleide tun, selbst wenn ich wollte. Du kannst ruhig die Rosen von mir annehmen, denn ich bin kein Elf, ich bin hier auf der Erde geboren, genauso wie du."

Und dann berichtete der Jüngling dem staunenden Mädchen, wie seine Eltern gestorben waren, als er noch ganz klein war, und wie er dann bei seinem Großvater aufwuchs. Als er zwölf Jahre alt war, erlaubte ihm der Großvater nach langem Bitten, zum ersten Mal mit auf die Jagd zu gehen. Es war damals ein eiskalter Morgen, und der junge Jäger war bald so durchfroren, daß er nicht mehr Schritt halten konnte mit den anderen. Niemand bemerkte, wie er zurückblieb und schließlich vom Pferd stürzte, weil er die Zügel nicht mehr in den klammen Händen halten konnte. Als er aus seiner Ohnmacht erwachte, da war er schon im Reich der Elfen. Die Elfenkönigin hatte ihn entführt, als er besinnungslos unter einem Baum lag.

„Seitdem bin ich verwunschen, bin in der Gewalt der Elfen. Ich kann nicht mehr unter die Menschen zurückkehren und höre nur auf die Befehle der Elfenkönigin“, fügte Tam hinzu.

Janet fühlte großes Mitleid mit dem Jüngling, um so mehr, da sie selbst ja noch nie Böses auf der Welt erfahren hatte.

„Und kann man dich nicht aus dem Elfenreich befreien?“ fragte sie.

„Schwer, sehr schwer läßt sich die Macht der Elfen brechen, und wer es dennoch versuchen wollte, der würde von ihnen viel zu erdulden haben“, seufzte Tam.

Doch das Mädchen sprach so lange auf ihn ein, bis Tam ihr schließlich verriet: „Gerade heute um Mitternacht ist die Zeit, da ein tapferes Menschenkind mich retten könnte. Der ganze königliche Hof reitet heute Nacht durch den Wald zu einer alten, verlassenen Burg, den Sommer zu begrüßen. Wenn mir auf diesem Weg niemand hilft, muß ich ein weiteres Jahr der Elfenkönigin dienen.“

Das war genau das, was Janet hören wollte. Nun brauchte sie nur noch zu wissen, was sie tun müsse, um den Jüngling zu erlösen.

Tam faßte das Mädchen bei der Hand.

„Janet, tu es nicht! Glaube mir, jeder erschrickt zu Tode vor dem Grauen, mit dem die Elfen die Menschen einschüchtern. Nur jemand, der sich vor nichts auf der Welt fürchtet und mich festhält, was immer auch geschieht, könnte die Elfenkönigin besiegen.“

„Wenn es weiter nichts ist!“ lachte Janet. „Ich habe keine Angst, du mußt mir nur sagen, was ich tun soll.“

Nach und nach verriet Tam ihr alles, was er den Elfen abgelauscht hatte.

„Wenn du mich wirklich erlösen willst, so warte um Mitternacht am Kreuzweg, bis du Pferde nahen hörst. An der Spitze des Zuges reitet die Königin mit ihrem engsten Gefolge, vor der mußt du dich gut verstecken, damit sie dich nicht entdeckt. Auch den zweiten Reitertrupp laß noch vorbeireiten, aber wenn der dritte kommt, so gib gut acht! Ich werde auf einem schneeweißen Hengst reiten und ein goldenes Stirnband tragen, daran erkennst du mich. Wenn ich auf gleicher Höhe mit dir bin, mußt du aus deinem Versteck springen, das Pferd am Zügel packen und mich aus dem Sattel ziehen und festhalten. Und du darfst die ganze Zeit über keinen Laut von dir geben, denn sonst bin ich wieder verloren."

Bis Mitternacht war es noch weit, aber Janet wartete schon am Kreuzweg, in einem Gebüsch versteckt. Die Kälte drang ihr bis unter die Haut, die Angst schnürte ihr fast die Kehle zu, aber sie rührte sich nicht, hockte in ihrem Versteck, als sei sie mit der Erde verwachsen.

Endlich hörte sie von fern Hufschläge, und bald danach funkelten ein silberner Sattel und silbernes Zaumzeug durch die Nacht. Stolz saß die Elfenkönigin, ganz in grüne Seide gekleidet, auf ihrem Rappen, und hinter ihr ritt ein ganzer Zug von Elfen. Janet hielt den Atem an, um sich ja nicht zu verraten. Auch als der zweite Reitertrupp vorüberritt, rührte sie sich nicht. Indem nahte auch schon der dritte, und in ihm auf einem schneeweißen Hengst ein Reiter, dessen goldenes Stirnband im Mondenlicht glänzte. Da sprang das Mädchen hinter dem Busch hervor, packte das Pferd am Zaum, riß den Reiter aus dem Sattel und umschlang ihn ganz fest.

Im gleichen Augenblick tönte von allen Seiten ein böses Flüstern, als schlügen leise Hunderte Trommeln: „Tam! Tam! Tam!"

Die Elfenkönigin riß ihr Pferd herum und preschte in wildem Galopp zurück. Sie maß Janet mit ihren Schlangenaugen, und die erstarrte fast vor Grauen, als sie plötzlich statt des Jünglings eine große Echse an sich preßte. Noch hatte sie sich nicht von dem ersten Schreck erholt, da folgte schon der zweite: Die Echse verwandelte sich in eine Schlange, die ihr beinahe entglitten wäre. Janet biß sich auf die Lippen — und das war ihre Rettung, denn sonst hätte sie sicher laut aufgeschrien, als die Elfenkönigin den Jüngling nun in glühende Kohle verwandelte. So brachen nur zwei Tränenströme aus ihren Augen und löschten die brennende Glut.

Da sah die Elfenkönigin, daß Janet sie besiegt und ihre Macht über Tam gebrochen hatte. Sie mußte ihm seine menschliche Gestalt zurückgeben.

Zum letzten Mal warf die Königin Janet und ihrem Liebsten einen bösen Blick zu, aber sie tat ihnen nichts, sprach nur zornig: „Geh nur, geh, Tam, mit deiner Janet! Du bist nun frei. Wenn ich geahnt hätte, daß Janet es wagen würde, meinen Wald zu betreten und mir meinen liebsten Ritter wegzuholen, eigenhändig hätte ich sie mit Dornenruten ausgepeitscht, ihr die Haare ausgerissen und sie in ein häßliches Scheusal verwandelt. Geht, verschwindet von hier, und kommt mir nie wieder unter die Augen!"

Dann nahm sie Tams Schimmel am Zügel, gab ihrem Rappen die Spuren, und die wilde Jagd ritt so schnell davon, wie sie gekommen war, ohne auch nur einen einzigen Grashalm niederzutreten, ein einziges Zweiglein zu knicken. Der ganze Spuk verschwand wie der Morgennebel in der Sonne.

Seitdem lebten Janet und Tam glücklich und zufrieden und erzählten ihren Kindern und Enkelkindern oft von der Elfenkönigin und ihrem Gefolge.

Die Prinzessin aus dem verwunschenen Schloß

Vor langen, langen Zeiten lebte einmal ein irischer Königssohn. Als er alt genug geworden war und die weisen Ratgeber im Schloß sich den Kopf zerbrachen, wo sie eine passende Braut für ihn suchen sollten, da überraschte er sie mit der Mitteilung, er selbst wolle in die ferne Östliche Welt ziehen, um sich von dort eine Frau zu holen.

Er machte sich auf die lange, beschwerliche Reise, bis er eines Tages an ein Schloß kam, das ganz und gar von drehenden Zauberrädern umgeben war. Niemand konnte hinein!

Der Königssohn war schon drauf und dran umzukehren, als sich oben ein Fenster auftat und darin das schönste Mädchen von der ganzen Welt erschien. Es war die Tochter des Königs der Östlichen Welt. Sie lebte mit ihren Mägden in dem Schloß mit den unablässig sich drehenden riesigen Rädern. Der König selbst hatte sie dort aufgestellt und zum Drehen gebracht, damit niemand zu seiner Tochter gelangen konnte, bevor er sie nicht mit dem mächtigen Nachbarkönig vermählt hatte. Nun war aber der König des Nachbarreichs zwar mächtig und reich, aber zugleich auch alt und häßlich, und die Prinzessin wollte ihn nicht.

Die schöne Jungfrau schaute den Prinzen traurig an, und als sich ihre Blicke trafen, da entbrannten beide in heißer Liebe zueinander.

Lange schwieg der Prinz überwältigt, und dann rief er entschlossen hinauf: „Ich reise nach Irland zurück und verspreche dir, nicht eher zu ruhen, nicht zweimal vom gleichen Tisch zu essen und nicht zweimal im gleichen Bett zu schlafen, bis ich einen mächtigen Zauberer gefunden habe, der die Räder aufzuhalten vermag. Dann komme ich dich holen. Bis dahin aber warte auf mich!"

„So einen Zauberer gibt es in Irland nicht", sprach da plötzlich jemand neben ihm, und als sich der Prinz überrascht umschaute, da stand wie aus der Erde gewachsen ein schmächtiger Greis neben ihm.

„Das sag nicht, in Irland gibt es viele weise Männer", antwortete der Königssohn.

„Aber keinen, der die Räder zum Stillstand zu bringen vermag. Das kann außer dem König der Östlichen Welt nur ein einziger Mann auf der Welt. Und der ist nicht in Irland."

„Und wo ist er? Wo finde ich ihn?" rief der Prinz.

„Du brauchst ihn nicht zu suchen, denn er steht neben dir", erklärte der Alte.

„Und wer bist du?" wollte der irische Königssohn wissen.

„Ist das so wichtig? Einst, in jungen Jahren, war ich der Freund des Königs der Östlichen Welt, und wir erlernten zusammen beim Erzzauberer des Ostens die Zauberei. Ich war dem König immer überlegen, weshalb also sollte es mir heute nicht gelingen, die riesigen Räder rings um das Schloß anzuhalten, wenn du mich darum bittest."

„Ich bitte dich, halte die Räder an", bat der irische Prinz. „Und außerdem bitte ich dich, mir deinen Namen zu sagen, damit ich weiß, wem ich für seine Hilfe mein Lebtag danken werde. Und sage auch, was für einen Lohn du dafür verlangst."

„Ich bin der mächtige Zauberer Curaoi aus Irland, und das einzige, was ich für meine Hilfe verlange, ist, daß ich mir aus dem Schloß dort nehmen kann, was mir am meisten gefällt."

“Wie kann ich dir das versprechen, wo das Schloß doch nicht mir gehört?“ antwortete der Prinz.

„Aber das macht doch nichts!“ rief da die Prinzessin aus dem Fenster. „Wenn du, Curaoi, die Räder anhältst, damit der Prinz zu mir kommen kann, so nimm dir aus dem Schloß, wonach immer dich verlangt. Alles, was dir gefällt, ist dein.“

„Versprecht ihr mir das alle beide?“ fragte Curaoi.

„Wir versprechen es!“ gelobten der Prinz und die Prinzessin wie aus einem Munde.

Da gebot der mächtige Zauberer dem Königssohn neun Schritte von den riesigen Rädern zurückzutreten. Und als beide neun Schritte rückwärts gegangen waren und dort stehenblieben, da standen auf einmal auch die Räder still. Der Prinz lief ins Schloß, und die Prinzessin flog ihm entgegen.

Der König der Östlichen Welt war entsetzt, als er merkte, daß sich die Räder um das Schloß nicht mehr drehten. Er rief die Wachen herbei, riß sein Schwert aus der Scheide und stürmte den Eindringlingen entgegen. Doch als er den Zauberer Curaoi erblickte, da wußte er, daß er nichts ausrichten konnte.

„Was wollt ihr hier?“ fragte er nach langem Schweigen.

„Ich bin der Sohn des irischen Königs und gekommen, deine Tochter als meine Frau heimzuführen. Der mächtige Zauberer Curaoi hat mir geholfen, und deine Tochter und ich, wir haben ihm für seine Hilfe versprochen, daß er sich aus dem Schloß mitnehmen kann, was ihm am besten gefällt.“

„War es so, meine Tochter?“ fragte der König die Prinzessin.

„Ja, so war es“, antwortete die Prinzessin.

„Nun, so wähle denn, was du aus meinem Schloß haben willst!“ sprach der König zu dem Zauberer.

„Ich habe schon gewählt. Am besten gefällt mir deine Tochter. Von diesem Augenblick an gehört sie mir und wird meine Frau.“

Der König, die Prinzessin und der irische Prinz waren entsetzt — aber was sollten sie machen, versprochen war versprochen. Der Prinzessin brach vor Kummer fast das Herz, und heiße Tränen liefen über ihre Wangen, wenn sie den Prinzen ansah. Sie hätte sich lieber zehn Klafter unter der Erde gesehen, als dem greisen Schlaufuchs die Hand fürs Leben zu reichen.

Zum Glück gelang es dem irischen Prinzen, der Prinzessin zuzu-

flüstern, sie solle nicht verzagen, er würde schon einen Weg finden, sie aus der Gewalt des Zauberers zu befreien. Das gab der Prinzessin Kraft, und sie war entschlossen, die Hochzeit so lange hinauszuschieben wie nur möglich.

„Ich werde mein Versprechen halten", sagte sie zu Curaoi. „Aber ehe wir heiraten, mußt du mir einen Wunsch erfüllen. Ich will, daß du mich nach der Hochzeit in ein Schloß heimführst, das mindestens ebenso schön und groß ist wie das Schloß meines Vaters."

„Gut, du sollst bald ein Schloß haben, wie du es dir wünschst", versprach der Zauberer. Er hätte ihr in seiner Verliebtheit auch den Mond und die Sterne vom Himmel versprochen und nicht nur ein neues Schloß. „Alle meine Leute werden mir aus ganz Irland die größten Steinblöcke zusammentragen, und übers Jahr wirst du in Irland ein Schloß haben wie niemand sonst in der Welt."

In einem unbeobachteten Augenblick flüsterte die Prinzessin ihrem Prinzen zu: „Mein Lieber, kehre auch du nach Irland zurück und verfolge den Bau des Schlosses. Und gib mir rechtzeitig Bescheid, denn ich will noch vor der Fertigstellung des Schlosses mit meinem Gefolge hinkommen, es zu besichtigen. Bestimmt fällt uns dann etwas ein, wie wir den Zauberer überlisten können."

Der irische Königssohn tat, wie ihm die Prinzessin geheißen. Er verkleidete sich als fahrender Sänger und beobachtete von weitem, wie mächtige Riesen Steinblöcke für den Bau des Schlosses herbeischleppten, wie von Tag zu Tag die dicken, hohen Mauern wuchsen, wie die Tischler in ganz Irland Tische und Stühle für die Säle zimmerten, wie die Schmiede kunstvolle Gitter und Beschläge schmiedeten, die Goldschmiede prachtvolle Verzierungen fertigten, die Weber Tag und Nacht Vorhänge und Teppiche webten und die Näherinnen emsig nähten, damit alles fertig und wunderschön wurde.

An dem versprochenen Jahr fehlte noch ein ganzer Monat, als der irische Prinz seine Liebste heimlich wissen ließ, sie solle aufbrechen, denn das Schloß würde bald fertig sein.

Die Prinzessin zog sogleich mit großem Geleit nach Irland, und der alte Zauberer wußte sich vor Freude kaum zu fassen. Als die Schiffe des Königs der Östlichen Welt an der irischen Küste anlegten, da wurden sie dort nicht nur von einer neugierigen Menschenmenge empfangen, sondern auch vom Gesang eines fahrenden Sängers. Die Prinzessin hatte nie ein schöneres Lied gehört und bat den

Zauberer: „Mein Lieber, lade den Sänger in unser Schloß ein, damit er uns mit seinem Gesang erfreut."

Bei dem festlichen Mahl, das dann gefeiert wurde, fand die Prinzessin Gelegenheit, dem Sänger zuzuflüstern, er solle seine besten Krieger in dem Wald unterhalb des Schlosses versammeln und dort am Bach warten.

„Wenn in dem Bach Milch fließt, so wisse, daß unsere Stunde gekommen ist. Eile mit deinen Mannen vor das Schloßtor. Dort werde ich euch schon erwarten."

Der irische Königssohn gehorchte und versteckte sich mit einem Häuflein der Getreuesten in dem Wald unterhalb des Schlosses. Tag und Nacht starrten sie in den Bach, wann endlich Milch darin fließen würde.

Die Tage vergingen, das Schloß wuchs, die Riesen waren zum letzten Mal losgezogen, von weither große Blöcke zu holen. Der alte Zauberer konnte es kaum mehr erwarten, daß die letzten Handwerker ihre Arbeit vollendeten und er endlich der Prinzessin zeigen konnte, daß es auf der ganzen Welt kein schöneres Schloß gab. Er wurde immer ungeduldiger, und um sich die lange Wartezeit zu verkürzen, zog er eines Tages auf große Jagd.

Darauf hatte die Prinzessin nur gewartet. Als die Mägde die Kühe gemolken hatten, rümpfte sie angewidert die Nase.

„Pfui, die Milch stinkt heute abscheulich. Gießt sofort alles in den Bach, ich will keinen Tropfen davon hier sehen!"

Die Mägde wunderten sich, wollten die Prinzessin überzeugen, daß die Milch frisch und gut sei, aber sie konnten reden, soviel sie wollten, sie erreichten nur, daß die Prinzessin zornig mit dem Fuß aufstampfte.

„Wenn ihr nicht augenblicklich die Milch in den Bach gießt, könnt ihr was erleben!"

Da trugen die Mägde und Knechte die vollen Kannen und Eimer zum Bach und gossen sie dort aus, denn der Zauberer hatte ihnen befohlen, der Prinzessin in allem zu gehorchen.

Als der Bach im Wald sich weiß färbte, eilten der Prinz und seine Mannen so schnell sie konnten zum Schloß. Vor dem Schloß erwartete sie schon die Prinzessin der Östlichen Welt mit ihrem Gefolge.

„Der Zauberer ist auf der Jagd!" rief sie ihrem Liebsten zu. „Jetzt ist der rechte Augenblick zur Flucht!"

Die treuen Krieger des irischen Prinzen übermannten die Wachen, und dann flohen alle, so schnell sie konnten.

Spät am Abend kehrte der Zauberer heim und fand das Schloß leer. Außer sich vor Wut kletterte er auf den höchsten Schloßturm und blies in ein großes Horn, um Hilfe herbeizurufen. Aber die Riesen waren mit ihren Steinen noch weit, und ehe sie die Last abwarfen und mit ihren Siebenmeilenstiefeln herbeieilten, da war es schon zu spät, denn als sie kamen, fanden sie ihren Herrn tot auf den Steinen. Er war vor Wut geplatzt.

Der irische Königssohn und die Prinzessin aus dem Osten gelangten unbehelligt nach Hause, und dort wurde dann eine Hochzeit gefeiert, wie die Welt noch keine erlebt. Neun Tage lang tranken sie Bier und Honigwein, aßen die köstlichsten Speisen, tanzten und vergnügten sich, und dann lebten sie bis ins hohe Alter vergnügt und froh.

Der jüngste Bruder

Ein König hatte einmal einen Garten und in dem Garten einen Birnbaum, an dem im Herbst jede Nacht eine goldene Birne reifte — des Königs größter Schatz, denn in seinem ganzen Land gab es mehr Steine als Erde und mehr Felsen als Bäume. Einmal aber geschah es, daß ein Räuber jede Nacht die kostbare Birne aus dem Garten stahl. Umsonst schickte der König seine Wachen in den Garten, bis zum Morgen war die goldene Frucht verschwunden.

„Mein Sohn, heute wirst du den Birnbaum bewachen", befahl der König schließlich dem ältesten Prinzen. „Nimm Pfeil und Bogen mit

und rechne mit dem Dieb ab, der uns unseren einzigen Reichtum stiehlt!"

Der älteste Prinz begab sich mit seinem Gefolge in den Garten. Alle setzten sich unter dem Baum ins Gras, legten Pfeile und Bogen griffbereit, und dann aßen sie duftenden Braten und weißes Brot und spülten jeden Bissen mit einem Schluck Wein hinunter, so golden wie die reifende Birne am Baum. Bis zum Morgen war es noch weit, als der Prinz und seine Gefährten längst tief und fest schliefen. Sie hörten nicht, wie der Wind die Baumkronen schüttelte und die Meereswellen gegen die Klippen schlugen. Als sie am Morgen aufwachten, sprangen sie auf, schauten zum Baum hinauf — und erstarrten! Die Birne war nicht mehr am Baum.

Der König war sehr böse, als er davon erfuhr.

„Mein Sohn, nun beweise, daß du ein anderer Kerl bist als dein Bruder!" sprach er zu dem zweitältesten Prinzen. „Nimm Pfeil und Bogen und hüte die goldene Birne vor dem Dieb!"

Auch der zweitälteste Prinz nahm seine Gefährten mit in den Garten, und auch sie zechten so lange, bis der Schlaf sie übermannte. Am Morgen aber war von einer goldenen Frucht nichts zu sehen.

Der König war außer sich, als er davon erfuhr.

„Wehe, wenn es dir heute nacht nicht besser ergeht!" drohte der König dem jüngsten Sohn. „Ohne die Birne komme mir lieber nicht unter die Augen!"

Der jüngste Prinz nahm Pfeil und Bogen und ging am Abend allein in den Garten.

Lang war die Nacht und wollte nicht vergehen, wie er so unter dem Baum saß und in die Dunkelheit starrte. Nirgends ein Licht, nirgends ein Laut. Nicht einmal das Laub raschelte, nur das Meer rauschte. Erst gegen Morgen kam aus den Wolken ein riesiger Adler geflogen, ließ sich auf den Baum fallen, pflückte mit seinem scharfen Schnabel die goldene Birne und flog blitzschnell damit fort. Indem schoß der Prinz seinen Pfeil ab, und der Adler schrie so laut, daß die Felsen am Meer bebten. Er ließ die goldene Birne fallen und flog schwerfällig davon. Der jüngste Prinz ging dem funkelnden Schein nach und fand am Ende des Gartens die goldene Frucht. Im Schloß erwartete ihn schon der König.

„Nun, mein Sohn, hast du die goldene Birne gut behütet?"

„Hier ist sie, Vater, ein riesiger Adler wollte sie davontragen, aber ich habe ihn mit dem Pfeil getroffen, denn er schrie laut und ließ die Birne fallen, ehe er davonflog."

Der König ließ die beiden älteren Brüder wecken und warf ihnen vor:

„Ihr beide habt den kostbaren königlichen Schatz nicht zu meiner Zufriedenheit behütet. Deshalb wird auch keiner von euch mein Nachfolger werden! Nur euer jüngster Bruder hat sich der Königskrone wert erwiesen."

Die älteren Brüder schlichen mit hängenden Köpfen davon und trugen finsteren Haß gegen den Bruder im Herzen, aber der ahnte von allem nichts.

„Kommt, Brüder, laßt uns in den Garten gehen", forderte er sie nach einer Weile auf. „Vielleicht habe ich den Adler so getroffen, daß wir ihn irgendwo finden."

Die älteren Brüder folgten dem jüngsten Prinzen unlustig in den Garten.

„Hier sind Blutstropfen im Gras, hier muß ich ihn getroffen haben!" rief der Jüngste plötzlich, und sie gingen der blutigen Spur nach, bis sie zu einem alten, halbverschütteten Brunnen kamen. Dort hörte die Spur auf, sicher war der verletzte Adler in den Brunnen gestürzt.

„Wir können ja nachsehen", schlug da der Älteste vor. „Ich lasse mich an einem Seil hinab, aber ihr müßt mich gleich wieder hochziehen, wenn ich daran ziehe."

Die Brüder ließen ihn langsam und vorsichtig hinab, aber er war noch gar nicht tief gekommen, als er schon das verabredete Zeichen gab. Da zogen sie ihn schnell wieder hoch.

„Da unten ist es stockfinster und ein Gestank zum Ersticken", ächzte er. „Ich hatte schon Angst, daß ich nicht mehr lebend herauskomme."

Der mittlere Bruder ließ sich davon aber nicht abschrecken und wollte es dennoch versuchen. Aber auch er zerrte schon bald an dem Seil, und als sie ihn herauszogen, da war er mehr tot als lebendig.

Die beiden älteren Prinzen wollten schnell nach Hause, aber der jüngste hielt sie zurück.

„Wartet doch noch, jetzt bin ich an der Reihe, vielleicht habe ich mehr Glück."

 Da ließen sie ihn ganz langsam und vorsichtig hinab, um ihn

schnell wieder heraufziehen zu können, aber der Prinz gab das Zeichen nicht. Lange sah er nichts als schwärzeste Finsternis und wollte schon aufgeben, da entdeckte er plötzlich in der Tiefe ein Licht. Nun kletterte er entschlossen weiter, und gerade, als den Brüdern oben das Seil ausging, stand er auf dem trockenen Grund des Brunnens, und vor ihm tat sich eine unterirdische Welt auf. Er schaute sich neugierig um — alles war hier so schön wie in des Vaters Garten. Er lief über eine blumenübersäte Wiese, kam dann auf einen Waldweg und erschrak sehr, als er dort plötzlich einem alten Mütterchen begegnete.

„Guten Tag, Mütterchen", grüßte der Prinz höflich.

„Guten Tag, Prinz, was machst du denn hier?"

„Ich suche den Dieb unserer goldenen Birnen. Heute nacht habe ich ihn angeschossen, als er die letzte Birne vom Baum stehlen wollte. Ich weiß, daß er in den Brunnen flog, aber dort ist er nicht."

„Du brauchst ihn nicht zu suchen, er ist hier. Es ist mein Sohn, ein mächtiger Zauberer, gegen den du nichts ausrichten kannst. Ich komme gerade von ihm aus dem stählernen Schloß hinterm Wald und rate dir gut, laß ihn in Frieden, kehr um, wenn dir dein Leben lieb ist!"

Der Prinz bedankte sich für den Rat, aber er dachte gar nicht daran umzukehren, sondern schritt mutig weiter. Als er aus dem dichten Wald heraustrat, da sah er ein Schloß, stählern wie ein Schwert. Auf einer hohen Säule vor dem Schloß hockte mit hängenden Flügeln der Adler. Als er den Jüngling erblickte, schrie er laut und flog schwerfällig davon — kein mächtiger König, sondern ein verwundeter Vogel.

Auf das Kreischen trat ein Mädchen aus dem Schloß, so wunderschön, daß der Prinz zu träumen glaubte. Sie blieb überrascht stehen, als sie den Prinzen vor dem Tor stehen sah.

„Sei gegrüßt, Fremder", sprach sie, als sie sich wieder gefaßt hatte. „Ach, bin ich froh, endlich wieder einen Menschen zu sehen. Komm herein, setz dich und erzähle, wie du hierher gekommen bist. Keine Angst, der Adler kommt so schnell nicht zurück!"

„Ich bin nicht gekommen, um mich auszuruhen, und den Adler fürchte ich nicht. Ich suche ihn, denn er hat meinem Vater jede Nacht eine goldene Birne aus dem Garten gestohlen."

„Deinem Vater hat er nur Birnen gestohlen, meinem Vater aber, dem spanischen König, stahl er die einzige Freude — seine drei Töchter — und hält uns hier gefangen: die älteste in einem goldenen Schloß, die mittlere in einem silbernen, und mich, die jüngste, in diesem Schloß aus Stahl."

„Weißt du, wie man euch aus der unterirdischen Welt befreien kann?"

„Ich weiß es, aber es ist sehr, sehr schwer, denn der Adler ist ein mächtiger Zauberer. Man muß ihn mit seinem eigenen Schwert durchbohren, in dem seine ganze Zauberkraft verborgen ist. Aber wo er das Schwert aufbewahrt, das weiß ich nicht."

„Nun gut, so werde ich das Schwert eben suchen", seufzte der Prinz. „Du mußt mir nur den Weg zu deiner älteren Schwester zeigen."

Die Prinzessin bewirtete den Jüngling, und dann begleitete sie ihn zu ihrer mittleren Schwester. Als sie das stählerne Schloß verließen, reichte sie ihm einen stählernen Pantoffel.

„Möge er dir Glück bringen!" wünschte sie ihm, und der Prinz steckte den Pantoffel ein.

Als sie zu dem silbernen Schloß kamen, hörten sie auf einmal ein fürchterliches Gekrächze, daß es in den Ohren hallte, und blickten auf. Über ihren Köpfen kreiste der Adler und flog dann schwerfällig davon.

Die mittlere Schwester war außer sich vor Freude über den Besuch der Schwester und des Prinzen. Als sie aber nach dem Schwert des Adlers fragten, da meinte sie betrübt: „Ich weiß von dem Zauberschwert, aber in diesem Schloß ist es bestimmt nicht."

„Nun, wenn es so ist, werde ich weiterziehen, vielleicht weiß eure älteste Schwester mehr", entschied der Jüngling.

Die beiden Prinzessinnen waren bereit, ihn zu begleiten, doch ehe sie aufbrachen, reichte ihm die mittlere einen silbernen Pantoffel.

„Möge er dir Glück bringen!" wünschte sie ihm, und er steckte das Geschenk ein.

Dann machten sich alle drei auf den Weg zu der ältesten Tochter des spanischen Königs. Schon von weitem begrüßte sie ein goldener Schein. Es sah aus, als stünde das ganze Schloß in Flammen, aber es war nur die Sonne, die sich in den Mauern und Türmen spiegelte.

Da krächzte plötzlich vom höchsten Turm der Adler, daß die drei sich die Ohren zuhalten mußten, und flog dann davon.

Ach, war das eine Freude, als sich die Prinzessinnen in die Arme fielen und die älteste den Prinzen im goldenen Schloß begrüßte. Sie hätte ihm am liebsten die ganze Welt zu Füßen gelegt, er aber verlangte nur nach dem Zauberschwert.

„Wenn es weiter nichts ist, ich hole es dir gleich. Ich weiß, wo es der Adler im Turm aufbewahrt. Doch erst nimm von mir diesen goldenen Pantoffel entgegen. Er soll dir Glück bringen im Kampf."

Während der Prinz den Pantoffel einsteckte, lief das Mädchen davon und war im Nu wieder zurück. In beiden Händen hielt sie ein großes Schwert, so schwer, daß sie es kaum tragen konnte. Die Schneide war aus Stahl, der Griff aus Gold und Silber und mit Edelsteinen in Form eines Adlerkopfes ausgelegt.

„Warte hier vor dem Schloß auf den Adler", riet die Prinzessin dem Prinzen. „Sobald er sich auf dich stürzt, mußt du ihm die Schwertspitze entgegenstrecken, so daß er sich aufspießt. Dann wird er sich in einen Menschen verwandeln, schwach und hilflos wie ein Kind. Er wird zu seiner Mutter laufen, und wir sind frei und können mit dir auf die Erde zurückkehren. Aber gib gut acht, der Adler ist noch immer sehr stark, auch wenn du ihn verwundet hast."

Die älteste Schwester hatte kaum zu Ende gesprochen, da sahen sie auch den Adler. Er flog mit Windeseile herbei, stieg hoch in die Luft auf und ließ sich dann plötzlich herabfallen und griff den Jüngling an. Der Prinz sprang geschickt zur Seite und hob blitzschnell das Schwert, so daß der Adler direkt in dessen Spitze hineinstürzte. Er schrie so entsetzlich auf, daß die Mauern des goldenen Schlosses fast geborsten wären — und hatte all seine Zauberkraft verloren. Er verwandelte sich in einen armseligen Menschen, zerlumpt wie ein Bettler, starrte schweigend auf den Jüngling mit dem Schwert in der Hand und auf die älteste Tochter des spanischen Königs, und dann hinkte er, ohne sich noch einmal umzusehen, in den Wald davon.

Die vier fielen einander in die Arme und lachten und weinten zugleich vor Freude. Nun konnten die befreiten Prinzessinnen endlich nach Hause zurückkehren. Doch wie sie daran dachten, wurden sie gleich wieder traurig.

„Wie sollen wir ins spanische Königreich gelangen, wo wir doch den Weg nicht kennen?“ jammerte die Älteste. „Und niemand kann uns helfen!“

„Macht euch keine Sorgen“, beruhigte der Prinz sie. „Ihr braucht nur mit mir zu kommen. Ich kenne den Weg zum Brunnen in unserem Garten, wo meine Brüder warten. Sie werden uns hinaufziehen, und von dort aus bringen wir euch dann in eure Heimat.“

Der Weg verging ihnen wie im Flug. Der jüngste Prinz zog kräftig an dem Seil, damit die da oben es heraufzögen, und band erst die älteste Prinzessin, dann die zweitälteste und schließlich die jüngste daran. Die beiden älteren Brüder staunten nicht schlecht, als sie aus dem Brunnen drei Jungfrauen herauszogen — eine schöner als die andere — und erfuhren, wie ihr jüngster Bruder sie gerettet hatte. Zunächst freuten auch sie sich von Herzen, dann aber begann wieder der Neid an ihnen zu nagen. Und als sie sahen, daß nur noch der Bruder unten im Brunnen darauf wartete, heraufgezogen zu werden, warfen sie das Seil einfach in den Brunnen hinab.

„Warte, bis dich jemand heraufholt, Brüderchen!“ rief der Älteste hinunter.

Und der andere fügte hinzu: „Wenn du so ein Held bist, wirst du dir schon zu helfen wissen. Du kannst ja herausfliegen wie der Adler!“

Die zu Tode erschrockenen Mädchen mußten schwören, niemandem zu verraten, wer sie gerettet hatte und was die beiden Prinzen ihrem Bruder angetan. Dann brachten die beiden sie auf ein Schiff, zogen die Segel hoch und fuhren geradewegs zum spanischen Königreich.

Der spanische König freute sich sehr, als er die verloren geglaubten Töchter wiedersah. Er ließ die ganze Stadt mit rotem Tuch aushängen und mit Blumen schmücken und hätte die beiden falschen Prinzen am liebsten auf Händen getragen.

Der jüngste Prinz irrte inzwischen durch die Unterwelt. Als er den Weg auf die Erde nicht fand, suchte er die Schlösser, aus denen er die Prinzessinnen befreit hatte, aber die waren wie vom Erdboden verschwunden, ohne auch nur die geringste Spur zu hinterlassen. Schließlich traf er wieder die Mutter des Zauberers.

„Siehst du Prinz, hatte ich nicht recht, als ich dir riet, meinen Sohn in Ruhe zu lassen, sonst erginge es dir schlecht? Aber du hast ja nicht auf mich gehört. Du hast meinen Sohn ins Unglück gestürzt, er ist elend und schwach, seit du ihn mit seinem eigenen Schwert verwundet hast. Aber auch du bist elend und machtlos, obwohl du sein Schwert besitzt. Gib es meinem Sohn zurück, und er wird dich in euren Garten hinauftragen und sich nie mehr in eurem Königreich sehen lassen."

Der jüngste Prinz ging auf den Vorschlag ein. Im Augenblick, da der schwache Zauberer sein Schwert wieder in den Händen hielt, verwandelte er sich in den mächtigen Adler zurück.

„Steig schnell auf meinen Rücken, Prinz, ich werde dich nicht in euren Garten tragen, sondern ins spanische Königreich. Dort weint sich die jüngste Prinzessin schon die Augen nach dir aus."

Am frühen Morgen setzte der Adler den Prinzen auf einem Berg vor der Königsstadt ab und verabschiedete sich von ihm. Der Jüngling ging geradewegs in die Stadt, wo alles geschmückt war und von den Türmen die Glocken läuteten, als wollten sie ihn begrüßen.

„Was ist denn hier los?" fragte der Prinz im nächsten Wirtshaus.

Der Wirt sah einen müden, abgerissenen Burschen vor sich und antwortete nur unlustig.

„Das weiß doch jedes Kind im Lande, daß die beiden ältesten Königstöchter ihre Retter heiraten und der König für die jüngste auch einen Bräutigam sucht. Freier gibt's ja genug, aber sie will nur den, der ihr einen stählernen Pantoffen bringt."

„Nichts ist leichter, als den Wunsch der Prinzessin zu erfüllen", lachte da der Jüngling. „Geh ins Schloß und gib erst der ältesten Prinzessin den goldenen Pantoffel hier, dann der mittleren den silbernen und zuletzt der jüngsten den stählernen. Für den goldenen und den silbernen kannst du verlangen, was du nur willst, für den stählernen aber verlange nichts."

Als der Wirt zum Schloß kam, wollten ihn die Wachen nicht einlassen. Erst nachdem er ihnen die Pantoffeln gezeigt hatte, geleiteten sie ihn direkt in den Thronsaal. Wie die beiden älteren Prinzessinnen ihre Pantoffeln sahen, ließen sie dem Wirt einen Beutel voll Gold und einen Beutel voll Silber auszahlen. Die jüngste Prinzessin aber befahl, ihr sofort die schnellsten Pferde vor die goldene Kutsche zu spannen. Und im nächsten Augenblick fuhr sie mit dem Wirt zum Wirtshaus, den Burschen zu sehen, der ihr den stählernen Pantoffel geschickt hatte.

Die beiden älteren Brüder bekamen es mit der Angst zu tun, sie schlichen sich heimlich aus dem Schloß und rannten davon. Aber das half ihnen auch nichts. Als der König die Wahrheit erfuhr, packte ihn gerechter Zorn, und er schickte ihnen seine schnellsten Reiter nach, die die Flüchtlinge bald eingeholt hatten und in Ketten vor den König schleppten. Inzwischen war auch die jüngste Prinzessin mit ihrem geliebten Prinzen im Schloß eingetroffen.

Die beiden Betrüger warfen sich vor dem König auf die Erde und baten um Verzeihung für das, was sie getan, weil ihnen der Neid den Verstand geraubt hatte.

„In den Kerker mit ihnen!“ schrie der König.

Aber der jüngste Prinz und auch die Prinzessinnen legten Fürbitte ein, und so entschied der König schließlich: „Also gut, ich begnadige euch, wenn euer Bruder euch verzeiht, was ihr ihm angetan habt.“ Die drei Brüder reichten sich vor dem König die Hände, umarmten einander und vergaßen von Stund an alles Böse, was zwischen ihnen gewesen. Sie schickten zu ihrem Vater, um ihn zur königlichen Hochzeit einzuladen, und dann wollte das Feiern kein Ende nehmen. Auch nach Jahr und Tag noch nicht, denn da reiften im königlichen Garten wieder die Birnen. Der König schenkte die goldenen Früchte seinen drei Enkeln, und so hatten er und der spanische König wieder einen Grund zum Feiern.

Von dem Erzähler, der nichts Neues mehr wußte

Einst hatte ein König von Leinster einen begnadeten Märchenerzähler. Jeden Abend ließ er ihn rufen, und der Erzähler erzählte ihm jedesmal ein neues Märchen oder eine neue Geschichte. Zweimal sieben Jahre hatte er so schon Nacht für Nacht seinem König die Zeit vertrieben, ohne sich auch nur ein einziges Mal zu wiederholen. Immer hatte er etwas Neues, noch nie Gehörtes zur Hand. Der König schätzte seinen Erzähler, ließ ihm neben seinem Palast ein schönes, großes Haus bauen, schenkte ihm auch edle Pferde und Rassehunde, aber manchmal ließ er auch seine schlechte Laune an ihm aus.

Da konnte es geschehen, daß der Mann noch gar nicht richtig zu erzählen begonnen hatte und der König schon schrie: „Das kenne ich schon, das habe ich schon gehört. Ich will eine neue Geschichte, oder ich lasse dich mit Schimpf und Schande davonjagen!"

Einmal erkühnte sich der Erzähler doch zu einer Widerrede und sagte: „Verzeih, mein König, manchmal ist jeder Mensch schwach und hilflos, kann weder die Gedanken zusammennehmen, noch sich zur Tat entscheiden. Und wegen so eines schwachen Augenblickes, wie ihn jeder einmal hat, würdest du mich mit Schimpf und Schande davonjagen, obwohl ich dir doch zweimal sieben Jahre treu gedient habe?"

Der König lief rot an vor Zorn.

„Sprich nie wieder so zu mir!" rief er. „Ich habe keine schwachen Augenblicke, bin nie schwach und hilflos und werde es auch nie sein! Der König von Leinster ist mächtig und stark, und deshalb geschieht immer alles nach seinem Willen. Lieber wollte ich nicht mehr leben, als auch nur einen Augenblick schwach zu sein!"

Der Erzähler senkte schweigend den Kopf und ließ es sich angelegen sein, daß sein König mit ihm zufrieden war. Aber das Erzählen kam ihm nicht mehr so aus dem Herzen, wie es sollte, denn er fürchtete den Zorn seines Herrn.

Bisher war es ihm noch immer gelungen, sich eine solche Geschichte auszudenken, daß der König darüber seine Sorgen und Regierungsgeschäfte vergaß und dann tief und fest einschlief. Er hätte ja auch seinen Erzähler nicht für ein halbes Königreich hergegeben, doch das verriet er dem natürlich nicht.

Jeden Morgen ging der Erzähler im Schloßgarten spazieren und dachte über ein neues Märchen nach.

Und da geschah es dann eines Tages, daß ihm nichts einfallen wollte. Er begann: Es waren einmal drei irische Königssöhne — aber weiter kam er beim besten Willen nicht. Da fing er von neuem an: Es war einmal ein armer Bettler . . . doch was sollte er über den Bettler erzählen, damit sein König mit ihm zufrieden war? Der arme Mann wäre am liebsten vor Gram in die Erde versunken. Seine Frau rief ihn schon zum Mittagessen, aber er winkte nur verzweifelt ab.

„Ehe mir keine Geschichte für den Abend eingefallen ist, kriege ich keinen Bissen herunter!"

„Na, von mir aus", erwiderte die Frau. „Aber vielleicht kannst du mir sagen, was das Schwarze dort oben auf dem Hügel ist?"

„Ich weiß nicht, ich habe noch nie etwas Schwarzes dort oben gesehen", antwortete der Erzähler verstimmt.

„So laß uns nachsehen, vielleicht fällt dir unterwegs etwas ein!"

Der Erzähler pfiff seinem treuen Hund, und sie gingen alle zusammen zu dem Hügel. Dort fanden sie einen alten, zerlumpten Bettler mit einem Holzbein. Er hockte im Gras und klapperte mit einem großen, hölzernen Würfelbecher.

„Wer bist du, und was suchst du hier?"

„Siehst du denn nicht, daß ich ein armer, alter Bettler mit einem Holzbein bin?" antwortete der Alte. „Und was ich hier suche? Ich ruhe mich einfach aus und warte auf einen, der mit mir würfelt, damit ich wenigstens für kurze Zeit Schmerz und Kummer vergesse."

„Wer sollte schon mit so einem wie dir spielen, von dem ja doch nichts zu gewinnen ist?"

„Das sag nicht", erwiderte der Bettler. „Ich hab' in meinem Beutel hundert Goldstücke. Für eine solche Summe lohnt es sich schon, mit mir zu spielen."

„Spiel doch mit ihm", flüsterte die Frau ihrem Mann zu. „Vielleicht hast du dann dem König was zu erzählen."

Der Erzähler setzte sich zu dem Alten ins Gras. Dort lag ein großer Steinblock, eben wie ein Tisch, und so konnten sie mit dem Würfeln beginnen. Der Erzähler verlor ein Spiel nach dem anderen, und bald besaß er gar nichts mehr, weder Geld noch das Haus, weder Kutsche noch Pferde, ja nicht einmal mehr die Hunde. Jeder Bettler war reicher als er.

„Nun hab ich wirklich dem König etwas zu erzählen", entfuhr es ihm im Zorn. „Sicher läßt er mich mit Schimpf und Schande davonjagen."

„Spiel weiter, einmal mußt du ja gewinnen", ermutigte ihn seine Frau. „Und worum? Du weißt ja selbst, daß ich schon ärmer bin als der letzte Bettler."

„Wir können ja um deine Frau würfeln", stichelte der Alte.

Und so verspielte der Erzähler zu guter letzt auch noch seine Frau.

Der Bettler setzte sich gleich zu ihr, lächelte sie freundlich an und meinte: „Keine Angst, wir werden schon gut miteinander auskommen. Ich will nur noch ein letztes Spielchen mit dem königlichen Erzähler machen."

„Du hast mich ja schon zum Bettler gemacht, was willst du denn jetzt noch gewinnen?"

„Dich! Wir spielen um dich. Wenn du gewinnst, bekommst du alles, was du bisher verloren hast, wieder zurück und meine hundert Goldstücke noch obendrein.Wenn du verlierst, gehörst du mir."

Nach einer Weile war auch der königliche Märchenerzähler Besitz des Bettlers.

„So, nun habe ich dich auch noch", meinte der und rieb sich zufrieden die Hände. „Und nun sag mir, in was für ein Tier ich dich verwandeln soll. In einen Hasen, ein Reh, einen Fuchs oder in einen wilden Eber?"

„Als ob das nicht egal wäre! Von mir aus in einen Hasen."

Der Bettler berührte den Erzähler mit seinem Stab und im gleichen Augenblick saß ein kleiner Hase im Gras. Er hatte noch gar nicht richtig mit seinen langen Ohren gewackelt, da mußte er auch schon vor dem Hund des Erzählers Haken schlagen. Der Hund hetzte das arme Langohr um die Büsche und durch die Furchen, packte es schließlich am Fell und trug es zu dem Bettler.

„Brav, mein Hündchen, brav", lobte der Bettler den Hund, berührte den Hasen mit dem Stab und gab ihm so seine alte Gestalt zurück. Der arme Erzähler war noch ganz außer Atem.

„Ach, hättest du mich doch lieber von dem Hund zerreißen lassen!“ rief er ganz verzweifelt.

„Aber warum denn? Siehst du, bisher hast du nicht gewußt, wie so einem armen Hasen zumute ist, wenn ihn die Hunde jagen. Jetzt weißt du es und kannst es deinem König erzählen“, antwortete der Bettler.

„Willst du mir nicht endlich verraten, wer du bist und warum du mit mir Katze und Maus spielst?“

„Wenn du es wissen willst, so komm mit mir", schlug der Alte vor. „Du wirst bis heute abend viel erleben und um vieles klüger sein als bisher."

„Von mir aus", sagte der Erzähler.

Der Bettler pfiff, und im gleichen Augenblick stand ein gut gekleideter Greis mit weißem Bart vor ihnen.

„Kümmere dich um diese Frau, um ihr Haus, ihre Kutsche, Pferde und Hunde!" befahl der Bettler ihm. „Bewahre sie vor jeder Gefahr und bringe sie zu uns, sobald ich dich rufe."

Nun packte der Bettler den Erzähler am Ärmel, und da waren beide auf einmal unsichtbar. Sie konnten alles sehen, was um sie herum geschah, ohne selbst gesehen zu werden. Sie marschierten los und traten in den Königssaal. Der König hatte gerade gut zu Abend gespeist, und zur vollen Zufriedenheit fehlte ihm nur noch eine gute Geschichte.

„Geht und ruft mir den Erzähler!" befahl er den Dienern.

Die aber waren bald wieder zurück mit der Nachricht, daß das Haus des Märchenerzählers leer sei und er selbst und seine Frau spurlos verschwunden.

„Das wird er mir teuer bezahlen!" tobte der König.

Da flüsterte der Bettler dem unsichtbaren Erzähler zu: „Paß auf, jetzt wirst du was erleben!"

Er lehnte sich an die Tür, und in dem Augenblick wurde er wieder für alle sichtbar — ein abgerissener, alter Bettler in zerlumpten Schuhen.

„Was willst du hier?" fuhren ihn die Wachen an.

„Dem König die Zeit vertreiben. Ich komme von weither, aus tiefen Tälern, wo die weißen Schwäne singen. Eine Nacht war ich auf der Insel, eine auf Land, habe viel gesehen, viel erlebt, vielleicht mag der König meine Geschichte anhören."

„Du kannst erzählen, wenn meine Harfenspieler zu Ende gespielt haben", meinte der König huldvoll. „An meinem Hof sind gerade die besten Harfenspieler aus allen fünf irischen Ländern versammelt. Sie kamen von Süden und von Norden, von Osten und von Westen, nur um mich mit ihrer Musik zu erfreuen. Sag selbst, hast du je etwas Schöneres gehört?"

„Natürlich habe ich das. Ich will ja nicht behaupten, daß sie schlecht spielen, aber gegen die Musikanten, die ich auf der Insel

Man gehört habe, spielen diese hier wirklich erbärmlich."

Als das die Musikanten des Königs hörten, warfen sie ihre Instrumente hin, zogen die Schwerter und wollten sich auf den Bettler stürzen. Nur machte sie der Zorn derart blind, daß sie ihm kein Haar krümmten, sondern nur übereinander herfielen.

„Ruhe!" schrie der König. „Nicht genug, daß mein Märchenerzähler verschwunden ist, nun soll ich mir auch noch dies gefallen lassen! Hängt den Lumpenkerl sofort auf!"

Die Wachen packten den Bettler und schleppten ihn auf den Hof, von dort vors Tor und an den Galgen. Und sie hatten's so eilig mit dem Aufknüpfen, daß sie ihn nicht mal nach seinem letzten Wunsch fragten.

Nach getaner Arbeit kehrten sie in den Saal zurück, und wen sahen sie auf der Bank sitzen bei Bier und Lammbraten? Den alten, zerlumpten Bettler.

„Ja, haben wir dich denn nicht eben gehängt? Wie bist du in den Saal gekommen?" riefen sie entsetzt.

„Schaut mich nur gut an", sagte der Bettler leise. „Wie hättet ihr mich hängen können, wo ihr doch mit eigenen Augen seht, wie mir das Bier schmeckt? Wer weiß, wen ihr gehängt habt." Und er nahm einen großen Schluck aus dem Krug.

Die Wachen rannten hinaus vors Tor, um sich zu überzeugen. Als sie zum Galgen kamen, standen ihnen die Haare zu Berge. Statt des Bettlers baumelten dort die drei jüngeren Brüder des Königs im Winde. Wenn das der König erfuhr, war es sicher um sie geschehen!

Indem ließ der König seinen Blick über den Tisch schweifen und sah den Bettler noch immer dort sitzen und Bier trinken.

„Habe ich nicht befohlen, diesen Lumpenkerl aufzuhängen? Führt man so meine Befehle aus? Ich lasse gleich alle aufhängen, damit ich endlich meine Ruhe habe!"

„Gnade!" riefen die Wachen und warfen sich vor dem König auf die Erde. „Wir haben ihn ja gehängt. Aber statt seiner baumeln deine drei Brüder am Galgen."

Der König sprang entrüstet auf und rannte hinaus, sich selbst zu überzeugen. Aber am Galgen hingen nicht seine Brüder, sondern die Harfenspieler mitsamt ihren Harfen.

Die Hälfte der Wachen rannte Hals über Kopf davon, der König konnte vor Schreck kein Glied rühren, und nur der Wachhauptmann faßte sich ein Herz und zerrte den Bettler wieder unter den Galgen.

„Wie oft willst du mich eigentlich noch ins Jenseits befördern?“ fragte der Bettler ihn. „Und das für nichts und wieder nichts, nur weil mir die Musik nicht gefallen hat?“

„Und was ist mit den Brüdern des Königs und den berühmten Harfenspielern?“

„Aber die sitzen doch alle vergnügt vorm Tor im Schatten und lassen sich das Bier schmecken!“

Alle schauten zum Tor hin, und wirklich, dort saßen die königlichen Brüder und die Harfenspieler vergnügt im Gras und hatten schon ziemlich tief in den Becher geschaut. Dem König war der Schreck derart in die Glieder gefahren, daß er nur mühsam zu ihnen hinwankte, um sich zu überzeugen, daß sie wirklich lebten. Und als er seinen Schreck mit einem kühlen Schluck herunterspülen wollte, da zitterten ihm die Hände.

Der Bettler aber verschwand so plötzlich, wie er gekommen war. Er lief mit dem Erzähler auf den Hügel, wo sie am Morgen gewürfelt hatten, und dort warteten schon die Frau des Märchenerzählers, seine Kutsche, Pferde und Hunde.

„Nun nimm alles, was dir gehört, und kehre nach Hause zurück. Jetzt weißt du ja eine Geschichte für den König“, sprach der Bettler.

Der Erzähler schüttelte traurig den Kopf.

„Aber ich habe doch alles verloren“, seufzte er.

„Nichts hast du verloren, denn ich habe nicht ehrlich gespielt, sondern Zauberei zu Hilfe genommen. Du mußt wissen, ich bin der Zauberer Angus und weiß, wie lange du dem König treu gedient hast. Deshalb wollte ich dir helfen, als ich erfuhr, wie verzweifelt du heute morgen warst.“

Der Erzähler wollte sich noch immer nicht von der Stelle rühren.

„Geh nur, geh in Frieden“, forderte der Bettler ihn auf. „Du bist frei, und deine Frau auch. Ich werde euch nicht länger quälen. Lieber höre ich mir hin und wieder ungesehen eine deiner Geschichten an, denn es geht nichts über einen guten Märchenerzähler. Dich konnte ich zwar in einen Hasen verwandeln und von deinem eigenen Hund fangen lassen, aber deine Geschichten, die kann niemand fangen, die fliegen frei durchs ganze Land.“

Der Erzähler wollte sich bedanken, aber da war der Bettler plötzlich spurlos verschwunden. So ging er also ins Schloß zurück und erzählte an diesem Abend dem König die ganze Geschichte von Anfang bis Ende.

„Wenn du wieder einmal kein neues Märchen weißt“, erklärte der König, als der Erzähler endlich verstummt war, „so erzähle mir diese Geschichte noch einmal. Es macht nichts, daß sie nicht neu ist, von einem so vorzüglichen Erzähler wie dir werde ich sie mir immer wieder gern anhören.“